광개토태왕 담덕 1

광개토태왕 담덕 1

초판 1쇄 발행 | 2022년 7월 7일
초판 3쇄 발행 | 2023년 9월 25일

지은이 엄광용
발행인 한명선

주소 서울시 종로구 평창길 329(우편번호 03003)
문의전화 02-394-1037(편집) 02-394-1047(마케팅)
팩스 02-394-1029
전자우편 saeum2go@hanmail.net
블로그 blog.naver.com/saeumpub
페이스북 facebook.com/saeumbooks
인스타그램 instagram.com/saeumbooks

발행처 (주)새움출판사
출판등록 1998년 8월 28일(제10-1633호)

ISBN 979-11-90473-89-7
ISBN 979-11-90473-88-0 04810(세트)

• 잘못된 책은 바꾸어 드립니다.
• 책값은 뒤표지에 있습니다.

새움

차례

왜 지금 우리에게 다시 '광개토태왕'일까? 그 해답은 과연 우리가 미래의 길을 어떻게 열어갈 것인가, 라는 질문 속에 들어 있다. 우리 민족은 말을 타고 북방 초원로를 달리던 유목민의 후예다. 유목민의 '노마드 정신'이 우리의 핏속에 강한 생명력의 DNA로 내장되어, 오늘날 대한민국을 세계적인 경제 강국으로 만들 수 있었다. 광개토태왕의 영토 확장 정신이 오늘날 '경제 영토 확장'으로 거듭나게 된 것이다.

나는 20여 년간 역사 속에 가려진 광개토태왕의 발자취를 더듬기 위해 조각난 자료들을 수집하고, 흔적이 지워진 역사 현장을 답사하는 등 나름 최선을 다해 왔다. 조각난 자료들의 퍼즐 맞추기는 지난하고 지루한 작업이었다. 자칫 역사의 팩트에서 벗어나기 쉬운 일이므로, 근거 불충분한 상상력으로 그 공간을 메우지 않기 위해 부단히 노력을 기울여 왔던 것이다.

광개토태왕의 역사 기록은 '광개토태왕 능비'에 나온 것이 전부라 해도 과언이 아니다. 김부식의 『삼국사기』는 그런 기록들조차 꼼꼼하지 못하고 간략하게 다루어, 오히려 역사 퍼즐 맞추기를 방해하기 일쑤였다. 그럼에도 불구하고 나는 고구려 생활상을 다룬 저술들과 이웃 나라와의 물산 교역, 전통 무속 신앙과 종교의 합류 과정, 지리적 특성과 그곳에서 나는 특산물들, 나무와 풀과 생명체들을 통하여 역사 퍼즐을 복원하는 데 온 힘을 다하였다.

중국 둔황을 거쳐 실크로드를 답사했을 때, 고비사막 가운데 서 본 기억이 있다. 사방 어디를 둘러보아도 지평선이었는데, 시야를 최대한 넓혀서 바라보면 둥그스름한 직선의 형태였다. 그것이 바로 '광야'였다. 1천5백여 년 전 광개토태왕은 말을 타고 이 광야를 달리면서 무엇을 느꼈을까, 생각을 하다가 나도 모르게 울컥 하는 심정이 되기도 했다. 생각이 한반도에만 갇혀 있던 내게 노마드 정신을 일깨워 주는 순간이었던 것이다.

나는 『광개토태왕 담덕』을 쓰면서 어떻게 하면 우리나라가 노마드 정신을 되살려 새로운 미래의 길을 열어갈 수 있을까, 하는 생각을 단 한시도 잊은 적이 없다. 39세의 짧은 일생 중 상당 부분을 말 위에서 보낸 광개토태왕의 정신은 이미 역사 속의 원형질로 돌아가 한마디로 정의하기 쉽지 않다. 그러나 나는 소설을 통하여 그 원형질의 동력을 찾아내기 위해 전심전력을 다하였다. 소설 속에서 그 동력을 찾아내는 것은 독자들의 몫이지만, 분명 광개토태왕이 광야를 달리는 말발굽 소리를 통해 오늘날 세계로 뻗어 가는 네트워크를 상기할 수 있을 것이다. 그리고 전 세계가 그물처럼 엮여진 정보의 유통망을 통하여, 독자들이 새로운 미래의 시간을 열어가는 동력을 확보하길 바라는 마음 간절하다.

이 책을 출간하는 데 어려운 결단을 해준 이대식 대표와 교정의 진면목을 보여주신 김세권 님, 그리고 새움출판사 모든 임직원 여러분께 감사의 말씀을 전한다.

2022년 6월, 엄광용

1

순풍과 역풍

천제
天祭

1

371년(고국원왕 41년) 봄.

밤낮으로 강물이 얼었다 녹기를 반복하는 계절이었다. 삼월 삼짇날이 가까운데도 날씨는 변덕스러웠다.

갑자기 사방이 캄캄해졌다. 하늘에 구멍이라도 난 듯 세찬 빗줄기가 쏟아져 내리기 시작했다. 뜰로 나온 종마장 주인 하대용은 추녀 끝으로 들이치는 빗방울을 맞으면서 하늘을 올려다보았다. 간밤의 꿈이 선명하게 떠올랐다. 황룡과 흑룡이 서로 뒤엉켜 싸우면서 먹장구름을 뚫고 하늘로 오르고 있었다. 하늘에서 뇌성벽력을 칠 때 꿈틀대는 용들의 꼬리가 구름 속으로 사라지는 것을 보면서 그는 꿈에서 깨어났었다.

"심상찮은 날씨로군!"

하대용은 양 소매 속에 손을 넣어 팔짱을 끼면서 부르르 진저리를 쳤다.

그때 비를 흠뻑 뒤집어쓴 사내가 급히 대문을 열고 마당으로 들어섰다. 말 관리를 맡고 있는 호자무였다. 그는 훤칠한 키에 눈이 깊고 코가 우뚝했다. 일찍이 하대용이 서역과 말 교역을 할 때 대원(페르가나)에서 데리고 온 말 조련사로, 벌써 10여 년 이상 집사로 두고 일을 시키고 있었다.

"말들은 다 넣었느냐?"

"예, 대인 어른! 갑자기 소나기가 쏟아지는 바람에 말들이 비를 맞긴 했으나, 모두 안전하게 마구간에 가두었습니다."

"수고했다. 천둥벼락에 놀라는 말이 없도록 방비하고, 마구간에도 빗물 새는 곳이 있는지 살펴보거라."

어련히 알아서 방비를 했을 테지만, 하대용은 간밤의 뒤숭숭한 꿈자리가 생각나 노파심에 한마디 하지 않을 수 없었다.

"염려 놓으십시오, 대인 어른! 관리사들에게 단단히 일러놓았습니다."

호자무는 허리를 굽혀 예를 올린 후 빗속을 뚫고 그의 숙소인 객사 뒤채를 향해 뚜벅뚜벅 걸어갔다.

하대용은 빗속에서도 뛰지 않고 천천히 사라지는 호자무의 뒷모습에 한동안 시선을 박아두고 있었다. 그는 가만히 고개를 주억거렸다. 믿음직스럽고 충직한 사내였다.

폭우가 쏟아지자 봄기운을 되찾던 기온이 뚝 떨어졌다. 을씨년스러운 마음에 하대용이 방 안에 들어가 따끈한 차를 한 잔 마시고 있는 참인데, 갑자기 대문간이 소란스러워졌다.

"대인 어른! 얼른 나와보십시오!"

비를 흠뻑 뒤집어쓰고 뛰어 들어온 꼴머슴이 급히 달려와 대청마루 밑에서 소리쳤다.

"밖에 웬 소란이냐?"

"말을 탄 군사들이 대인 어른을 찾습니다."

"뭐라고?"

하대용은 문득 간밤의 꿈자리를 떠올렸고, 뭔가 심상치 않은 일이 벌어졌음을 직감했다. 그는 급히 가죽신을 꿰어 신고 대문간으로 뛰어나갔다.

"안녕하시오, 하 대인?"

말 위에 앉아 말을 건네오는 이는 고구려의 기마대장이었다. 당연히 국내성에 있어야 할 그가 어찌 이곳 종마장에 나타난 것인지. 하대용이 문득 놀라 물었다.

"아니, 장군께서 이 시각에 웬일이십니까? 더군다나 이 빗속을 뚫고……."

하대용은 이전에도 명마를 고르기 위해 자신의 종마장에 두어 번 온 적이 있어 기마대장의 얼굴을 기억했다. 그런데 기마대장 혼자만이 아니었고, 그 뒤로 몇 명의 기마병들이 호위를 하고 있었다. 먼 길을 급히 달려왔는지 말들이 투레질을 하고 머리를 흔들며 갈기에 흠씬 젖은 빗물을 털어내고 있었다.

"자세한 이야긴 나중에 합시다. 곧 대왕 폐하의 행렬이 이곳에 당도할 것이오. 서둘러 폐하를 모실 준비를 해주시오."

"대왕 폐하라구요?"

"1천 군사들이 동행하고 있습니다."

"군사 1천?"

하대용은 놀라 입을 다물지 못했다.

"급하니 서두르시오."

기마대장은 명령하듯 말을 툭 던져놓고, 다시 왔던 곳으로 말 머리를 돌렸다. 뒤돌아서자마자 빗속으로 질주하는 말들은 순식간에 시야에서 사라져버렸다. 그만큼 빗줄기는 눈앞을 가릴 정도로 세차게 쏟아지고 있었다.

하대용은 마음이 급했다. 집안의 남녀노소를 불문하고 손발 멀쩡한 사람들은 다 불러 모아 대왕 맞을 준비를 서둘렀다.

하대용의 저택을 필두로 그 좌우와 뒤편으로 민가들이 올망졸망 들어서 있었는데, 모두 하씨들의 집성촌이었다. 하대용과 10촌 내외의 일가붙이들이 살고 있어, 주위에서는 이곳을 '하가촌'이라 불렀다. 하대용 저택뿐만 아니라 하가촌 전체가 떠들썩하여, 쏟아지는 빗줄기에도 아랑곳하지 않고 대왕을 맞기 위해 저마다 분주하게 움직였다.

뒤채에 들었던 호자무도 다시 뛰어나와 종마장으로 달려갔고, 말을 관리하는 일꾼들을 풀어 마초 창고를 깨끗이 치우도록 했다. 비에 젖은 군사들이 머물 장소를 마련하기 위함이었다. 대왕의 1천 기마들이 머물 수 있도록 비어 있는 마구간도 깨끗이 청소하라 일렀다.

그렇게 바쁘게 돌아가는 사이에 대왕의 군사 행렬이 종마장으로 들이닥쳤다. 하대용은 저택에서 멀리 떨어진 거리까지 나와 대왕의 어가를 맞았다.

호자무 또한 기마대와 보병들을 종마장으로 안내했다. 그는 비를 맞아가며 일꾼들을 독려하여 기마대의 말들을 비어 있는 마구간으로 끌어들이도록 했고, 군사들로 하여금 아직 푸른 싹이 돋지 않은 너른 잔디밭에 서둘러 군막을 치도록 했다. 금세 1천여 군사들이 종마장 너른 들을 가득 메웠다. 군사들이 군막을 다 설치했을 즈음에야 동쪽 하늘부터 뿌옇게 개기 시작했다.

대왕 사유(고국원왕)가 비에 젖은 용포를 새 옷으로 갈아입고 거실에 좌정했을 때, 주안상이 들어왔다. 안주로 올라온 고기 접시에서 모락모락 김이 피어올랐다. 하대용이 대왕 앞에 무릎을 꿇고 말했다.

"폐하, 너무 갑작스러운 일이어서 차린 것이 별반 없사옵니다. 곧 서둘러 수라상을 제대로 준비해 올리겠나이다."

말은 그렇게 했지만, 보기만 해도 맛깔스런 안주들이 한 상 가득 올라와 있었다.

"아니오, 하 대인. 이 정도면 충분하오. 그보다 어찌 그사이 이렇게 훌륭한 음식들을 준비하셨소? 이건 무슨 술이오?"

대왕 사유가 물었다.

"자양강장제로 쓰이는 호골주이옵니다."

"호오, 이곳에선 호랑이가 많이 사는 태백산(백두산)과 가까우니 호골주까지 맛보게 되는구려. 하 대인 덕에 귀한 술을 대하니, 비를 맞아 떨던 몸에 뜨거운 피가 도는 듯하구려!"

호골주를 한 잔 비운 대왕은 날씨로 구겨졌던 기분까지 눈 녹듯 사라지는 것 같았다.

"황공하옵니다. 폐하!"

"이곳이 하가촌이라 들었소. 언제부터 집성촌을 이루며 살았는지 궁금하구려."

대왕이 물었다.

"폐하! 하씨 가문은 우리 고구려 동명성왕의 외조부인 하백 선조의 피를 이어받았사옵니다."

"호오! 그래요?"

대왕은 기분이 좋아 보였다.

"오래전부터 압록강 인근에는 많은 하가들이 모여 살며 세가를 이루고 있사옵니다. 이곳에 사는 사람들은 소인이 말 장사를 하면서 종마장을 만들고, 그에 따른 인력들이 필요해 끌어들인 것이옵지요."

"흐음, 말을 많이 기르는 모양이구려?"

대왕 사유는 그에 대해 어느 정도 정보를 가지고 있었음에도 모른 척하고 물었다.

"한 천여 두 되옵니다."

"대단하오."

"과찬이옵니다."

하대용은 흡족해 하는 듯한 대왕의 표정을 슬쩍 훔쳐보았다. 그러면서 그는 은근히 불안한 마음을 가눌 길이 없었다. 동부욕살인 종형 하대곤이 걱정되어서였다. 두 해 전 대왕이 백제를 치러 갈 때 어쩐 일인지 동부에선 군사를 내지 않았다. 동부의 거성인 책성 서북쪽의 부여와, 동북쪽의 숙신을 경계해야 하므로 군사를 동원하기 어렵다는 이유를 댔다. 사실 그건 누가 봐도 왕명을 거스르는 행위였다. 자칫하면 동부욕살 하대곤에게 징벌이 가해질 수도 있는 사안이었다. 그때 자신이 하대곤을 대신해 종마 1백 두를 보내는 것으로 무마했었지만, 그럼에도 여전히 불씨는 남아 있었던 것이다.

아무래도 대왕이 갑자기 이곳에 들른 것은 그런 이유도 있을 듯했다. 기마대장의 귀띔에 의하면 천제를 지내기 위해서라고는 하지만, 어쩌면 동부의 군사들을 점검하기 위한 목적일

가능성이 컸던 것이다.

하대용은 종형 하대곤의 반골 기질을 잘 알기에 더욱 걱정스러웠다. 하대곤은 옛날 왕제王弟 무의 부장으로, 연나라 모용황이 고구려에 쳐들어왔을 때 큰 공을 세운 바 있었다. 그는 다음해에 왕제 무가 이끄는 사신단을 따라 연나라에 갔다. 연나라 모용황은 미천왕의 시신만 돌려보내고 태후와 왕후는 그대로 볼모로 묶어두었다. 그때 왕제 무는 고구려 국경에서 부장 하대곤으로 하여금 미천왕의 시신을 모시고 국내성으로 향하게 한 후 자신은 귀국하지 않았다. 그는 고구려 국경에서 혼자 어디론가 사라지고 말았다.

하대곤은 미천왕의 시신을 고구려로 모시고 온 공을 인정받아 소부와 대부를 거쳐 마침내는 동부를 대표하는 욕살이 되었다. 그러나 그의 심중에는 왕제 무와 고구려 국경에서 헤어진 데 대한 불만이 깊게 아로새겨져 있었다. 그것이 하대곤으로 하여금 반골 기질을 싹트게 했다는 것을 하대용은 알고 있었다.

대왕에게서 물러나온 하대용은 밤새도록 뒤치락거리며 잠을 이루지 못했다. 바로 종형 하대곤에 대한 걱정 때문이었다. 그건 곧 자신의 문제이기도 했다. 자칫 잘못하면 하씨가 멸문지화를 면치 못할 수도 있는 중대한 문제였던 것이다.

대왕이 천제를 지내기 위해 태백산으로 오는 중에 사냥을 통한 군사훈련을 할 목적이었다면, 사전에 동부욕살에게 통기를 하지 않을 이유가 없었다. 아니, 반드시 했어야만 할 일이었다. 그런데 일절 그런 연락도 없이 갑자기 군사 1천을 이끌고 들이닥친 것이었다. 만약 동부욕살 하대곤이 대왕의 이번 행사를 사전에 알고 있었다면 종제인 자신에게 연락을 취하지 않았을 리 없었다.

'역시 심상치 않은 일이야.'

하대용은 간밤의 꿈을 되새기며 혼잣말로 중얼거렸다.

비는 완전히 그쳤지만, 아직 문밖의 바람소리는 나뭇가지 끝에 찬 기운을 매달고 있었다. 가지 끝의 빗물은 곧바로 얼어붙어 바람이 불 때마다 서로 부딪치며 댕강거리는 소리를 냈다.

하대용은 을씨년스러운 기분에 이불자락을 끌어당겼다. 그러면서 다시금 깊은 생각에 잠겼다. 그는 자신도 모르는 사이 간밤에 꾸었던 황룡과 흑룡이 싸우던 꿈을 되새기고 있었던 것이다.

2

날이 밝았다. 언제 폭우를 퍼부었느냐 싶게 하늘은 맑게 개어 있었다. 하대용은 일찌감치 일어나 수하 중에서 무술도장의 사범으로 있는 추수를 불렀다. 상단의 장정들에게 무술을 가르치는 도장이 하가촌에서 조금 떨어진 압록강변에 있었는데,

간밤에 호자무를 시켜 몰래 그를 자택으로 불렀던 것이다.

"급히 책성에 좀 다녀와야겠다. 촌각을 다투는 일이니 쉬지 않고 달려야 한다. 아무도 눈치채지 못하게 뒷문으로 빠져나가 거라."

하대용은 새벽에 일어나 하대곤에게 쓴 서찰 하나를 추수에게 건네주었다.

추수는 허리를 굽히고 곧바로 눈앞에서 사라졌다. 그는 발자국 소리도 들리지 않게 나는 듯 말에 올라 동북쪽을 향해 질주하기 시작했다.

새벽 들판을 달리는 말과 추수는 마치 한 몸을 이루고 있는 듯 바람처럼 날아갔다. 말의 네 다리는 땅에 닿는 것 같지도 않았고, 율동적인 박자가 지면 바로 위의 허공에서 춤을 추는 듯했다. 그 역시 말의 박자에 맞춰 고삐 잡은 두 팔을 놀렸고, 등자에 발을 의지한 두 다리가 말의 옆구리에 단단하게 밀착되어 있었다. 말의 거친 숨소리가 그의 가슴에서도 같은 속도와 크기로 뛰놀았다.

추수는 말갈족이었다. 그의 먼 조상은 북방의 초원을 누비던 유목민으로, 그의 말 타는 실력은 조상 때부터 알아주던 것이었다. 말갈 부족들 사이에 떠도는 소문에 의하면, 그의 조상은 북방 유목민들 중 가장 규모가 큰 세력의 추장 노릇을 했다. 그런데 그들 간의 세력 싸움에서 패배하면서 일족이 거의 몰살되었다는 것이다. 겨우 그의 아버지가 살아남은 가족을 데리고 도망쳤고 태백산 자락에 숨어들어 짐승을 잡아 가죽을 파는 사냥꾼 노릇을 했다. 그래서 그는 태백산 아래 개마고원에서 잔뼈가 굵었다. 어린 시절부터 말 타고 산야를 누비며 사냥하는 데 이골이 나서 말달리기, 활쏘기, 창던지기, 표창 날리기, 검술 등 모두 수준급의 실력을 갖고 있었다. 개마고원의 말갈부락에서 가장 뛰어난 사냥꾼으로 소문난 그는, 호랑이며 곰이며 담비 등을 사냥해 그 가죽을 하대용 상단에 팔아넘기는 일을 했다.

추수의 비범한 사냥 솜씨는 물론 각종 무기를 자유자재로 다루는 것을 우연히 목격한 하대용은 그를 자신의 상단에 끌어들였다. 초원을 통한 상단의 이동은 늘 위험에 노출되어 있었다. 마적 떼들을 만나게 되면 값비싼 귀중품은 물론이고 목숨까지 빼앗기는 경우가 허다하였다. 그래서 상단에 소속된 행상들은 저마다 뛰어난 무술 실력을 갖추고 있어야만 했다.

하대용은 아예 추수를 사범으로 들어앉히고, 상단 청장년들에게 무술를 가르치도록 했다. 그동안 함께 여러 차례 서역을 다녀온 하대용은 도중 상단이 마적 떼와 맞닥뜨렸을 때 그가 보여준 무술 실력을 보고 크게 신뢰하게 되었다. 그가 말을 달리면서 손을 휘저을 때마다 폭풍에 쓸리는 나뭇잎처럼 마적들이 맥을 못 추고 쓰러졌던 것이다.

추수는 바람처럼 말을 달렸다. 말타기에 뛰어난 군사들도 하루 종일 걸리는 거리를 그는 한나절 남짓 달려 동부의 산성에 도착했다. 고구려 동북부의 거성인 책성이었다. 동부욕살 하대곤은 이 성에서 서북쪽 경계의 부여와 동북쪽 경계의 숙신을 견제하며 변방을 지키고 있었다.

종제 하대용이 보낸 추수를 한눈에 알아본 하대곤이 급히 물었다.

"무슨 일이냐?"

추수는 말에서 내리기 무섭게 숨을 헐떡이며 품속에서 하대용의 서찰을 꺼내 하대곤에게 건넸다.

서찰을 급히 읽어본 하대곤이 긴장한 얼굴로 물었다.

"천제를 겸한 전렵 행사라? 참가한 군사가 얼마나 되더냐?"

"1천 군사라 합니다."

"무어라? 1천 군사?"

하대곤의 얼굴 근육이 꿈틀거렸다.

군사 1천이라면 단순한 전렵 행차가 아니었다. 하대용이 서찰을 통해 알려준 대로, 이것은 전렵이라기보다는 두 해 전에 백제와의 전투에 군사를 보내지 않은 동부에 대한 견책의 목적이 더 크다고 할 수 있었다.

"장군, 어찌하오리까?"

이제야 숨을 제대로 돌린 추수가 물었다.

"너는 즉시 말을 달려 하 대인에게 알려라. 오늘 저녁에 거대하게 주연을 베풀어 대왕 폐하를 극진히 모시고, 군사들에게도 배불리 먹고 즐길 수 있게 하라. 나는 대왕 폐하를 알현하러 내일 새벽까지 가겠다."

"따로 긴히 전하실 서찰은 없으신지요?"

"그럴 시간이 없다. 어서 가거라!"

하대곤은 쫓다시피 추수를 돌려보냈다.

추수를 보내고 나서 하대곤은 성안을 거닐며 깊은 시름에 잠겼다.

'아직은 때가 아니다. 때가 아니야.'

하대곤은 머리를 좌우로 흔들었다. 처음 종제 하대용의 서찰을 접했을 때 위기를 의식했으나, 다른 한편으로 떠오른 생각은 이번이 오히려 기회일 수 있다는 것이었다. 전쟁터를 누비며 터득한 것이지만, 위기를 뒤집으면 기회가 된다는 사실을 그는 알고 있었다. 지금이 바로 궁궐을 벗어난 대왕 사유를 제거할 수 있는 절호의 기회가 될 수 있었던 것이다. 그러나 서두를 문제가 아니었다. 전렵 행차에 군사 1천을 이끌고 왔다면, 대왕은 이미 국내성에 예비 병력을 남겨두고 유사시 구원군을 보낼 수 있도록 방비해 놓았을 것이 틀림없었다.

하대용의 서찰에 의하면, 태자 구부는 국내성에 남겨두고 둘째 왕자 이련을 대동했다고 한다. 대왕 사유가 백제를 치기 위해 직접 원정에 나설 수 있었던 것은 전적으로 태자 구부의 능력을 믿었기 때문이다. 구부는 장대한 기골에 뛰어난 지략을 겸비한 인물로 알려져 있었다. 이미 태자로 책봉되기 전부터 부왕을 모시며 정사를 도왔고, 원정 때는 국내성을 지키면서 혹시 백제와의 전쟁을 빌미로 북방 세력이 국경을 침범할 것에 대비하여 경계를 철저히 하도록 변경의 성주들에게 파발마를 띄우는 치밀함까지 보여주었던 것이다.

하대곤은 수양아들인 해평을 내실로 불렀다. 나이 스무 살의 건장한 사내가 헐레벌떡 뛰어 들어왔다.

"부르셨습니까, 아버님!"

"음, 그래! 게 앉아라."

하대곤은 맞은편 의자를 가리켰다.

"무얼 하고 있었느냐?"

"군사 조련을 하고 있었습니다."

"오늘 밤을 기해 종마장으로 갈 것이니, 마상훈련에 능한 기마대 1백만 가려 뽑아 대기시켜라."

말을 마친 하대곤은 한일자로 굳게 입을 다물었다.

"예, 아버님!"

해평은 더 이상 묻지 않았다. 하대곤의 말은 곧 명령이었고, 그대로 따르는 것을 철칙으로 삼고 있었기 때문이다.

막 거실 문을 나서는 해평의 뒷모습을 주시하며, 하대곤은 곧 깊은 생각에 빠져들었다. 해평은 그에게 있어 큰 희망이자, 또한 그 이상의 큰 근심거리이기도 했다. 주군으로 모셨던 왕제 무의 얼굴이 그의 눈앞에 어른거렸다.

하대곤은 왕제 무야말로 제왕의 기질을 타고났다고 생각했다. 마음속에서 주군으로 모시기로 작정한 다음부터 그는 늘 그러한 생각을 갖고 있었다. 무는 전쟁의 신이라고 할 만큼 뛰어난 무술과 기발한 전략을 구사하는 불세출의 명장이었다. 뿐만 아니라 그렇게 고구려를 사랑하고 백성을 위하는 마음을 가진 인물은 찾아보기 힘들 정도였다. 한 나라의 군주가 될 면모를 갖추었으나 시절을 잘못 타고난 것이 그에게 불운을 가져다주었다. 만약 연나라 모용황이 쳐들어왔을 때 무가 대왕의 자리에 있었다면 그처럼 굴욕적인 참패를 당하지는 않았을 것이다. 오히려 연나라 대군이 고구려군의 역습에 쫓겨 달아나기에 바빴을 것이라고 하대곤은 생각했다.

고구려가 연나라 대군에게 공격을 당해 형언할 수 없는 치욕을 겪은 것은, 대왕 사유가 미천왕의 뒤를 이어 왕위에 오른 지 12년이 되던 해의 일이었다.

중원의 동쪽 변방에 근거지를 마련한 선비족은 고구려와 경계를 이루고 있어 요동지역을 두고 밀고 당기는 패권을 다투어 왔다. 당시 선비족은 모용선비·단선비·우문선비 등으로 세력이 나누어져 있었는데, 그중에서도 고구려의 가장 큰 적은 모용선비였다. 미천왕은 모용선비와 요동지역에서 여러 차례 전투를 벌여 고구려의 강성한 위용을 보여주었다. 그때까지만 해도 모용선비는 고구려의 적수가 되지 못했던 것이다. 그러나 그 이후 모용황이 세력을 규합하여 연나라를 세우면서부터 고구려를 위협하는 서북방 최대의 강적으로 떠올랐다.

연나라는 요하 서쪽에 자리한 용성에 수도를 정했는데, 이는 중원으로 나가는 발판을 마련하기 위한 것이었다. 그러나 연나라가 중원으로 진출하는 데 가장 큰 걸림돌이 된 것은 고구려였다. 배후에 고구려를 두고 중원을 공략한다는 것은 위험천만한 일이 아닐 수 없었다. 그래서 먼저 고구려를 제압한 후 중원을 도모하고자, 연나라는 수도를 용성에 정한 지 한 달 만인 342년 11월에 군사를 일으켰다. 모용황은 선대부터의 숙적인 고구려를 치기 위해 군사 5만 5천을 모았으며, 군사전략에 뛰어난 형 모용한을 입위장군으로 삼아 출정했다.

이때 모용한은 작전회의를 열고 휘하 장수들에게 말했다.

"고구려를 치는 길은 북로와 남로 두 갈래가 있다. 북로는 평탄하고, 남로는 험준하다. 적들은 필시 우리가 북로를 택하여 공격할 것이라 판단하고, 그 길을 굳게 지킬 것이다. 그러므로 우리는 대군을 이끌고 남로로 가고, 적들을 속이기 위해 일부 병력만 북로를 통해 진군토록 한다."

그 전략에 따라 모용황은 형 모용한과 함께 손수 군사 4만을 이끌고 남로를 택해 진군했다. 그리고 모용한의 휘하 장수인 왕우로 하여금 군사 1만 5천을 이끌고 북로를 통해 고구려로 진입하도록 했다.

일단 남로로 가는 대군은 소문나지 않도록 비밀리에 험준한 산길로 진군시키고, 북로로 진군하는 적은 수의 군사들에게는 요란하게 북을 치고 나팔을 불며 보무당당하게 대로로 행군토록 했다. 그것도 아주 천천히 소문을 내며 진군시켜, 고구려 군사들로 하여금 연나라 대군이 북로를 통해 원정길에 나섰다고 오판하도록 만들었다. 물론 간자를 동원해 그러한 진군을 믿도록 사전작업까지 벌였다.

한편, 고구려의 경우 연나라 대군이 쳐들어온다는 정보를 입수하고 긴급히 대책을 논의했다. 그때 왕제 무는 연의 주력부대가 평탄한 북로 대신 험준한 남로를 이용할 가능성이 높다고 보고 그에 대처해야 한다고 주장했지만, 대왕 사유는 그것을 무시해 버렸다. 속속 들어오는 정보를 보더라도 적들은 천천히 힘을 비축하며 정면돌파해 오고 있었다.

따라서 대왕은 무 왕제로 하여금 정병 5만을 이끌고 나가 북로를 방어토록 했다. 그리고 자신은 손수 적은 수의 군사를 이끌고 나가 남로의 길목을 막기로 하였다. 혹시 연나라 군대가 남로를 통해 진군해 올지도 모르기 때문에 철저히 대비할 필요가 있었던 것이다.

그러나 대왕 사유의 판단은 빗나갔다. 험준한 산맥을 타고 넘어온 연나라 대군은 고구려의 적은 군사들을 일거에 진압해 버렸다. 여기서도 모용한은 허허실실의 전법을 구사하여 고구려군과 맞닥뜨렸을 때 처음에는 전투를 하는 척하다가 겁을 먹고 도망치는 시늉을 했다. 그리고 그 뒤에 모용황이 이끄는 대군을 숨겨두고 있다가 고구려군이 추격해 오자 급물살 터지듯 돌격을 감행하여 한순간에 무너뜨리고 말았다.

이때 대왕 사유는 단지 호위 군사 몇 명만 거느리고 도주하기에 바빴으며, 왕도를 버리고 단웅곡에 이르러 겨우 몸을 숨길 수 있었다. 연나라 대군은 곧바로 환도성으로 들이닥쳤다. 이때 연나라 장수 모여니는 고구려의 태후와 왕후를 사로잡았다.

한편, 고구려의 정병 5만을 이끌고 북로의 길목을 지키던 왕제 무는 연나라 장수 왕우가 이끄는 1만 5천 병력을 전멸시키는 대승을 거두었다. 그러나 자신들이 상대한 것이 연의 주력부대가 아닌 것을 뒤늦게 깨달았다.

"우리가 속았다. 환도성이 위험하다. 전속력으로 회군한다."

왕제 무는 휘하 군사를 휘몰아 환도성을 향해 달렸다.

그 무렵, 이미 환도성을 점령한 모용황은 고구려 대왕이 숨어 있는 단웅곡으로 군사들을 보내 항복을 권유했다. 그러나 대왕은 깊은 산중에 꼭꼭 숨어 끝내 모습을 드러내지 않았다.

고구려 대왕의 항복을 기다리던 모용황은 북로로 진군하던 연나라 군사 1만 5천이 몰살당했다는 소식을 접하자, 대경실색하여 군사를 거두어 환국하려고 했다.

이때 장수 한수가 모용황에게 간했다.

"지금 이대로 군대를 물린다면 매우 위험합니다. 북로에서 우리 군을 물리친 고구려 주력부대에게 추격당할까 두렵습니다. 남로에서 우리 대군에게 쫓겨 달아난 고구려 군사들까지 수습하여 합세한다면, 우리 군사는 앞뒤로 적을 두는 진퇴양난의 위험에 처하게 될 것입니다."

"진퇴양난? 사유왕의 군대도 무찌른 우리가 그 동생 무의 군대를 무서워해서야 어찌 대연大燕의 군대라 할 수 있겠는가?"

모용황이 송충이 눈썹을 꿈틀대며 짐짓 허세를 부렸다.

"이미 우리 군사들은 험로를 진군해 적과 싸우느라 전력이 크게 약화된 상태입니다. 만약 고구려 왕제 무가 북로의 길목을 틀어막으면 우리 군사들의 퇴로가 차단됩니다. 지친 군대를 이끌고 험로인 남로를 통해 귀환할 수는 없습니다. 오직 유일한 길은 북로인데, 고구려군이 목 지점의 산성에서 농성을 하며 퇴로를 막는다면 곤란한 지경에 이를 것입니다."

"그 전에 사유왕이 숨은 단웅곡으로 대군을 보내 항복을 받아내면 왕제 무도 스스로 무릎을 꿇을 것이 아닌가?"

"사유왕을 보호하기 위해 고구려의 흩어진 군사들이 속속 단웅곡 골짜기로 모여들고 있다는 첩보가 있습니다. 적들이 재정비를 하면 아군의 후방이 위태롭습니다."

"허면 대체 어찌하는 것이 좋단 말인가?"

성질이 급한 모용황이지만, 숱한 전쟁을 겪으면서 빠르게 상황파악을 하는 능력을 갖고 있었다. 그는 때로 과욕보다 포기가 이기는 전략일 수 있다는 이상한 논리의 비약도 긍정하는 지혜의 소유자였다. 그래서 심사숙고를 거듭했다.

잠시 후 다시 한수가 한 가지 꾀를 냈다.

"고구려왕의 아비 무덤을 파헤쳐 시신을 싣고 간다면 감히 추격하지 못할 것입니다. 이미 왕의 생모와 비까지 사로잡은 데다, 나포된 고구려 백성들을 인질로 방패삼아 끌고 간다면, 적들은 화살 하나 날리지 못한 채 추격할 엄두조차 낼 수 없을 것입니다."

"하핫, 핫핫핫! 그것 참 좋은 꾀로다!"

한수의 말에 모용황은 호탕하게 웃으며 무릎을 탁 쳤다.

모용황은 이렇게 하여 미천왕의 능을 파헤쳐 시신을 수레에 싣고, 사로잡은 태후와 왕후를 볼모로 삼아 퇴각하기 시작했다. 이때 고구려 5만의 백성을 인질로 잡아 대군의 행렬 사이사이에 끼워 넣어 기병들로 하여금 닦달케 하면서, 연나라 군사들은 고구려 대군의 추격을 막았다.

전쟁이 끝난 이듬해인 343년 2월, 대왕 사유는 부왕 미천왕의 시신을 모셔 오고 볼모로 잡힌 태후와 왕후를 귀국시키기 위해 재물을 수레에 바리바리 싣고 왕제 무로 하여금 직접 연나라에 사신으로 가도록 했다. 이때 무의 휘하 부장이던 하대곤도 사신단의 일원으로 따라갔다.

연나라에 도착한 왕제 무와 하대곤은 고구려 사신단을 대표하여 마침내 모용황 앞에 나갔다.

"그대가 사유왕의 동생 무인가?"

모용황은 높은 자리에 앉아 애써 위엄을 보이며 아래를 굽어보았다.

"그렇습니다."

"이번 사행의 목적이 그대 부친의 시신, 그리고 태후와 왕후를 돌려보내 달라는 것이라 들었다. 사유왕이 금은보화를 보냈지만, 그것만으로 고구려의 요구를 다 들어줄 수는 없는 노릇!"

모용황은 문득 말을 끊고 무의 표정을 살폈다.

"그렇다면 조건을 제시하십시오."

왕제 무는 당당하게 고개를 쳐들었다.

"그대를 볼모로 삼아 여기 묶어둘 수 있다면 고구려의 요구를 다 들어주지."

"연나라에서 이 몸을 묶어둔다고 볼모가 될 것 같습니까? 만약 나를 이곳에 묶어둔다면 지난 전쟁 때 볼모로 붙잡혀 온 우리 백성 5만마저 살려 고구려로 돌아갈 것이오."

무의 말에 모용황은 불쾌감을 드러냈다.

"허어? 그대는 그것이 가당키나 한 일이라 생각하는가?"

"시간이 말해 주는 것 아니겠습니까? 시대의 흐름은 물과 같습니다. 강물이 굽이쳐 흐르는 것은 반드시 한 번은 높게 한 번은 낮게 물굽이를 이루는 연속작용의 결과입니다. 아무리 강성한 국가도 흥망성쇠의 이치에서 벗어날 수는 없는 일! 지금 연나라는 강합니다. 그러나 언젠가는 국력이 약화될 때가 있습니다. 내란이 일어나지 말라는 법도 없습니다. 그 시기를 기다렸다가 나는 우리 고구려 유민들을 데리고 국경을 넘을 것입니다."

모용황은 똑바로 왕제 무를 직시한 채 눈 하나 깜짝하지 않았다. 바로 목울대로 호통의 소리가 터져 나올 것 같은 분위기인데, 억지로 입을 앙다물어 참고 있는 것 같았다.

한동안의 시간이 흐른 후, 모용황은 크게 고개를 끄덕이며 만면에 미소를 머금었다. 그러더니 마침내 한일자로 꾹 다물고 있던 입을 열었다.

"좋다. 이번에 그대의 부친 시신은 돌려주지. 그러나 태후와 왕후는 풀어줄 수 없다. 단, 조건이 있다."

"조건이라면……?"

"그대가 고구려에서 영원히 사라져주는 조건이다. 목숨을 거두겠다는 것은 아니다. 고구려 국경을 넘기 전에 어디론가 떠나면 그것으로 족하다. 세작들에 의해 고구려에서 그대의 자취를 발견할 수 없게 되었다는 확신이 서면 그때 태후와 왕후를 풀어줄 것이다."

"그 약속은 반드시 지키겠습니다. 태후와 왕후도 이번에 같이 귀국할 수 있도록 해주십시오."

왕제 무는 간절한 목소리로 말했다.

"그건 아니 될 일! 그대의 신의를 확실하게 보여주는 것이 먼저이고, 볼모를 고구려로 돌려보내는 것은 그 뒤의 일이 될 것이다."

"좋습니다. 내가 살아 있는 한 고구려 국경을 넘지 않겠습니다. 그러면 연나라도 반드시 신의를 지키겠지요?"

왕제 무의 목소리에는 마음속에서 우러나는 진정이 강하게 배어 있었다.

이때 하대곤은 곁눈으로 왕제 무를 바라보다가 가슴이 덜컹, 내려앉는 기분이었다.

미천왕의 시신을 모시고 연나라에서 귀국할 때, 정말 왕제 무는 고구려 국경에서 부장 하대곤에게 당부하였다.

"나는 더 이상 고구려로 돌아갈 수 없는 몸이다. 네가 부왕의 시신을 잘 모시고 가거라. 대왕 폐하께 이젠 부왕의 혼백이 자유로워질 수 있도록 해달라고 내 뜻을 전하여라."

이 말을 남기고 왕제 무는 고구려 국경에서 홀연히 사라졌다.

사실 하대곤은 미천왕의 시신을 모시고 온 후, 뜻있는 이들의 세력을 규합해 우유부단한 대왕 사유를 폐위시키고 왕제 무를 제위에 오르게 할 작정이었다. 고구려가 강성해지기 위해서는 강력한 군주가 필요하다는 것이 그의 생각이었다. 왕성을 포기하고, 태후와 왕후를 버리고, 백성까지 적의 수중에 방치한 채 자기 한 목숨 부지하기 위해 도망치는 파렴치한 군주는 이미 제왕으로서의 자격을 상실한 것이라고 그는 단정했다. 더구나 연나라와의 전쟁 이후 백성들 사이에 대왕 사유에 대한 원망이 자자했으며, 그 반면에 왕제 무에 대해서는 칭송하는 목소리가 높았다. 백성들 모두가 원하는 군주는 바로 왕제 무였던 것이다.

그러나 왕제 무의 결정이 너무 단호하여 하대곤은 헤어질 때 말 한마디 제대로 하지 못했다. 그가 왕제 무와 연나라 모용황의 약속 현장에서 눈과 귀로 보고 들었기 때문이었다. 국가 대 국가의 외교적 협약이므로 누가 말려서 돌이킬 수 있는 일이 아니었던 것이다. 그렇게 무가 고구려 국경에서 사라져버리자, 그의 왕제에 대한 존경심이 대왕 사유에 대한 불만을 더욱 부추겨 뼛속 깊이 사무치게 만들었다.

10여 년 전, 그러니까 왕제 무가 고구려 국경에서 사라진 지 채 20년이 되지 않았을 때였다. 어느 날 열 살 안팎의 소년이 하대곤을 찾아왔다. 바로 해평이었다. 그의 손에는 왕제 무의 서찰이 들려 있었다.

'내 아들이네. 당시 나는 고구려 국경에서 부여 땅으로 가서 해씨 마을을 찾았다네. 동명성왕의 아버지 해모수의 자손들이 세가를 이루며 사는 곳이네. 그때부터 나는 고씨 성을 버리고 해씨 성으로 행세를 했네. 내 아들을 그대에게 보내니, 고구려를 위하여 큰 공을 세울 수 있는 인물로 키워주게. 그 애 어미가 죽어 나로서는 자식을 키우기가 쉽지 않네. 또한 따로 내 계획이 있고. 나는 아직 아들에게도 고구려 왕손임을 이야기하지 않았네. 그러니 그 점을 특히 비밀로 해두기 바라네. 이후 나를 찾을 생각일랑 말게. 나는 단군왕검께서 그러하셨듯이, 깊은 산속에 들어가 도를 닦다 산신이 될 생각이네.'

서찰의 내용은 간단했다.

그러나 왕제 무의 아들 해평을 보고 하대곤은 오래도록 품어왔던 역심이 다시 발동했다. 일단 양자로 받아들여 하해평이라 불렀지만, 무의 아들인 그를 고구려의 강력한 군주로 만들고야 말겠다는 결심을 다시금 굳히게 되었던 것이다.

"아직은 때가 이르다만, 언젠가는 그날이 오리니……."

동부욕살 하대곤은 어금니를 꽉 깨물었다. 지금까지도 변함없이 마음속의 주군으로 생각해 온 왕제 무의 얼굴이 떠오르자, 그는 두 손을 움켜쥔 채 부르르 몸을 떨었다.

3

밤새워 기마대 1백 기를 이끌고 하가촌으로 달려간 하대곤은, 다음 날 이른 아침 종제 하대용의 저택에 당도했다. 동부의 기마병들은 일당백의 무술을 자랑하고 있었으며, 이 부대를 이끄는 젊은 장수는 해평이었다.

"폐하! 동부욕살 하대곤이옵니다."

대문 안으로 들어서기 바쁘게 대왕 사유 앞에 나타난 하대곤은 덥석 무릎부터 꿇었다.

"아니, 하 장군! 이른 아침부터 웬일이오?"

대왕은 놀란 표정으로 물었다. 사실 이번 행차의 표면적인 목적은 태백산 천제였지만, 다른 한편으로는 실제 동부욕살의 의중을 알아보기 위함도 있었다. 그가 동부욕살의 종제인 하대용의 종마장에 기별도 없이 먼저 들른 것 역시 계산된 행위였다. 아마 당연히 하대용이 어젯밤 파발마를 띄웠음에 틀림이 없었다. 그럼에도 모르는 체 반응한 것이었다.

"어제저녁 무렵 전령병으로부터 보고를 받고 밤새워 달려온 것이옵니다."

하대곤은 고개를 꺾었다.

"동부의 군사정보 전달체계가 아주 잘돼 있군! 지난번 백제 원정 때 군사를 내지 않은 건 숙신이 도발할 위험 때문이라 들었는데, 지금 동북쪽 변방은 어떠하오?"

대왕 사유는 은근히 하대곤의 기색을 살피며 물었다.

"당시만 해도 숙신이 호시탐탐 국경을 노려온 것은 사실이오나, 지금은 경계를 튼튼히 하여 저들도 겁을 먹고 은인자중하고 있사옵니다."

"다행이로군!"

대왕은 고개를 주억거렸다. 그러던 그의 눈길이 하대곤 뒤에 시립해 있는 해평에게 가서 멎었다.

하대곤이 급히 일어서며 해평에게 일렀다.

"대왕 폐하시다. 어서 예를 갖추어라!"

해평이 대왕 앞으로 다가가 역시 무릎을 꿇었다.

"해평이 대왕 폐하를 뵙습니다."

"제 미천한 자식이옵니다."

하대곤이 말했다.

"음, 훌륭한 아들을 두었구려! 장차 하 장군 못지않은 큰 인물이 될 장재로다."

대왕 사유는 해평을 뚫어지게 바라보았다. 어딘가 낯이 익은 얼굴이었다.

"아들에게 동부의 기마대 훈련을 맡겼사옵니다."

하대곤이 해평을 돌아보며 흐뭇한 표정을 지었다.

"해평이라……! 헌데 낯이 매우 익은 듯하구나."

대왕의 말에, 순간 하대곤은 아차 싶었다. 대왕이 해평에게서 왕제 무의 얼굴을 읽을 수 있을 거라는 걸 미처 생각하지 못했던 것이다. 그만큼 해평은 아버지 무를 꼭 빼닮았다.

"오늘 처음 폐하를 알현하나이다."

하대곤이 대신하여 말했다. 해평이 뭐라고 대답할지 몰라 먼저 선수를 친 것이다.

"허헛, 참! 갑자기 아우 무가 생각나는구려. 무에게도 아들이 있다면 저처럼 훌륭한 장재가 되었을 터인데……."

대왕은 무심코 말했지만, 하대곤은 사뭇 가슴이 떨려왔다. 아무래도 해평을 데려온 것이 큰 실수일지도 모른다고 생각했다. 그러나 해평이 왕제 무의 아들임을 눈치채지는 못한 것 같았다. 당연히 그럴 수는 없는 것이었다.

"폐하, 망극하오이다!"

"아니로세. 무는 당시 연나라 볼모로 있는 태후와 왕후를 위해 자기를 버렸으니! 허어, 아우는 지금 어디서 무엇을 하고 있는지……."

대왕 사유는 그러면서 하대곤에게 가졌던 의심을 얼마간 풀었다. 당시 그가 고구려와 아우인 무를 위해 얼마나 충성을 다했는지 상기되었기 때문이다.

갑작스레 나온 왕제 무의 이야기에 분위기가 무거워졌음을 깨닫고 대왕이 말했다.

"동부욕살이 마침 기마대를 이끌고 왔다 하니, 오늘은 여기서 마상훈련을 벌여봅시다. 욕살의 아들 해평의 무술 솜씨도 보고 싶고 말이오!"

"황공하옵니다, 폐하!"

대왕은 이어서 말했다.

"내가 책성을 한번 들를까도 생각했는데 마침 동부욕살이 이리 와주었으니, 계획을 좀 달리해야겠소. 무엇보다 천제가 있는 삼월삼짇날까지는 아직 날짜가 남았으니, 일단 이곳에서 얼마간 유숙하며 사냥과 군사훈련을 펼치고 태백에 올라야겠소. 그리 알고 준비들 하시오."

종마장 너른 들판으로 곧 군사들이 집결했다. 하대용은 추수로 하여금 상단을 훈련시킬 때 쓰던 각종 무술훈련 장비들을 준비토록 지시했다.

전렵 행사는 단순한 사냥이 아닌 일종의 군사훈련이었으므로, 군대 사열과 전술훈련 및 마상훈련이 그 일정에 포함되어 있었다. 먼저 대왕 사유가 이끌고 온 국내성의 1천 군사가 사열과 전술훈련 시범을 보였다. 그다음에 동부욕살 하대곤의 기마대 1백 기가 기마전술을 펼쳤다.

대왕 사유는 군대 사열을 통하여 고구려군의 사기충천한 모습을 보여줌으로써 은근히 자신의 위엄을 드러내려고 했다. 동부욕살 하대곤이 펼쳐 보인 기마전술도 잘 조련된 기마대의 위용을 느끼게 해주어 자못 볼만했다.

사열과 전술훈련은 단체지만, 마상훈련은 개인전술로 가장 기대가 되는 무술시범이었다. 마상훈련 참가자들은 모두 3개 조로 나누어져 있었다. 즉 대왕 사유가 이끌고 온 1천 군사 중 가려 뽑은 기마대와 동부욕살이 대동하고 온 기마대, 그리고 하대용 상단에서 말을 잘 다루는 청장년 등이었다. 이들 3개 조는 자연스럽게 무술시합을 벌이면서 긴장감을 더해 갔다.

마상훈련은 말타기, 활쏘기, 창술, 검술 등으로 진행되었다. 특히 말타기와 활쏘기는 고구려에서 아주 중요하게 여기는 무예였다. 고구려 시조 추모대왕은 말타기와 활쏘기의 명수로 추앙받았는데, 이제 무사들 사이에서 그 전통의 맥을 이어오고 있었다.

이번 행차에는 왕자 이련도 동행하고 있었다. 아직 열세 살의 나이지만, 그는 기골이 장대하여 이미 청년다운 면모를 갖추고 있었다. 국내성 군사들이 출전한 마상훈련에서 최종적으로 이련이 선발되었다. 대왕 사유는 매우 흡족한 눈으로 그런 아들을 바라보았다.

한편 동부에서는 해평이 대표주자로 나섰고, 하가촌에서는 추수와 또 한 명의 나이 어린 듯 해맑은 얼굴의 미소년이 출전했다. 미소년은 날렵한 몸매에 수려한 이목구비를 갖추고 있어 특히 눈길을 끌었다.

개인기술은 대표주자들 모두 훌륭했다. 그중에서도 특히 말 위에서 보여주는 개인기술은 추수가 월등한 편이었다. 그는 말 위에서 자유자재로 몸을 놀렸다. 말 등에서 한순간 사라졌다가 나타나기를, 원숭이가 나무 위에서 재주넘듯이 했다. 말 옆구리로 몸을 피해 달릴 때면, 이편에서 보면 말만 저 혼자 달리는 것 같았다.

마상훈련의 마지막 순서는 이련과 해평, 추수와 미소년 등 네 명이 벌이는 말달리기 경주였다. 저 멀리 언덕 너머에 고구려의 상징인 삼족오 깃발을 꽂아놓고 그곳까지 달려갔다가 대왕 앞까지 돌아오는 경기였다.

"우승을 하는 자에게는 짐이 가장 아끼는 백마를 상으로 내놓겠다."

고구려 무사들의 경기 모습을 보며 매우 흡족한 기분에 충일된 대왕 사유가 큰 소리로 외쳤다.

대왕이 앉은 단으로부터 수평으로 금을 그어놓은 출발점 앞에서, 곧 네 명의 주자들은 기마대장의 깃발 신호와 함께 힘차게 말을 달렸다. 그들은 거의 엇비슷하게 수평을 이루며 달려나갔다. 거친 숨소리와 함께 네 필의 말은 서로 머리를 맞대고 질주했다. 주자들도 등자에 걸어 넣은 양발로 말의 뱃구레를 힘차게 걷어차며 채찍을 휘둘러댔다.

하늘은 티 없이 맑고 푸르렀고, 말은 숨넘어갈 듯 거칠게 땅을 박차며 달렸다. 마른땅이라면 흙먼지가 뿌옇게 일어 뒤에서 볼 때 말들의 모습이 보이지 않을 정도였겠지만, 아직 비 온 뒤 제대로 마르지 않은 땅이라서 말발굽에 찍혀 나온 흙덩어리들이 공중으로 새카맣게 튀어 올랐다.

반환점인 삼족오기를 되돌아 중간 지점쯤 달려왔을 때였다. 말 머리 두세 개 거리를 두고 추수와 해평이 앞서 달려 나갔고, 조금 뒤미처 왕자 이련이, 그리고 마지막으로 미소년이 달리고 있었다. 바로 그때 다급한 마음에 이련이 급히 말에 박차를 가했으나, 마침 물러진 땅을 잘못 디뎌 말 발굽이 뒤엉키면서 졸지에 낙마를 하고 말았다. 바로 뒤따라오던 미소년은 그것을 피해 급히 앞으로 달려 나가다가 말을 멈춰 세우고, 곧바로 말을 되돌려 땅에 떨어진 이련에게로 달려왔다. 앞에 달리던 추수와 해평은 그런 사태를 아는지 모르는지 계속 순위를 다투면서 말에게 채찍질을 가했다.

"왕자님, 괜찮으십니까?"

말에서 뛰어내린 미소년이 무릎을 꿇고 이련의 몸을 일으켜 세우려고 했다. 미소년의 목소리는 아직 변성기가 안 된 듯했다.

"아아, 다리를 다친 모양이오."

이련은 다친 한쪽 다리를 감싸 쥐었다.

"잠시만 앉아 계십시오."

미소년은 달려가다 멈춘 왕자 이련의 말을 끌고 와서는 그를 부축해 안장 위에 태웠다.

그런 연후 자신의 말에 올라탄 미소년은 이련의 말고삐까지 잡고 말 머리를 나란히 한 채 천천히 대왕이 있는 단 앞까지 걸어왔다.

"어찌 된 것이냐?"

대왕이 왕자 이련에게 물었다.

"부끄럽습니다. 낙마를 하였나이다."

이련은 차마 고개를 들지 못했다.

"대왕 폐하! 엊그제 내린 비로 땅이 제대로 마르지 않았사옵니다. 물기 덜 빠진 곳을 말이 밟아 미끄러진 것 같사옵니다."

미소년이 이련을 대신하여 저간의 사정을 말해 주었다.

"호오! 나이 어린 무사가 제법 의리가 있구나. 그대 이름이 무엇인가?"

대왕이 청년을 이윽히 바라보며 물었다.

"하연화라고, 제 여식이옵니다."

대왕 바로 옆에 앉아 있던 하대용이 대신 대답을 했다.

"오! 그래요? 짐은 나이 어린 청년인 줄 알았소. 하연화라……. 그대는 여자의 몸으로 어찌 그리 뛰어난 무술을 익혔는가?"

대왕은 다시 하연화를 바라보았다.

"대왕 폐하! 제나라 안자晏子는 키가 비록 작지만 대인大人으로 나라의 큰 재상이 되었사옵니다. 나라의 큰일을 하는 데 키가 작고 큰 것이 이유가 될 수 없듯이, 나라를 지키기 위한 무술 또한 남녀의 구분이 따로 있을 수 없다는 것이 소녀의 소견이옵니다."

하연화의 말에 대왕은 크게 놀랐다.

"그대가 안자를 아는가?"

"스승이 가르쳐주셔서 경서를 조금 읽었사옵니다."

하연화가 말한 스승은 바로 하대용 옆에 앉아 있었다.

"문무를 겸하였도다. 과연 훌륭한 낭자로고. 스승의 함자가 어떻게 되느냐?"

대왕의 물음에 하대용이 대답했다.

"바로 여기 있는 을두미 사부이옵니다."

하대용 옆에 앉은 을두미가 조용히 일어나 대왕에게 예를 갖추었다.

"을두미 선생! 과연 두루미처럼 고귀한 상을 가지셨구려! 혹시 을두지나 을파소의 자손이 아니시오?"

대왕이 만면에 미소를 머금으며 물었다.

"폐하! 바로 맞히셨사옵니다. 을두미 사부는 저 대무신왕 시절 잉어계책으로 한나라 대군을 물리친 좌보 을두지와, 고국천왕 때 진대법을 실시하여 민생을 구휼한 명재상 을파소의 피를 이어받았사옵니다."

역시 하대용이 대신 답을 올렸다.

"허, 그러하시오?"

대왕은 한참 동안이나 머리를 주억거렸다. 을두미는 고고한 자세로 조용히 미소만 지어 보였다. 하대용의 말에 조금은 쑥스러운 기분이 들기도 했던 것이다. 을두미는 검은 옷을 걸치고 있었는데, 그의 희고 긴 머리와 수염이 흑백의 대비를 이루었다. 검은 옷은 그가 무술도장에서 입는 무도복이었다.

그날 말달리기 경주에서 우승을 한 무사는 해평이었다. 추수와 말 머리 하나 차이로 선두를 지켰다. 대왕은 약속한 대로 해평에게 백마를 상으로 주었다.

"폐하께서 아끼시는 말을 상으로 내리면 어찌하옵니까? 그러하면 저희 종마장에서 기르던 명마를 폐하께 헌상하겠나이다."

하대용은 추수로 하여금 길이 잘 든 한혈마를 대령케 했다. 잠시 후 추수는 호피 말안장을 얹은 적토마 한 필을 끌고 왔다. 검붉은 털빛이 윤기를 내고 있었으며, 바람에 날리는 갈기가 매우 부드러웠다.

"허허! 관운장의 적토마가 바로 여기 있었구려!"

"맞사옵니다. 관운장이 타던 말은 아마도 저 서역 대원의 한혈마가 틀림없을 것이옵니다. 이 말 역시 한혈마로, 족보를 가진 명마이옵니다. 이 말은 하루 천 리를 달리는데, 한창 빨리 달릴 때는 귀밑에서 땀과 피가 흘러나온다고 해서 한혈마라 하옵니다."

하대용의 설명에 대왕은 매우 흡족한 표정을 지었다.

이렇게 마상훈련이 끝나갈 무렵, 어느새 석양이 서쪽 산 능선에 걸려 종마장을 온통 붉은빛으로 물들이고 있었다.

4

태백산의 눈 녹은 물이 흘러내리면서 땅은 축축한 습기를 머금었고, 하늘에 그물을 친 듯한 나뭇가지마다 연초록의 이파리들이 피어나고 있었다. 숲속에서는 새들이 잔치라도 벌이는 듯 짹짹거리며 암수끼리 다투는 소리들로 분주했다. 그 소리는 막 기지개를 켜고 깨어나는 숲의 수런거림 같았다. 그런 가운데 잎보다 먼저 피어난 봄꽃들로 인하여 숲은 나날이 화려하게 변신을 거듭하고 있었다.

그런데 갑자기 태백산 기슭이 시끄러워졌다. 대왕 사유가 이끄는 고구려 군사들과 태백산 주변에 흩어져 사는 말갈족들이 참여한 전렵 행사가 한창 벌어지고 있었던 것이다. 무술이 뛰어난 장수들과 말갈족 전문 사냥꾼들은 사냥감을 노리고 요소요소에 숨어 길목을 지켰고, 그 밖의 고구려 군사들과 말갈족 장정들은 사냥감 몰이를 하느라 숲이 떠나갈 듯 함성을 질러대고 있었다. 몰이꾼 역할에는 악대들도 대거 참여하여 꽹과리·징·북 등 요란한 악기의 울림이 산 능선으로 햇살처럼 퍼져나갔다.

징, 징, 징!

꽹꽤 괴갱, 꽤앵, 꽹, 꽹!

덩덩, 덩 더덩!

주로 산 능선을 빙 돌며 늘어선 몰이꾼들의 함성과 악대들의 악기 소리가 산을 가득 메우자, 숲속 여기저기 숨어 있던 짐승들이 깜짝 놀라 갈팡질팡 계곡 아래로 쏠리듯 몰려들었다.

하대용에게 선물로 받은 한혈마에 높다랗게 올라앉은 대왕 사유는 악기 소리가 들려오는 산 능선을 올려다보았다. 깊은 산중에 들면 산의 제 모습이 보이지 않는 법이었다. 거기서는 태백산 정상이 보일 리 만무했다. 그러나 신령이 깃든 산이란 생각은 대왕으로 하여금 저절로 마음을 정제하는 자세를 갖게 했다.

전날 마상훈련에서 말달리기로 우승한 해평 또한 대왕에게 상으로 받은 백마를 타고 사냥감을 찾기 위해 숲속을 누볐다. 가까운 곳에서 숲속을 날다람쥐처럼 달리는 추수는 말도 타지 않고 맨몸으로 사냥에 나섰다. 두 사람은 서로 전렵 행사에서 공훈을 세우기 위해 은근히 경쟁을 하고 있었다.

그러나 왕자 이련의 모습은 보이지 않았다. 전날 마상훈련에서 낙마하여 다리를 다친 관계로 하가촌에 남아 치료를 받고 있었던 것이다. 하대용의 딸 연화도 사냥에 참가하고 싶었지만, 아버지가 왕자의 병간호를 해주어야 한다며 집에 남아 있도록 지시했다.

추수는 연화가 이번 전렵 대회에 참가하지 못한 것에 대하여 못내 아쉬워하고 있었다. 두 사람은 스승 을두미 밑에서 오래도록 손발을 맞추며 무술 연습을 해왔기 때문에 호흡이 척척 맞았다. 이번 사냥은 그동안 닦은 무술 실력을 보여줄 수 있는 절호의 기회였던 것이다.

특히 추수는 전날 말달리기 경주에서 말 머리 하나 차이로 해평에게 진 것을 억울하게 생각해, 이번 사냥에서만큼은 자신이 큰 공을 세우겠다고 마음속으로 벼르고 있었다. 사실 그가 가장 자신 있는 말달리기 경주에서 해평에게 졌던 것은 뒤따라오던 연화가 갑자기 사라진 것에 정신을 빼앗겨 경기에 집중하지 못했던 측면이 컸다.

아무튼 그가 사냥을 나와서 그토록 자신 있는 말을 타지 않은 것은, 오히려 숲속에는 나무들이 많아 자유롭게 달리기가 어렵기 때문이었다. 그는 늘 사냥을 할 때 맨몸으로 숲속을 누볐고, 공중그네를 뛰듯 밧줄을 이용해 나무와 나무 사이를 건너뛰었다.

“멧돼지는 죽이지 말고 생포하라. 천제에 올릴 교시郊豕로 쓸 것이니라."

검붉은 빛깔로 번뜩이는 적토마 위에서 대왕 사유가 숲속을 향해 외쳤다. 화려한 호피로 된 말 장식 위에 올라앉아 있어서일까, 그 모습은 더욱 근엄해 보였다.

대왕의 명을 들으면서 추수는 때마침 밧줄을 준비하길 잘했다고 생각했다. 사냥감을 생포하기 위해 그는 어깨에 밧줄을 짊어지고 다녔다. 그것은 나무와 나무 사이를 이동할 때 그네처럼 사용하거나, 사냥감을 사로잡을 때 올가미로 이용하는 데 아주 요긴한 사냥 도구였다. 그가 간혹 사냥감을 생포하는 것은, 돈 많은 부호와 고관대작들이 사슴이나 멧돼지의 생피를 마시기 위하여 특별히 주문해 올 때가 있었기 때문이다.

활이나 창을 쓸 경우 피를 흘리지 않고는 사냥할 수가 없었다. 일단 피를 흘린 사슴이나 멧돼지는 생피를 마시는 사람들에게 점수를 받지 못했다. 온전히 살아 있는 짐승을 생포하여 단도로 멱을 따서 따끈한 생피를 받아 마셔야만 효과가 있다고 생각하기 때문이었다. 더구나 천제에 쓸 교시라면 단 한 방울도 피를 흘리지 않고 생포한 멧돼지여야만 했다.

그런 생각을 하면서 추수는 마음속으로 이번에야말로 반드시 해평을 이기고야 말겠다며 이를 악물었다. 그는 최근 들어 연화를 대하는 해평의 눈빛이 남다르다는 데 촉각을 곤두세우고 있었다. 해평은 명색이 하대곤의 양자로 연화와는 육촌 간이었다. 그런데 어쩌다 하가촌에 나타나면 해평은 연화의 거처인 후원을 자주 기웃거리곤 했다. 연화에 대해 딴마음을 품고 있음이 틀림없었다.

추수 역시 언제부터인가 연화를 그리움의 대상으로 마음속에 아로새기고 있었다. 자신은 신분상 연화를 사랑할 수 없다고 생각했지만, 그럴수록 더욱더 연모의 정이 깊어지는 것이었다. 그는 이른바 짝사랑을 하고 있었다. 그런데 최근에 와서 부쩍 해평이 연화를 바라보는 눈빛이 강렬해진 것을 느끼게 되자, 가슴 저 깊은 곳에서 어떤 묘한 기운이 치솟아 올라왔다. 이번 전렵 행사 때 그는 연화가 보는 앞에서 멧돼지를 생포하여 해평의 기를 보기 좋게 꺾어놓고 싶었다. 그런데 연화는 왕자 이련의 병간호를 위해 하가촌에 머물고 있었다. 추수는 점점 더 불안한 마음에 휩싸였다. 하필이면 왜 말 경주를 할 때 왕자가 낙마를 했느냔 말이다. 또한 연화는 어찌하여 말에서 떨어진 왕자를 도와주었는지 모를 일이었다. 그를 불안하게 만드는 당사자는 해평이었는데, 새롭게 왕자 이련이 나타나 더욱 그의 마음을 심란하게 만들었다.

'그래서 어쩌자는 것이냐?'

추수는 자기 자신에게 마음속으로 물었다. 그러고 나서 머리를 좌우로 흔들었다. 그는 자신의 신분과 처지를 비관했다. 아무리 생각해도 사랑의 상대로 연화는 너무 버거웠다. 그렇지만 연모하는 마음을 쉽게 떨쳐버릴 수도 없었다.

이제 다시금 추수는 단단히 마음을 다잡았다. 이번 기회에 대왕의 눈에 들어 자신이 고구려의 훌륭한 장군이라도 된다면 당당하게 연화를 사랑할 자격을 획득할 수 있을 것이란 새로운 희망을 가져보는 것이었다.

사냥감을 몰기 위해 외치는 고구려 군사들의 함성이 사방에서 들려왔다. 악기 소리도 더욱 요란해졌다. 그런 소리의 향방과 강도를 보고 사냥감이 어디로 쫓기고 있는지 감을 잡는 것이 중요했다. 추수는 말갈족들과 함께 태백산 자락과 개마고원 등지에서 오래도록 사냥을 해온 경험이 있기 때문에, 몰이꾼들의 소리를 듣거나 계곡의 지형지물만 보고도 귀신같이 짐승들의 도주로를 찾아낼 수 있었다.

추수는 팔이 긴 원숭이처럼 빠르게 몸을 날려 나무와 나무 사이를 건너뛰었다. 그의 발은 땅보다 나뭇가지 위에서 더 많이 놀았다. 아름드리나무들이 들어선 숲속은 나뭇가지와 이파리들이 하늘을 가려 궂은 날씨 때보다도 더 캄캄했다. 그 속에서 날렵하게 움직이는 추수의 동작은 이 나무에서 저 나무로 건너뛰는 청설모처럼 민첩하기 이를 데 없었다.

저 멀리서 어느새 사슴 한 마리를 잡아 말 등에 매달고 달려오는 해평의 모습이 보였다. 활에 정통으로 맞았는지 사슴은 피를 흘린 채 축 늘어져 있었다. 그러나 추수는 활로 잡는 사슴

같은 것에 큰 신경을 쓰지 않았다. 오직 천제 지낼 때 교시로 쓸 멧돼지를 생포하는 것이 그의 목적이었다.

와아, 우아아!

산 저편으로부터 몰이꾼들의 함성이 메아리쳤다.

바로 그때, 높은 산에서 몰이꾼들에게 쫓겨 산비탈을 내려오는 멧돼지 한 마리가 있었다. 그것을 먼저 본 것은 해평이었다. 그는 활시위에 활을 먹이다 말고, 일순 주춤하지 않을 수 없었다. 방금 멧돼지를 죽이지 말고 생포하라는 대왕의 외침을 들었기 때문이다.

멧돼지는 해평을 피해 곧바로 대왕을 향해 돌진해 왔다.

"아앗! 폐하가 위험하닷!"

해평이 이렇게 소리치는 바로 그 순간, 밧줄로 만든 올가미 하나가 나무 위에서 날아가 멧돼지의 목에 척 걸렸다. 든든한 나뭇가지에 건 밧줄의 한쪽 끝을 쥔 추수는 나무 위에서 펄쩍 뛰어내렸다. 그 바람에 올가미에 걸린 멧돼지는 나무 위에 대롱대롱 매달리고 말았다. 그러나 멧돼지의 무게가 많이 나갔으므로, 이번에는 땅으로 곤두박질치면서 반대로 추수의 몸이 공중으로 붕 떠올랐다.

바로 그때, 추수는 순발력 있게 굵은 나뭇가지에 얹힌 밧줄을 풀면서 땅 위로 사뿐 뛰어내려 생포한 멧돼지의 다리를 묶어버렸다. 실로 눈 깜짝할 사이에 벌어진 일이었다.

"과연 장사로다. 저 큰 멧돼지를 순식간에 생포하다니!"

말 위에서 대왕 사유는 추수를 향해 손을 번쩍 들어주었다.

"폐하! 큰일 날 뻔했사옵니다. 몰이꾼들의 함성에 겁을 집어 먹은 멧돼지라 산비탈을 달려 내려오는 속도가 무섭사옵니다. 제 몸조차 가눌 수 없을 정도이니, 자칫하면 폐하께서 크게 다치실 뻔했사옵니다."

밧줄로 단단히 묶어 멧돼지가 더 이상 버둥거리지 못하게 한 추수가 대왕을 향해 허리를 꺾었다.

"그대가 내 생명을 지켜주었구나! 그대 덕분에 오늘 좋은 구경을 했다."

대왕은 매우 흡족하여 껄껄 너털웃음을 웃었다.

태백산 천제에 쓸 멧돼지를 생포하면서 전렵 행사는 모두 끝났다. 그날 잡은 사냥감은 사슴 열다섯 마리, 창으로 잡은 멧돼지 네 마리, 추수가 밧줄 올가미로 생포한 멧돼지 한 마리였다. 그리고 활을 쏘아 잡은 꿩은 수십 마리가 넘었다.

그날 가장 큰 공로를 세워 포상을 받은 사람은 천제 때 상에 올릴 멧돼지를 생포한 추수였다. 부상으로 대왕은 평소 아끼던 엄심갑을 내놓았다. 특수 철로 만들어 창이나 화살조차 뚫을 수 없는 최고급의 가슴 보호용 갑옷이었다.

"잘 보관토록 하여라. 이 엄심갑이 한 번쯤은 그대의 목숨을 구해 줄 수 있을 것이다."

대왕의 말에 추수는 감격하였다.

"예, 대왕 폐하! 성은이 망극하오이다."

추수는 두 손으로 받아든 엄심갑을 한동안 가슴에 품고 있었다. 그 모습을 뒤에서 지켜보는 해평의 눈길이 사뭇 휘어져 있었으나, 주변의 누구도 눈치채지 못했다. 등을 돌리고 있었으므로, 물론 추수도 그 모습을 볼 수 없었다.

5

대왕 사유는 태백산 천지의 폭포 밑에서 유숙하며 목욕재계부터 했다. 천제에 참여하는 제주祭主인 대왕을 비롯하여 축관祝官·헌관獻官·집사執事 등 제관들은 모두 3일 동안 목욕재계를 통해 몸과 마음을 청결하게 하는 데 지극정성을 다하였다.

물은 칼끝으로 찌르는 듯 차가웠다. 몸이 물을 거부했지만, 마음은 칼끝 같은 아픔도 인내로 받아들였다. 목욕재계를 하는 제관들은 모두 그저 묵묵히 웅덩이에 들어가 기도하는 마음으로 속세의 때를 벗겨냈다.

마침내 삼월삼짇날, 천제를 지내기 위해 대왕을 위시한 제관들과 전렵 행사에 참여했던 고구려 군사들은 생포한 멧돼지와 제물들을 짊어지고 태백산으로 올라갔다. 모두들 흘러내리는 폭포의 물줄기를 따라 계곡을 거슬러 올라가 마침내 천지 근처의 달문에 이르렀다. 천지의 물이 북쪽으로 트인 달문을 통하여 수직의 폭포를 이루며 장쾌한 소리로 흘러내렸다.

달문 언덕에서 내려다본 천지는 그대로 하늘을 담고 있었다. 둥실둥실 하늘에 떠 있는 뭉게구름까지 그대로 보일 정도로 물은 투명했다. 수심을 짐작할 수 없는 짙푸른 빛깔의 물이 하늘을 온전히 받아들이고 있는 형국이어서, 땅과 하늘 사이의 서기瑞氣가 어떤 영적인 교감을 나누고 있는 듯이 보였다. 천지를 둘러싼 톱니 같은 산과 능선들은 마치 지상의 신들이 시립해 있는 것처럼 경건한 자세로 천지의 물을 내려다보고 있었다.

고구려 군사들은 곧 천제를 지내기 위해서 석축으로 된 천제단에 각종 깃발부터 세웠다. 먼저 천제단 내부에 해와 달과 북두칠성을 그린 기를 꽂았다. 동쪽에 세운 해 깃발 안에는 삼족오가, 서쪽에 세운 달 깃발 안에는 토끼가 각각 그려져 있었다. 또한 제단 외곽에는 28수의 기와 각종 염원을 담아 글로 쓴 깃발들을 세웠다. 이들 깃발들에는 각각 상징하는 별자리들이 그려져 있었고, 동·서·남·북·중앙의 5방을 상징하는 색깔로 표시되어 있었다. 동쪽에 배치한 깃발은 파란색, 서쪽에 배치한 깃발은 하얀색, 남쪽에 배치한 깃발은 빨간색, 북쪽에 배치한 깃발은 남색으로 테두리를 마감했다. 그리고 제단 안의 중앙에 세운 깃발은 노란색을 띠고 있었다. 이 깃발들을 모두 세우자 바람 부는 방향을 따라 기폭이 찢어질 듯 세차게 펄럭이기 시작했다.

천제에는 반드시 살아 있는 멧돼지를 교시로 쓰는 것이 관례였다. 그래서 천지를 향해 나무로 짠 제단을 설치한 후 가장 먼저 생포한 멧돼지를 산 채로 그 위에 올렸다. 그다음 산과 들에서 채취한 나물과 음식들을 비롯하여 바다에서 잡은 생선 요리 등 각종 제물들을 진설했다.

한편 대왕 사유를 비롯한 제관들은 백의를 입었으며, 모두들 제단을 향해 질서정연하게 시립해 있었다.

먼저 천제의 제반 절차를 관장하는 집례의 안내에 따라 하늘의 신을 맞이하는 영신제가 시작되었다. 흰옷을 입은 신녀神女가 제단 앞으로 나와 하늘의 신을 부르는 기도를 올리고 나서 곧 무희들과 함께 춤을 추었다. 무희들 중 두 명은 황색 저고리를, 다른 두 명은 적색 저고리를 입었다. 그리고 모두 적황색 바지에 검은 가죽신을 신고 있었으며, 소매는 길고 넓어 만세 부르듯 공중으로 들어 올리면서 하늘 한 자락을 덮었다. 네 명이 쌍쌍으로 함께 마주 서서 춤을 추는데, 무희들의 길고 넓은 소맷자락이 먼 하늘을 향해 손짓하는 형용을 연출했다. 그것은 천신을 부르는 몸짓에 다름 아니었다. 악공들은 제각기 오현금·쟁·필률·횡취·소·고 등을 들고 연주를 했다. 그 웅장한 소리는 하늘로 퍼져 올라가 천신을 부르는데, 이때의 춤은 신들을 영접하는 대향연의 무대 공연이라 할 수 있었다. 거기에 신녀가 천지신명을 부르며 주술을 읊어대기 시작했다.

제관들 뒤에 선 추수는 이러한 영신제의 광경을 바라보면서, 무희들의 몸짓 사이로 언뜻언뜻 보였다 사라지곤 하는 제단 위의 멧돼지를 예의 주시하고 있었다. 그는 아까부터 마음이 조마조마해졌는데, 나무판 위에 묶여 있는 멧돼지가 자꾸만 몸을 뒤틀며 다리를 버르적거렸기 때문이다. 전렵 행사 때 멧돼지를 생포한 그는 교시 담당이었다. 그때부터 천제를 지내는 날까지 사흘 동안 멧돼지를 잘 보호하여 제단 위에 올리는 것이 바로 그의 책무였던 것이다.

제관들은 모두 무희들의 춤사위에 시선을 집중시키고 있었다. 그래서 멧돼지가 저 혼자 버르적거리는 걸 아무도 눈치채지 못했다. 다만 추수만은 노심초사하며 멧돼지의 네 발을 묶은 밧줄이 풀리고 있는 것을 안타깝게 바라보고 있을 뿐이었다. 분명히 단단하게 묶고, 확인하고 또 확인하는 절차를 거쳤는데 어찌하여 밧줄이 풀리는 것인지 알 수 없었다. 그렇다고 신성하게 진행되고 있는 천제를 중단시키고 감히 제단 앞으로 뛰어들 수도 없는 노릇이었다.

추수는 주위를 두리번거리며 누구에게 그 위기의 사태를 알려야 할지 몰라 발만 동동 구르고 있었다. 그런데 멧돼지의 동태를 유심히 살피는 또 한 사람의 눈이 있었다. 바로 해평이었는데, 그는 묘하게 얼굴을 찡그리면서 히죽히죽 웃기까지 하는 것이었다.

'저 녀석이?'

추수는 순간 해평을 의심했다. 멧돼지를 제단으로 옮길 때 해평이 나서서 그를 도와주었던 것을 기억해 냈다. 아마도 그때 살짝 멧돼지 다리를 묶은 밧줄에 칼침을 놓았을지도 몰랐다. 사냥할 때 멧돼지 생포의 공을 놓친 그로서는 충분히 복수하고 싶은 마음이 있었을 것이다.

마른침을 꼴깍 삼킨 추수는, 만약을 알 수 없어 어깨에 메고 온 밧줄로 된 올가미를 손으로 확인했다. 바로 그 순간 네 다리를 묶은 밧줄이 풀린 멧돼지가 벌떡 일어서더니 제단에서 뛰어내려 한창 춤을 추고 있는 무희들 사이로 내달았다.

"아아앗!"

"어머나!"

"교시가 도망친다!"

무희들은 놀라 갈팡질팡하고, 제관들은 어찌할 줄 몰라 허둥거리며 그저 소리만 질러대고 있었다. 천제를 지내는 현장은 순식간에 아수라장으로 변하고 말았다.

멧돼지는 제관들 사이를 뚫고 나갔다. 눈알에 벌겋게 핏발까지 선 멧돼지가 이리 뛰고 저리 뛰는 바람에 다치는 사람들도 속출했다.

어느 사이 멧돼지는 사람들을 벗어나 능선을 향해 뛰기 시작했다. 나무도 없는 데다 작은 풀들만 자라고 있었으므로 도망가는 멧돼지가 육안으로도 잘 보였다. 그때 멧돼지보다 더 동작이 빠른 사내 하나가 능선을 향해 뛰어 올라가고 있었다. 바로 추수였다. 그는 어느새 어깨에 메었던 밧줄로 된 올가미를 오른손에 거머쥐고 빙빙 돌리면서 도망가는 멧돼지를 향해 돌진했다.

휘리리릭!

밧줄 날아가는 소리가 허공을 갈랐다. 도망가던 멧돼지 목에 여지없이 올가미가 걸렸다. 멧돼지의 힘이 어찌나 센지 밧줄을 잡은 추수의 몸이 질질 끌려갔다. 때마침 그는 삐죽 솟아오른 바위가 보이자, 냅다 몸을 날리면서 거기에 밧줄을 휘감아 더 이상 멧돼지가 도망가지 못하도록 고정시켰다.

멧돼지는 꽥꽥 소리를 지르며 버둥거렸다. 네 발로 땅을 차는 바람에 흙먼지가 뿌옇게 일었다. 추수는 멧돼지에게 달려들어 빠른 동작으로 다리를 잡아챘다. 그는 순식간에 밧줄로 멧돼지의 네 다리를 묶었다.

멧돼지를 등에 짊어지고 천제단을 향해 걸어오는 추수를 보고 제관들 사이에 요란한 박수소리가 터져 나왔다. 모두들 자칫하면 완전히 망칠 뻔한 천제를 다시 지낼 수 있게 된 것에 안도하는 눈치였다. 그러나 이미 교시가 영신제를 진행하던 중 도망쳤다는 사실 하나만으로도, 그날의 천제는 상서롭지 못한 조짐이라고 볼 수밖에 없었다.

대왕 사유의 얼굴빛은 하얗게 질려 있었다. 번뜩이는 눈빛에는 노기가 가득했다. 교시가 도망치는 사건 때문에 천제의 엄숙한 분위기는 이미 망친 뒤였다. 그렇다고 천제를 도중에 그만둘 수도 없는 노릇이었다.

그날 천제는 모두들 침묵하는 가운데 집례의 안내에 따라 제반 절차를 진행했다. 교시의 목을 단도로 찔러 생피를 받아내 대왕을 비롯한 제관들이 돌려가며 나누어 마시는 의식도 매우 엄숙한 가운데 경건하게 치러졌다.

천제가 끝나고 나서 대왕은 일자日者를 불렀다. 일자는 천문을 보고 길흉화복을 점치는 관리였다. 일자는 부들부들 떨려오는 몸을 애써 참으며 대왕 앞으로 나갔다.

"그대는 오늘의 일을 어찌 생각하는가? 교시가 도망을 쳤다가 잡혀 왔다. 이는 필시 상서롭지 못한 일이 아니겠는가?"

대왕 사유가 근엄하게 물었다.

일자는 스스로 입을 잘못 놀리면 당장 여러 목숨이 날아갈 수도 있는 사안임을 모르지 않았다. 교시는 천신에게 희생犧牲으로 바치는 신성한 동물이므로 귀하게 다루어야 하기 때문에, 그 과정에서 조금이라도 잘못이 있을 때는 그 책임자야말로 매우 준엄한 징벌을 면치 못할 것이었다.

"폐하! 우리 고구려는 건국 이래 교시가 도망친 일이 유리대왕 때 두 번, 산상대왕 때 한 번, 그렇게 세 번 있었사옵니다. 유리대왕 19년에 교시가 달아나 뒤를 쫓게 하여 교시의 다리를 끊어 겨우 잡았으나 천제에 올리기 전에 신성한 희생의 피를 보게 했으므로, 교시를 잡아온 자들 두 명은 목숨을 잃었사옵니다. 그로부터 2년 후인 21년에도 교시가 달아났는데, 위나암에 이르러 온전하게 사로잡았사옵니다. 교시가 달아난 곳이 길지라 하여 도읍을 옮겼는데, 거기가 바로 지금의 국도인 국내성이옵니다. 산상대왕 12년에는 교시가 달아난 것을 주통촌의 여인이 붙잡았는데, 모두들 귀인이라 여겼사옵니다. 대왕께서는 왕후와의 사이에 후사가 없었는데, 바로 주통촌의 여인에게서 아들을 얻어 태자로 삼았사옵니다. 그 태자가 다음 왕위를 이은 동천대왕이시옵니다."

일자의 목소리는 자주, 그리고 몹시 떨려서 나왔다.

"교시가 도망친 역사를 말하라고 했더냐? 오늘 일어난 일이 상서로운 것이냐, 아니면 그렇지 못한 것이냐를 묻고 있질 않느냐?"

진노한 목소리로 대왕이 일자를 꾸짖었다.

"대왕 폐하! 하여, 말씀드리옵니다. 오늘 교시가 도망을 쳤으나 다행히도 용맹하고 슬기로운 지혜를 가진 추수란 자가 희생에 상처 하나 입히지 않고 잡았사옵니다. 상서로운 일이 아닐 수 없사옵니다. 교시가 도망을 쳤다는 것은 앞으로 닥쳐올 위기를 나타내는 전조이옵고, 다행스럽게도 희생에 상처 하나 입히지 않고 사로잡은 것은 그 위기를 슬기롭게 극복할 수 있다는 예시이옵니다."

일자가 허리를 굽혀 예를 올렸다.

"그러하면 오늘의 일은 앞으로 좋은 일이 일어날 조짐이란 말인가?"

"예, 그러한 줄로 아뢰옵니다!"

일자가 다시 머리를 조아렸다.

"음, 듣고 보니 일리가 있도다. 짐이 오늘 도망치는 교시를 다시 생포한 자에게 큰 상을 내려야겠다. 추수는 어디 있느냐?"

대왕은 곁에 있는 내관에게 자신이 간직하고 있던 보검을 가지고 오라 일렀다. 자루에 금박으로 쌍룡이 새겨진 환두대도였다.

불려 나온 추수가 대왕 앞에 무릎을 꿇었다.

"폐하, 일전에 엄심갑을 하사받았사온데, 또 보검을……."

추수는 몸부터 덜덜 떨렸다. 대왕이 내리는 보검을 받기도, 그렇다고 받지 않을 수도 없어 순간 주저했다.

"엄심갑은 그대의 몸을 보호하고, 이 보검은 몸을 아끼지 않고 적을 무찌르는 데 쓰라는 것이다."

무릎걸음으로 대왕 앞에 다가간 추수는 허리를 급히 숙이며 보검을 머리 높이에서 받쳐 들었다.

"황공하옵니다!"

"그대 때문에 오늘 기분이 좋구나."

천제 지낼 때 이지러졌던 대왕의 얼굴이 활짝 피었다. 일자의 말 한 마디가 대왕의 마음을 바꾸었던 것이다. 사실상 죽을 운수였던 추수가 살아날 수 있었던 것도 일자의 긍정적인 해석 덕분이었다. 거기에 대왕이 내리는 큰 상까지 받았으니, 추수로선 지옥과 천당을 오간 하루였다고 할 수 있었다.

싹트는 연정

1

숲속 별채에서 은은한 불빛이 새어나오고 있었다. 어디선가 뻐꾸기가 울었다. 아미 같은 초승달이 소나무 가지 끝에 걸려 있었다. 나무 그늘의 어둠 속에서 한 사내가 별채의 들창을 주시하고 있었다. 그는 호흡을 안으로 삼켰다.

별채는 환하게 황촉불이 켜져 있었고, 그 문 앞에 근위병들이 경계를 서고 있었다. 봄바람이 소나무 가지를 저울질할 때마다 초승달이 수줍은 듯 얼굴을 갸웃거렸다.

잠시 후 별채의 문이 열리며 호롱불을 앞세운 여인이 나타났다. 소나무 그늘에 숨은 사내는 그 걸음걸이를 따라 시선을 움직였다. 그는 발자국 소리를 내지 않고 여인의 뒤를 조심스럽게 따라갔다.

"누구시죠?"

후원으로 가는 돌담 모서리에서 여인은 갑자기 걸음을 멈추고 돌아서며 짧게, 그러나 소리를 죽여 외쳤다.

"연화 낭자! 나, 해평이오."

사내가 성큼 여인 앞으로 다가섰다.

"어머, 해평 오라버니?"

연화가 초롱불을 조금 높이 들어 해평의 얼굴을 확인했다.

"방금 그대가 별채에서 나오는 걸 보았소."

"아버님께서 별채에 계신 왕자님의 병간호를 부탁해서……."

연화는 말끝을 흐렸다.

"왕자님의 다친 다리는 어떠하오?"

"사부님께서 잘 치료를 해주셔서 크게 염려할 정도는 아니에요."

"꼭 연화 낭자가 병간호를 맡아야만 하오? 다른 여인들도 있질 않소?"

해평의 불만은 거기에 있었다. 말 경주에서 다리를 다친 왕자 이련을 연화가 병간호 명목으로 자주 만나게 되는 것에 대해 그로서는 내심 불안감을 감출 수 없었다.

"오라버니가 상관할 일은 아닌 것 같은데요? 이건 아버님이 특별히 저에게 당부하신 일이에요."

연화의 말이 곱게 나갈 리 없었다. 그녀는 해평이 자신에게 무슨 마음을 품고 있는지 잘 알고 있었다. 비록 당숙 하대곤의 양자이지만, 엄연히 해평은 그의 육촌 오라버니였다. 육촌 간이라 해서 연모하지 말라는 법은 없지만, 그녀는 처음부터 고집불통의 성격 소유자인 해평을 싫어했다.

"왕자님이라니까 마음이 끌리는 모양인데, 내가 보기에 아직 솜털도 벗지 못한 애송이일 뿐이오. 연화 낭자보다 네 살이나 어리니 엉뚱한 생각일랑 마시오."

해평은 어둠 속에서 입술을 비틀었다.

"말 삼가세요, 해평 오라버니! 왕자님께 언사가 너무 거칠군요. 누가 들을까 무섭네요."

연화는 한 발짝 뒤로 물러서며 경계하는 자세를 취했다.

"지금 여기엔 낭자와 나 둘뿐이오. 이 밤중에 누가 듣는다고……."

그러면서 해평은 연화에게 가까이 다가왔다.

그러나 두 사람의 대화를 어둠 저쪽에서 듣고 있는 또 다른 사내가 있었다. 바로 추수였다. 그는 혹시 해평이 연화에게 못되게 굴면 한달음에 달려가 그의 멱살이라도 거머쥘 작정이었다.

"다시는 왕자님에게 그런 언사를 삼가세요. 그리고 어서 물러가세요. 후원은 남정네가 걸음 할 수 없는 곳임을 오라버니도 잘 알고 있질 않습니까?"

연화는 몸을 홱 돌려 바삐 후원 별당으로 걸음을 옮겼다.

결국 후원 입구에서 연화를 보낸 해평은 못내 아쉬운 마음을 접고 돌아설 수밖에 없었다. 그의 입에서는 어쩔 수 없다는 듯 한숨이 튀어나왔다.

"참 난데없는 곳에서 강적이 나타났군! 틀림없이 당숙께선 연화를 저 애송이 왕자에게 줄 셈인 모양인데……. 이런 젠장 맞을!"

해평은 저 혼자 투덜거리며 어둠 속을 걸었다. 어느 사이 소나무 가지를 떠난 초승달이 검푸른 하늘에 눈썹처럼 예리하게 박혀 있었다.

"나 좀 봅시다."

돌담 뒤의 어둠 속에서 불쑥 추수가 나타나자, 해평은 반사적으로 한발 물러서며 방어 자세를 취했다.

"누구냐?"

"겁낼 건 없소. 나 추수요."

"옳아, 천제 때 대왕 폐하로부터 보검을 받아들고 거들먹거리던 녀석이로군!"

해평은 한 발짝 성큼 다가서며 추수를 노려보았다.

"말조심하시오."

"뭐라고? 허헛, 참! 네놈이 이젠 뵈는 게 없는 모양이로구나!"

"왕자님이 계신 별채와 연화 아씨가 계신 후원 별당 근처는 얼씬도 하지 마시오. 대인 어른의 명이시오."

추수는 눈에 힘을 주며 말했다.

"뭐라? 그런데 네놈은 왜 이곳에서 얼쩡대고 있는 것이냐?"

"나는 왕자님과 연화 아씨를 보호하라는 특명을 받은 몸이오."

"특명? 허헛, 참! 당숙께서 욕심이 지나치시구먼! 왕자를 사위라도 삼으시겠다는 건가? 흥, 그게 호락호락하게 되나 보자."

해평은 갑자기 울화통이 치밀어 오르는 모양이었다. 그는 오른손 주먹을 불끈 쥐어 허공을 찔러댔다.

"해도 해도 너무하는군!"

추수는 더 이상 해평의 말을 듣고 있을 수가 없었다.

"뭐야?"

"그렇지 않소? 무엇보다 대인 어른께 함부로 말하는 것은 참지 못하오."

"추수, 이 말갈놈아! 네가 지금 나하고 한판 겨뤄보자는 게냐?"

해평은 추수의 턱을 치받을 듯 삿대질을 하고 들었다.

'말갈놈'이라는 말은 추수가 가장 듣기 싫어하는 욕이었다. 말갈은 원래 같은 피를 나눈 부족들이 아니었다. 여러 부족들 가운데 먹고살 것이 없어 여기저기 떠돌다 끝내는 깊은 산속에 들어와 사냥을 하여 생계를 이어가는 무리들이었다. 그래서 이들은 사냥감이 많고 외방인들의 접근이 어려운 험준한 태백산

자락이나 개마고원 같은 곳에 터를 잡았다. 농사지을 땅도 없고 오직 사냥을 해서 먹고사는 공동체로, 오히려 말갈족들은 결집도 잘되고 생계를 위협하는 외부 세력에 대한 저항심도 매우 강했다. 물론 사냥이 주업이므로 활이며 창을 다루는 솜씨 또한 뛰어났다. 그러나 외부 세력들은 이들을 업신여겨 천민 취급을 했다.

"그대 역시 나와 크게 다르지 않다는 걸 알고 있소. 어디 출신인지는 모르나 여기저기 떠돌아다니는 것을 하대곤 장군께서 거두어주었다고 들었소. 명색이 양자라 해서, 그래도 내가 대인 어른을 생각해 이 정도쯤 대우해 주는 것이니 그리 아시오."

추수는 치밀어 오르는 화를 억지로 참으며, 그동안 마음속으로 곱씹고 있던 말을 토해 놓았다.

"무엇이?"

해평은 곧 폭발할 듯 격앙된 목소리로 외쳤다.

"그럼 내가 틀린 말을 한 것이오?"

"감히 내 출신을 들먹이다니? 이렇게 나오면 한번 해보자는 소린데……."

"그것이 억울하다면, 어디 그대의 아비와 어미가 누구인지 대보시오. 나는 그래도 친부모가 있소."

추수의 말에 해평은 이를 부드득 갈아붙이며 손을 칼자루로 가져가다가 멈추었다.

"음, 내가 오늘은 참는다. 대왕 폐하께서 머무르고 계시는 이 곳에서 소란을 피울 수도 없는 노릇이고. 내 언제고 네놈의 심장에서 뿜어져 나오는 피 맛을 보고 말리라."

그러자 추수도 한발 뒤로 물러서며 정색을 하고 말했다.

"내가 이런 말장난이나 하자고 예서 그대를 기다린 게 아니오. 나는 오늘 낮 천제를 지낼 때 그대가 교시를 묶은 밧줄에 칼을 댔다는 걸 알고 있소. 만약 대왕 폐하께서 그 사실을 아셨다면, 그대는 이미 살아 있는 목숨이 아닐 것이오. 왜 그랬는지 그 이유나 압시다."

이렇게 따지는 추수를 보고 해평은 갑자기 껄껄대고 웃었다.

"이놈아! 내가 그랬다는 증거를 대보거라, 증거를! 그리고 뭐, 그대? 내가 어찌 네놈의 그대냐? 천한 것이 예의를 모르는구나. 앞으로 깍듯이 예의를 갖춰라."

"해평 도련님께서 먼저 내게 이놈 저놈 하지 않았소? 점잖은 체면에 먼저 예를 갖출 줄도 아셔야지. 그리고 교시 사건에 대해서는 내가 입을 닫을 것이니, 앞으로 조심하시오. 나 때문에 귀한 목숨 건졌다는 것 잊지 마시고."

추수는 말문이 막혀 서 있는 해평을 그 자리에 내버려두고 어둠 저쪽으로 사라져 갔다.

서쪽 하늘에 걸렸던 초승달이 막 산 능선 뒤로 모습을 감추었다. 그러자 갑자기 사위가 어둠에 묻혔고, 밤새들의 울음소리도 더 이상 들려오지 않았다. 농밀한 밤이 짙은 회백색으로 깊어가고 있었다. 밤 기온이 내려가며 압록강에서 생긴 안개가 들판을 가로질러 하가촌까지 밀려들고 있었던 것이다.

2

천제를 끝낸 대왕 사유는 동부욕살 하대곤에 대한 의심을 완전히 접어두기로 했다. 그의 아들 해평의 무술 실력을 높이 평가해, 앞으로 고구려를 이끌어갈 장재로 키우고 싶다는 욕심도 그 생각에 일조했다. 더구나 말을 1천 두 이상 기르는 종제 하대용과 여러 차례 대화를 나눠보고 나서, 그의 사람 됨됨이에 적잖이 고무된 바도 있었다. 사실은 하대곤보다 하대용의 마음 씀씀이에 감화를 받아 마음을 풀었던 것이다.

군사들을 이끌고 하가촌을 떠나 다시 국내성으로 가면서 대왕은 하대용에게 당부했다.

"하 대인, 왕자가 이곳에 머무르면서 더 치료를 하고 싶다고 하니 잘 부탁하오. 부상당한 다리가 완치되는 대로 궁궐로 보내주시오."

"폐하, 이를 말씀이오니까? 그 점에 대해서는 너무 심려치 마시옵소서. 을두미 선생의 의술이 뛰어난 데다 여기 소인의 여식이 병간호를 잘하니 왕자님께서는 곧 쾌차하실 것이옵니다."

하대용은 바로 옆에 두 손을 모으고 서 있는 연화를 가리켰다.

"오, 그래! 연화라고? 짐이 낭자에게 특별히 부탁을 해야 하겠구먼?"

대왕이 연화를 지그시 바라보았다.

"폐하! 정성을 다해 왕자님을 모시겠나이다."

연화는 말을 타고 배웅을 나왔기 때문에 무도복 차림이었다.

"그래, 그래야지. 왕자가 쾌차하면 낭자가 무술도 좀 가르쳐 주시오. 아직 열세 살 밖에 안 됐으니 여러 가지 부족한 게 많다오."

이 말을 남기고 대왕은 국내성을 향해 떠났다.

왕자 이련은 대왕 사유가 나이 마흔이 넘어서 얻은 아들이었다. 연나라에 볼모로 잡혀 있던 왕후가 13년 만에 고구려에 돌아와 낳은, 실로 대왕에게는 귀한 아들이었으므로 내심 끔찍하게 생각하고 있었다.

국내성으로 향하는 대왕의 군사 행렬을 시야에서 까마득히 멀어질 때까지 언덕 위에 서서 바라보고 있던 하대용은 이내 말을 돌려세웠다. 딸 연화와 말 머리를 나란히 하고 집으로 돌아오면서 그는 자못 남다른 감개에 젖어 있었다.

대왕의 전렵 행렬이 국내성을 떠나던 날, 공교롭게도 맑았던 하늘로 먹구름이 몰려들면서 폭우를 내리게 한 날씨의 변화야말로 어떤 전조를 예감케 하는 사건이었다. 그 전날 밤에 꾼 황룡과 흑룡의 꿈이 또한 그랬다. 만약 그날 폭우가 쏟아지지 않았다면 대왕은 하가촌에 들르지 않고 곧장 태백산으로 향했을 것이다. 이는 천우신조가 아닐 수 없었다. 또한 말 경주에서 왕자 이련이 낙마를 해 다리를 다쳤고, 때마침 뒤미처 달려오던 연화가 발견하고 그를 도와준 것도 예삿일이 아니었다.

이는 필시 하늘이 내린 인연이라고 하대용은 생각했다.

"연화야, 왕자님을 어떻게 생각하느냐?"

아버지의 말을 연화는 금세 알아들었다. 이미 나이 열일곱의 성숙한 처녀였다.

"매우 영특한 분입니다. 나이에 비해 생각이 깊으십니다."

연화는 살짝 얼굴을 붉혔다.

"호오, 그래? 너와 말이 잘 통하더냐?"

"예, 이미 경서를 두루 통달하신 것 같습니다. 나라와 백성을 생각하는 마음도 극진하십니다."

"흠, 네가 왕자님과 아주 많은 대화를 나눈 모양이구나."

"왕자님께서 자꾸만 물으시기에 그저 대답만 하였을 뿐입니다."

연화의 붉어진 얼굴을 하대용은 곁눈으로 언뜻 보았다.

하대용은 흡족한 마음으로 한동안 얼굴에 머문 미소를 지우지 못했다.

사실 하대용은 연화의 나이 열다섯 살이 되었을 때 종형 하대곤의 양자 해평과 맺어줄 생각도 했었다. 그런데 연화 쪽에서 해평을 지극히 싫어하는 눈치여서 혼사 논의를 애써 미적거리고 있는 형편이었다.

지난밤에 하대곤이 뜬금없이 하대용을 불러 해평과 연화의 혼인에 대해 다짐을 받아두려 한 것도 마음의 티끌처럼 껄끄러웠다. 아무래도 그는 하대용 자신이 연화의 배필로 왕자 이련을 생각하고 있음을 눈치채고 선수를 쳐온 것이라고 짐작했다.

잠시 침묵을 지키던 하대용이 입을 열었다.

"왕자님이 너보다 네 살이 어리지 않더냐? 그래도 말이 잘 통하더란 말이지?"

"예, 아버님! 왕자님은 나이에 비해 여느 어른 못지않은 깊은 학문과 지혜를 겸비하고 있습니다."

"허허허! 네가 아주 왕자님께 반한 모양이구나."

"어머머, 아버님도!"

연화는 갑자기 말을 세우며 분홍빛으로 물든 얼굴을 두 손으로 가렸다.

"허헛, 이제 네 마음을 충분히 알았느니라. 어서 가자!"

하대용이 말에 박차를 가하며 길을 서둘렀다.

연화도 곧 아버지의 뒤를 따르며 은근히 가슴이 울렁대는 것을 어쩌지 못했다. 그 순간, 황홀하고 즐거운 상상이 머릿속에 가득 차오르고 있었다.

집으로 돌아온 연화는 몸단장을 정성스레 하고, 얼굴에 지분도 엷게 발랐다. 왕자 이련을 병간호하기 위해 곧 별채로 가봐야 했던 것이다.

"낭자를 보니 문득 어머니 생각이 나오."

연화가 방으로 들어오자, 왕자 이련이 자못 숙연하게 말했다.

"무슨 말씀이온지?"

"어머니는 내가 네 살 때 승하하셨다오. 그런데 오늘 낭자의 몸에서 어머니의 향기가 나는 듯하여……."

이련은 그리움에 사무친 듯 아련한 눈빛으로 연화를 바라보았다. 그 순간, 연화의 얼굴 위로 모후의 얼굴이 겹쳤던 것이다.

연나라에 볼모로 잡혀가 고생을 하다 돌아온 태후는 채 1년을 넘기지 못하고 세상을 떠났다. 그리고 왕후마저도 이련이 네 살 되던 해에 태후를 따라갔다. 부왕은 불과 5년 사이에 태후와 왕후를 모두 떠나보낸 것에 대해 매우 안타까워했다. 오랫동안 연나라에서 볼모 생활을 하면서 심신이 괴로워 마음의 병이 깊어졌기 때문이라고 생각했던 것이다. 그때 이후 부왕이 시시때때로 이를 갈아붙이며 연나라에 대해 반드시 복수를 하겠다고 하던 말을, 이련은 결코 잊을 수 없었다.

잠시 동안 슬픔에 잠겨 있던 이련의 얼굴이 다시 밝아지는 것을 연화는 느낌으로 알았다.

"왕자님, 괜찮으시옵니까?"

근심 어린 표정의 연화 얼굴이 이련의 눈에 비쳤다. 어느 사이 모후의 얼굴 뒤에 가려졌던 젊고 아름다운 연화가 그의 눈 안에 들어왔다. 두 사람의 얼굴은 그렇게 한동안 서로의 눈동자 안에 뚜렷이 어리는 영상으로 머물러 있었다.

"나는 방금 연화 낭자의 얼굴에서 어머니를 보았소."

이련은 오래도록 모정에 목말라 있었다.

"어머, 소녀의 얼굴이 왕자님을 낳으신 왕후 전하와 닮았단 말씀이오니까?"

연화는 손으로 입을 가리며 웃었다.

바로 그때 누워 있던 이련이 벌떡 일어나면서 느닷없이 연화의 손을 잡았다.

"낭자!"

"이러시면……!"

갑작스러운 일이라 연화는 매우 당혹스러웠다. 그러나 감히 왕자에게 잡힌 손을 빼내지는 못했다.

"잠시만, 가만히 있어 주시오."

이련은 연화를 끌어당겨 가슴에 안았다.

연화는 어찌할 바를 몰랐다. 가슴이 쿵덕거리고 뛰었다. 숨이 막힐 지경이었다. 그 쿵덕거리는 소리가 이련에게 들릴까 봐 숨도 제대로 쉴 수 없었다. 그런 연화의 두근거리는 젖가슴에 이련은 얼굴을 묻었다.

연화의 얼굴은 이련의 어깨 위에 자연스럽게 걸쳐졌고, 그녀의 눈은 장지문 사이로 비쳐 드는 따사로운 봄 햇살과 마주했다. 장지문에는 햇살에 비친 소나무 그림자가 바람에 너울대고 있었다.

"왕자님, 괜찮으세요?"

연화는 두근거리는 마음을 가라앉히며 입을 떼었다.

"연화 낭자 품이 따뜻하구려!"

이련이 아쉬운 표정으로 몸을 떼며 연화를 이윽히 바라보았다.

"다리 찜질을 해드려야 하옵니다. 사부님께서 다리를 삔 데는 냉찜질이 효과가 있다고 말씀하셨사옵니다. 그래서 아침 일찍 추수를 시켜 태백산 골짜기 얼음골 바위틈에 매달린 고드름을 따오게 한 것입니다. 조금 통증이 심하더라도 참으셔야 하옵니다."

연화는 가지고 온 얼음 그릇 보퉁이를 끌렀다. 곧 얼음을 베 보자기에 싸서 이련의 다친 다리 위에 올려놓았다.

조금 지나자 이련의 인상이 찡그러지기 시작했다.

"아아, 아흐!"

"왕자님! 참으세요."

"저리고, 아리고……. 조금 떼었다 할 수 없겠소?"

"안 됩니다. 다친 부위의 저림이야말로 찜질의 효과가 나타나고 있다는 증거이옵니다."

연화는 이련의 손이 얼음을 싼 보자기 위로 가려는 것을 한 손으로 막았다. 그러면서 다른 한 손으로는 더욱 얼음 보자기를 부어오른 다리 위에 고정시켰다.

"허어! 낭자는 우리 어머니보다 더하는군!"

"무엇이 말이옵니까?"

"세 살 때 뛰어가다 무릎을 다친 적이 있었소. 의녀가 와서 다리 상처를 치료하는데, 소독을 한다며 약초를 싸매자 너무 아파 견딜 수가 없었소. 그래서 무턱대고 발버둥을 치며 울었지. 그때 어머니가 달려와서는 사내대장부가 그것도 못 참아 우느냐며 야단을 치시더군요. 그러더니 잠시 약초 싸맨 것을 풀고 입으로 호호 상처 부위를 불어주셨소. 지금도 그 모습이 아련하게 떠오르는구려."

"그때 일을 기억하신다니, 모후 생각이 간절하신 모양이군요. 지금 왕자님은 소녀가 아니라 모후께서 얼음찜질을 해주신다 생각하고 참으시옵소서."

연화는 엄살을 부리는 이련을 한참 동안 쳐다보았다. 두 사람의 눈길이 허공에서 잠시 만났다가 헤어졌다.

"좋은 생각이구려! 낭자의 지혜가 참으로 놀랍소. 내 그렇게 하리다."

이련은 정말 모후를 생각하는 듯 자세를 반듯하게 잡고 누워 눈을 지그시 감았다. 그러더니 어느 사이 깊은 잠에 빠져들어 코를 골기 시작했다.

3

머리에 흰 두건을 쓰고 검은색 장삼을 걸친 을두미가 정자 그늘에서 깃털 부채를 든 채 서 있었다. 그는 가끔 부채를 펼쳤다 접었다 하면서 숲속 공터에서 무술훈련을 하는 장정들을 바라보고 있었다.

허리에 검은 띠를 두른 흰옷 입은 장정들이 질서정연한 가운데 마치 백조들의 군무를 연상시키는 무술 동작을 보여주었다. 연화와 추수가 앞에 나와 시범을 보이면 장정들은 그 동작에 따라 움직였다.

그때 왕자 이련이 정자를 향해 걸어왔다. 그것을 본 을두미가 예의를 갖춰 왕자를 맞았다.

"이젠 왕자님의 걸음걸이가 제법 의젓해 보이십니다. 다친 다리는 괜찮으십니까?"

을두미가 물었다.

"예, 덕분에 예전과 다름없이 뛰어다닐 수 있을 것 같습니다. 그런데 여기서 무술 구경을 해도 되겠습니까? 그동안 방에만 앉아 있었더니 좀이 쑤셔 도무지 배길 수가 있어야지요."

이련은 을두미와 나란히 서서 그 아래 공터를 내려다보았다.

"잘 오셨습니다. 같이 구경이나 하시지요."

을두미는 길고 흰 수염을 쓰다듬었다.

숲속 공터에서는 한창 장정들이 수박희 연습을 하고 있었다. 손을 펴고 팔을 놀리며 다리를 뻗는 동작들은 유연하면서 매우 절도가 있었다.

"앞으로 사부님으로 모셔도 되겠습니까? 저 사람들을 보니 무술을 제대로 배워보고 싶은 욕심이 생기는군요."

이련이 문득 말했다.

"왕자님께서 원하신다면 마다할 이유가 있겠습니까? 하오나, 엄연히 스승과 제자의 예법이 있습니다. 앞으로 어떤 고난이 따르더라도 사부의 지시를 따를 자신이 있으십니까?"

을두미가 껄껄 웃었다.

"물론입니다. 사부님의 명에 기꺼이 따르겠습니다."

"또 한 가지 조건이 있습니다. 저기 무술 시범을 보이는 연화 낭자나 추수는 우리 하가촌 도장의 사범입니다. 그들이 하자는 대로 할 수 있으신지요?"

"그렇게 하겠습니다."

"그럼 오늘부터라도 좋으니 왕자님도 무술 연습에 참여토록 하시지요."

"예, 알겠습니다."

이련은 은근히 기대가 되었다. 특히 연화에게 직접 무술을 배울 수 있다는 것이 무엇보다 기뻤다.

을두미는 지천명의 나이가 될 때까지 초야에 묻혀 학문에 몰두한 선비였다. 여러 차례 관직을 얻어 벼슬에 오를 기회가 있었다. 그러나 관료가 되는 것은 자신의 길이 아니라고 생각했다. 고국천왕 때 국상을 지낸 을파소의 후손으로 그 역시 서압록곡에 살았는데, 나이 서른 살이 넘으면서부터 뜻한 바가 있어 깊은 산속에 무도장을 마련하고 선인들을 모아 학문과 무예를 가르쳤다.

고구려에는 일찍부터 '선배'라는 신분이 있었다. 이를 가리켜 '선인先人/仙人'이라 부르기도 했는데, 태조대왕 때부터 삼월 삼짇날이나 시월 동맹제 때 한자리에 모여 무예를 겨루었다. 이들 중 학문과 무술이 뛰어난 자를 우두머리로 뽑아 스승으로 삼았는데, 제일 높은 사람을 '태대형'이라고 불렀다. 그리고 그 다음을 '대형', 맨 아래를 '소형'이라 했다.

스승들은 검은 장삼을 걸쳐서 '조의皁衣'라고도 했는데, 흔히 '조의선인'이라 불렀다. 이는 고구려 제10관등 가운데 9위에 해당하는 관직이기도 했다. 조의선인들은 전쟁이 나면 그의 밑에서 무술훈련으로 단련된 제자들을 이끌고 나가 나라를 위해 용감하게 싸웠으므로, 그 직급을 인정해 주었던 것이다.

개마고원에서 을두미가 도장을 차리고 학문과 무예를 가르친 무리들도 일종의 '선배'에 속한다고 볼 수 있었다. 을두미는 그중 가장 학문과 무술이 뛰어났으므로 태대형이라 부르기도 했으나, 하가촌에서는 '사부' 또는 '스승'으로 칭했다.

하대용은 압록강 하구에 대선단을 마련하여 발해를 건너 전진과 말 교역을 할 때 해적들과 대처하기 위해 을두미에게 도움을 요청한 적이 있었다. 을두미로서도 제자들이 말타기 연습을 하기 위해서는 많은 말들을 필요로 했고, 전부터 하대용 상단으로부터 말들을 공급받아 오던 터였으므로 그의 부탁을 들어주지 않을 수 없었다.

그리하여 을두미는 제자들을 하대용의 말 무역 상단이 이끄는 배에 자주 태웠던 것인데, 그것이 인연이 되어 아예 도장을 압록강 중류의 하가촌 인근으로 옮겼다. 그는 강과 면한 산기슭에 새로이 도장을 마련하고, 하대용 상단과 말갈족 장정들을 거두어 무술을 가르치게 되었다. 무술도장은 하가촌으로부터 두 마장가량 떨어져 있었다.

원래 을두미는 개마고원 도장에서 세상 밖으로 잘 나오지 않았다. 그러나 하대용이 사람을 보내 초청하면 하가촌 도장에 내려와 기꺼이 상단 장정들에게 무술을 가르쳐주었다. 그러다가 이제는 아예 하가촌 도장에 머물러 상단 소속의 무술 지도자가 되었던 것이다.

수박희 연습이 끝나고 잠시 휴식을 취할 때, 을두미는 연화를 불렀다.

"아니? 왕자님께서 나와 계시는군요?"

연화가 이련을 보고 가볍게 고개를 숙여 예를 올렸다. 도복을 입어서 그런 느낌이 드는 것일까, 행동에 절도가 있어 보였다.

"왕자님께 도복을 갖다 드려라. 오늘부터 무술 연습을 하고 싶어 하시는구나."

을두미의 명을 받고 연화가 가져온 도복은 흰옷이었다. 곧 이련에게 도복을 건넸다.

"검은 도복과 흰 도복의 차이는 무엇이오?"

이련은 연화에게 물었다.

"검은 도복은 지도자들이 입는 옷이고, 흰 도복은 수련생도가 입는 옷이옵니다."

"그럼 나는 수련생도로군요? 연화 낭자는 사범이니 나를 특별히 지도해 주시오. 사부님, 그리해도 괜찮겠지요?"

이련은 애써 을두미에게 허락까지 받아두려고 했다.

"왕자님께서 원하신다면 그리하시지요."

을두미는 바람에 날리는 흰 수염을 쓰다듬으며 두 사람을 지그시 바라보았다.

옷을 다 입고 나자 연화가 들고 있던 검은 띠를 이련의 허리에 매어주었다. 허리띠 매는 법이 따로 있었으므로, 그 순서를 일일이 가르쳐주어야만 했던 것이다.

"다음부터는 왕자님께서 손수 허리띠를 매셔야 합니다."

연화가 이련을 바라보며 화사하게 웃었다.

그 순간, 연화를 바라보는 이련의 눈빛이 남달랐다. 검은 도복을 입은 연화의 백옥 같은 얼굴이 마치 갓 피어난 배꽃처럼 화사하게 느껴졌던 것이다.

"한 번에 어떻게 익히겠소? 그래도 몇 번은 낭자의 손을 빌려야 할 것 같소."

이련은 의미 있게 웃었다.

두 사람이 그렇게 주고받는 말과 수작을 을두미뿐만 아니라 추수도 눈여겨보고 있었다. 정자의 기둥에 기대어 먼산바라기를 하고 있는 듯했지만, 추수의 신경은 오로지 이련과 연화의 말과 동작에 집중되어 있었다.

추수는 자신도 모르는 사이에 한숨을 토해 냈다. 마음속으로만 쉰 한숨이 그만 입 밖으로 튀어나와 얼핏 주위의 눈치를 살폈다. 그러다가 을두미의 눈과 부딪쳤다.

"추수야, 무슨 근심거리라도 있는 것이냐?"

을두미가 크게 기침을 하면서 추수를 쳐다보았다.

"네? 아, 아닙니다. 날씨가 아주 화창하고 좋습니다."

추수는 갑자기 쾌활해진 듯 목소리를 높였다. 그러나 그의 말처럼 날씨가 화창하다고 해서 좋을 것은 없었다. 오히려 화창한 날씨가 그에게는 더 견디기 어려웠다. 그의 나이 스물두 살이었다. 연화보다 다섯 살이 많았고, 이미 혼인 적령기가 지나 있었다. 피 끓는 청춘인데, 그 열정을 어디에 해소할 데가 없었다. 연화에게 끓어넘치는 연모의 정을 갖고 있었지만 자신의 마음을 밝힐 수도 없는 처지였다.

다시 무술 연습이 시작되었다. 이련은 연화에게 단독으로 무술 지도를 받기 위해 정자 옆 공터로 갔다. 그리고 추수는 수련생도들을 이끌고 이번에는 검술 연습을 시켰다.

을두미는 여전히 정자에 앉아 가부좌를 튼 채 무술 연습 현장을 바라보고 있었다. 그는 수련생도들을 보다가, 왕자 이련이 어떻게 무술 연습을 하는지 궁금해 가끔 그쪽으로 시선을 주었다. 연화가 지시하는 대로 이련은 열심히 땀을 흘리며 연습에 열중했다. 추수가 가르치는 수련생도들처럼 연화 역시 이련에게 검술을 지도하고 있었다.

이련은 목검을 들고 열심히 허공을 향해 찌르고 베면서 연속적인 동작을 보여주었다. 제법 자세가 잡혀 있었고 검을 다루는 법도 숙련되어 있었으나, 을두미의 눈에는 이련의 동작 하나하나가 조금 어설퍼 보였다.

마침내 을두미가 정자에서 내려왔다.

"왕자님, 잠시 쉬시지요. 힘이 드시나 봅니다."

이련이 자세를 바로 하며 을두미를 바라보았다.

"예, 사부님! 오랜만에 검을 잡았더니 좀 힘이 드는군요."

"저기 수련생도들을 보십시오. 똑같이 연습을 하는데, 왕자님만 땀을 흘리고 있습니다. 그 이유가 무엇인지 아십니까?"

을두미가 아직도 훈련에 열중하고 있는 수련생도들을 가리켰다.

"말에서 떨어진 후 다친 다리를 치료하느라 너무 쉬는 바람에 몸이 둔해진 듯합니다."

왕자 이련은 한 손으로 이마의 땀을 훔치면서 슬쩍 연화의 눈치를 살폈다.

"아닙니다. 몸이 둔해 그런 것이 아니라 왕자님께서 너무 의욕이 넘쳐서 그런 것입니다. 의욕이 넘치면 무리하게 힘을 쓰게 되고, 그러다 보니 검을 다루는 유연성이 부족해지면서 몸의 균형을 잃고 마는 것입니다. 그나마도 생각대로 잘 안 되니 힘이 들 수밖에 없지요. 일단 정자로 올라가 잠시 땀을 들이시는 게 좋겠습니다."

을두미는 이련을 정자로 이끌었다. 연화도 그 뒤를 따랐다.

정자에 둘러앉은 세 사람은 잠시 쉬었다. 사실상 땀을 흘리고 있는 사람은 이련뿐이었다.

이련이 을두미에게 물었다.

"사부님! 너무 의욕이 넘치는 것은 좋지 않다는 말씀이었던 것 같은데, 허면 힘들이지 않고 어찌 적을 이길 수 있겠습니까?"

"좋은 질문을 하셨습니다. 왕자님께 다시 묻겠습니다. 무술이라고 할 때 한자로 '무武' 자를 쓰는데, 그 의미가 무엇이라 생각하십니까?"

"굳셀 무 자, 즉 강하다는 뜻 아니겠습니까?"

"맞습니다. 그런데 그 무란 글자에는 '창 과戈'와 '그칠 지止' 자가 들어 있습니다. 누구도 범접할 수 없도록 힘을 키워 병장기를 들고 싸울 일이 없게 한다는 뜻입니다. 즉 무는 적을 죽이고 상처내기 위한 것이 아니라, 호신과 활인의 깊은 의미가 담겨 있는 것입니다. 창으로 적을 찌르는 것이 아니라, 창으로 찌르는 것을 그치게 한다는 것…… 무에 담긴 진정한 의미를 깊이 새겨둘 필요가 있습니다."

"……예, 그렇군요."

이련은 깊이 느끼는 바가 있어 고개를 한참 주억거렸다. 연화가 옆눈으로 그를 바라보며 가볍게 고개를 까딱거려 동조의 뜻을 비쳤다.

"그래서 검술의 최고 경지를 활인검이라고 하지요. 즉, 사람을 살리는 검술입니다. 그런데 왕자님께서 의욕에 넘쳐 검술 연습을 하는 것은 적을 공격하는 데 목적을 두고 있기 때문입니다. 일차적으로 검술은 자기 자신을 보호하는 데 있습니다. 공격보다는 방어가 우선입니다. 방어를 못해 자신이 적에게 공격을 당한다면 아무 소용이 없는 일이지요. 방어를 위한 검술은 힘으로 하지 않습니다. 마음으로 하는 것이지요. 자기 마음을 다스리는 것, 적을 공격하겠다는 마음을 참는 인내심, 그것이 중요합니다. 그래서 검술에는 다음 세 가지 단계가 있습니다. 첫째는 무술武術인데, 이는 힘을 쓰는 수법으로 하수 단계입니다. 둘째는 무예武藝인데, 이는 힘을 남발하지 않고 참는 마음을 중요시 여기는 것입니다. 무술이 예술로 승화된 단계이지요. 셋째는 무도武道인데, 활인의 정신으로 세상과 더불어 공명하려는 마음이 담겨 있습니다. 천지동심天地同心, 즉 하늘과 땅이 하나로 통하는 경지에 이르는 길입니다. 남을 쓰러뜨리려면 무술로 족하지만, 개인의 호신을 위해서는 무술을 무예의 경지로, 나라의 경영을 위해서는 궁극적으로 무도의 경지까지 끌어올려야 합니다."

말을 마친 을두미는 긴 수염을 쓰다듬으며 빙그레 웃었다.

왕자 이련의 눈이 감동으로 빛났다. 연화 역시 스승으로부터 이미 들은 바 있었지만, 그 의미가 새롭게 가슴에 전해져 와 새삼 을두미를 경외하는 눈빛으로 바라보았다. 두 사람 모두의 눈길이 동시에 사부에게로 향했다가 되돌아오며 공중에서 엇갈렸다.

을두미는 그런 두 사람을 그윽한 눈길로 바라보았다. 장차 고구려를 이끌어갈 주인공들이었던 것이다.

대왕 사유에게는 큰아들인 태자 구부가 있었다. 그러나 마흔 살이 되도록 태자에겐 자식이 생기지 않았다. 따라서 대왕도 오래도록 연나라 볼모로 있다 돌아온 왕후에게서 뒤늦게 둘째 아들 이련을 얻은 것을 천우신조로 여기고 있었다. 고구려 백성이라면 그러한 내막을 모르는 사람이 없었다. 당연히 태자 구부 다음에 왕위를 이를 사람은 왕자 이련이라고 생각했다. 당시 고구려에서는 왕위의 형제상속도 당연한 것으로 받아들여지고 있었다.

"사부님의 말씀, 뼈에 아로새기겠습니다."

이련은 을두미를 향해 정중하게 제자로서의 예를 올렸다.

"허허, 별말씀을요. 불문가지에 속하는 일인 것을요."

을두미는 이련과 연화를 번갈아 바라보며 한동안 말없이 고개만 끄떡거리고 있었다. 언뜻 선들바람이 불어와 그의 흰 수염과 머리를 쓸며 지나갔다.

4

고구려 동부의 본성인 책성으로 돌아온 이후, 동부욕살 하대곤의 심사는 사뭇 뒤틀려 있었다. 종제 하대용이 그렇게 표변하리라고는 상상조차 하지 못했던 것이다. 하대용은 딸 연화를 왕자 이련과 맺어주고 싶은 욕심을 갖고 있음에 틀림없었다.

'괘씸한 놈!'

하대곤은 이를 부드득 갈아붙였다.

불과 얼마 전까지만 해도 하대용이 연화의 배필로 해평을 염두에 두고 있었음을 모르지 않았다. 정식으로 혼담이 오간 적은 없지만, 비슷한 이야기를 나눈 바도 있었다. 그런데 이제 와서 하대용이 생각을 바꾼 것이었다.

하대곤은 조카딸이지만 연화를 남다르게 생각하고 있었다. 학문뿐만 아니라 무술도 뛰어난 연화는 한마디로 여장부였다. 마음 씀씀이도 후덕하고 매사 포용력이 있어 국모의 자격을 충분히 갖추고 있었다. 그래서 더욱 해평의 배필로 적격이라 생각했던 것이다.

해평은 왕제 무의 아들이므로 엄연히 고구려 왕실의 피를 이어받았다. 이것은 아직 해평 자신에게도 밝히지 않은, 오직 하대곤 혼자만이 알고 있는 비밀이었다.

지난 전렵 행사 전의 마상훈련에서 보았지만, 왕자 이련은 여러 가지로 문약해 보였다. 말 경주를 할 때 낙마한 것만 봐도 충분히 짐작할 수 있는 일이었다. 그렇다면 나이로 보나 문무를 겸비한 실력으로 보나 이련보다 해평이 연화의 배필로 합당하다고 생각했다. 이련은 연화보다 네 살 아래였고, 해평은 연화보다 세 살 위였다. 어느 모로 보더라도 연화의 신랑감으로는 해평이 적격자였다.

"여봐라! 해평은 어디 있느냐? 요즘 통 안 보이는구나."

하대곤이 문득 옆에 있던 호위무사 두충에게 물었다.

"기마대장은 아마 혼자 무술 연습 중이실 것입니다. 요즘 전보다 말이 없어지고 뭔가 고민이 있어 보입니다."

두충이 대답했다.

"가서 데려오게!"

사실상 하대곤은 대왕 사유의 전렵 행사에 참여했다 돌아온 이후 혼자서 장고를 거듭하고 있었다. 분명 왕제 무는 서신에서 해평이 고구려 왕손이란 사실을 절대 밝히지 말라고 신신당부했다.

그러나 하대곤의 생각은 달랐다. 고구려가 연나라의 위협을 견디지 못해 태후와 왕후가 13년간 볼모 생활을 하는 굴욕을 당한 데다, 그 이후에도 비굴하게 금은보화를 보내 조공할 수밖에 없었던 것은 대왕 사유의 유약한 성격 때문이라고 그는 여기고 있었다.

고구려가 강해지려면 강력한 왕권이 들어서야 한다는 것이 하대곤의 생각이었다. 그 적임자가 왕제 무였는데, 그는 의를 지켜 몸을 피했다. 그러고는 자신이 낳은 아들 해평을 보내왔던 것이다.

'이제는 오직 해평만을 믿을 수밖에 없다.'

하대곤은 해평의 성격을 잘 알았다. 부친을 닮아 무술이 뛰어나고, 배짱 또한 두둑하여 군주로서의 자질을 두루 갖추었다고 생각했다. 그는 오래전부터 해평을 고구려의 강력한 대왕으로 키우고 싶은 꿈을 꾸고 있었다.

잠시 후 두충이 해평을 데리고 왔다.

"너는 물러가라."

두충이 물러가고 나자, 하대곤은 해평을 데리고 내실로 들어가 문을 닫았다.

"아버님, 무슨 일이십니까?"

해평은 하대곤의 굳어 있는 안색을 조심스럽게 살폈다.

그런데 하대곤이 갑자기 해평 앞에 무릎을 꿇었다.

"절 받으십시오."

하대곤은 고개를 푹 숙였다. 그러고 나서 번쩍 고개를 든 얼굴에는 눈물이 그렁그렁 맺혀 있었다.

"아니, 아버님! 갑자기 왜 이러시는 것입니까? 소자가 무슨 잘못이라도……."

해평 역시 하대곤 앞에 무릎을 꿇고 어찌할 바를 몰랐다.

"그것이 아니옵고……."

"자식 앞에서 이러시면 안 됩니다. 아버님, 편히 앉으십시오."

갑자기 양아버지 하대곤이 존대를 붙이자, 해평은 적이 당황하지 않을 수 없었다.

하대곤은 여전히 낮은 자세를 바꾸지 않은 채 해평을 올려다보았다.

"이제부터 주군으로 모시겠습니다. 소장을 그냥 장군이라 불러주십시오."

"……예에?"

"주군께선 귀하신 분, 고구려 왕실의 혈통을 이어받은 왕손이시옵니다. 주군의 아버님은 바로 지금 고구려 대왕 사유의 친동생이시며, 연나라 대군을 벌벌 떨게 한 용장이셨습니다."

하대곤은 눈물을 닦고 자세를 바로잡았다.

그러고 나서 하대곤은, 왕제 무에 관한 이야기를 해평에게 들려주었다. 연나라와 고구려의 전쟁에서부터, 모용황의 군대가 미천왕의 시신을 파헤쳐 가고 태후와 왕후까지 볼모로 삼은 이야기를 한달음에 털어놓았다. 다음 해에 왕제 무가 연나라 사신으로 갔다가 미천왕의 시신만 돌려받은 후 고구려 국경에서 홀연히 사라진 이야기까지 했을 때, 해평은 고개를 꺾으며 흐느꼈다.

"아아, 아버님……!"

그런 해평을 보고 하대곤은 무릎 위에 올려놓은 두 주먹을 불끈 쥐었다.

"주군의 부친이신 무 왕제께서는 연나라 모용황과 대면했을 때도 당당하셨습니다. 볼모가 된 태후와 왕후를 모시고 가겠다고 끝까지 버텼습니다. 그러나 모용황은 무 왕제가 고구려에 있는 한 태후와 왕후를 귀국시킬 수 없다고 선언했습니다. 그만큼 모용황은 무 왕제님을 두려워하였던 것이지요. 무 왕제께서 고구려 국경에서 미천대왕의 시신을 소장에게 맡기고 사라진 것은, 바로 태후와 왕후를 볼모의 몸에서 풀려나 다시 고구려로 돌아오시게 하기 위한 고육책이었습니다. 자신을 희생해서 태후와 왕후를 구하려고 했던 것이지요."

하대곤이 여기까지 말하자 해평은 무릎걸음으로 다가왔다.

"아버님, 이제 편히 앉으시지요."

해평은 그러면서 하대곤의 불끈 쥔 두 주먹을 손으로 감쌌다.

"주군! 소장은 이제 아버님이 아닙니다."

"아닙니다. 소자는 이미 오래전부터 두 분의 아버님을 모시고 있었습니다. 소자에게 생명을 주신 분도 아버님이고, 길러 주신 분도 아버님 아니겠습니까? 앞으로도 전처럼 아버님으로 모시게 허락해 주십시오."

해평은 하대곤의 몸을 부축해 일으켜 세웠다.

"그래도 왕손이신데 어찌……."

"아닙니다. 당분간은 소자에게 왕손이니 주군이니 하는 말씀을 하시면 안 됩니다. 어느 시기가 될 때까지는 절대 비밀을 유지해야 합니다. 그러니 아버님은 소자를 전처럼 아들로 대해 주시기 바랍니다. 앞으로 부족함이 없는 아들이 되겠습니다."

해평은 그러더니 하대곤을 끌어안았다.

"듣고 보니 일리가 있는 말씀입니다. 당분간 그렇게 하도록 하지요."

하대곤도 팔을 벌려 해평의 든든한 등을 감싸주었다.

5

하대곤으로부터 친부의 이야기를 전해 들은 해평은 고구려 대왕 사유와 왕자 이련의 얼굴을 떠올리지 않을 수 없었다. 하가촌에서 처음 대왕을 알현했을 때의 기억이 되살아난 것이다.

그때 분명 대왕 사유는 해평에게 낯이 많이 익다고 말했었다. 아마도 대왕은 왕제 무를 쏙 빼닮은 해평을 보고 문득 그런 느낌이 들었을 것이다. 따지고 보면 대왕은 해평에게 백부가 되고, 왕자 이련은 사촌 동생이었다.

'너는 고구려의 피를 이어받았다. 장차 고구려를 위해 네 한 몸 바칠 수 있겠느냐?'

해평은 동부욕살 하대곤을 만나기 위해 떠나기 며칠 전, 친부가 당부하던 말을 기억하고 있었다. 그 생생한 목소리의 여운은 마치 하늘 저 높은 곳에서 실제 육성으로 들려오는 것같이 느껴졌다. 한밤중이었고, 하늘에는 별들이 보석처럼 박혀 있었다. 구름에 가렸던 달이 불룩한 배를 내밀고 빠져나와 대지를 환하게 비추었다.

"아버님!"

해평은 하늘을 바라보며 자신도 모르게 아버지를 불러보았다.

“아아, 아버님! 그때 왜 소자에게 고구려 왕손이란 사실을 밝히지 않으셨습니까?”

해평은 원망이라도 하듯 하늘을 바라보며 중얼거렸다.

“그것을 밝힌들 무슨 소용이 있으리…….”

깜짝 놀라 해평이 뒤를 돌아보니, 그곳에 하대곤이 서 있었다.

“앗, 아버님!”

“지금 왕손이란 사실을 알고 나서도 어찌할 수 없는 노릇인 것을…….”

낮에 해평 앞에 무릎을 꿇고 눈물을 흘리며 친부 무의 과거 이야기를 들려주던 하대곤의 태도가 아니었다. 어느새 전처럼 양아버지로 돌아와 있었다.

“아버님! 아직도 제가 왕손이란 사실을 믿기 어렵습니다. 생부께선 제게 전혀 그런 말씀을 해주시지 않았습니다. 다만 고구려의 피를 이어받았으므로, 고구려를 위해 목숨을 바쳐야 한다고 하셨습니다. 그래서 저를 이곳 책성으로 보내신 것입니다. 그런데 오늘 왕손이란 사실을 알고 나니 화가 치밀어 오르는 것을 도무지 참지 못하겠습니다.”

해평은 자신의 심경을 솔직하게 털어놓았다.

“연화 때문이겠지?”

“……네?”

“그리고 왕자 이련 때문이겠지?”

하대곤은 해평의 아픈 곳을 찔렀다.

"……아버님! 그런 애송이에게 사랑하는 여자를 빼앗긴다 생각하니 너무나 화가 납니다."

해평은 어깨가 들썩일 정도로 숨을 가쁘게 몰아쉬었다.

"나도 네 마음 잘 안다. 허나, 지금 마음이 아픈 것은 네가 그만큼 강하지 못하기 때문이다. 같은 왕손이지만 당장은 네가 왕자 이련만 못한 위치에 있다는 걸 인정해야 한다. 그리고 나도 이번에 마음속으로는 종제인 하대용과 아주 인연을 끊었다. 하가촌에서 떠나기 전날 하대용과 연화에 대해 이야기를 나누었지만, 종제의 마음은 완전히 왕자 이련에게 가 있었다. 어떻게 해서든지 연화와 맺어줄 생각인 모양이더구나. 당장 요절을 내고 싶었지만 참을 수밖에. 이유는 단 하나, 이련이 대왕 사유의 아들이기 때문이지. 연화가 여장부답고 후덕하여 너의 배필로 점찍어 두었던 것은 사실이지만, 이젠 어쩔 수 없이 잊어야 한다. 없었던 일로 해야 한다, 알겠느냐?"

하대곤이 힘주어 말했다.

"그렇지만…… 어찌 소자에게만 일방적으로 양보를 하란 말씀이십니까?"

해평은 어금니를 악물었다. 문득 왕자 이련에 대한 앙심만큼이나 새삼 연화에 대해서도 미움이 솟구쳤다.

"그것이 권력의 힘이다. 너도 왕손이긴 하지만 지금으로선 신분을 밝히기 곤란하다. 다시 말해 나는 대왕 사유의 힘에 눌리고, 너는 왕자 이련보다 여건이 좋지 못하다. 냉정하게 현실을 인정해야 한다."

"알고 있습니다. 하지만 억울합니다. 먼저 혼담이 오간 것은 소자인데, 갑자기 나타난 애송이에게……."

해평은 뒷말을 생략했다.

"그러니 이제부터라도 힘을 길러야 한다. 대왕 사유는 이미 늙었고, 사후에는 태자 구부가 왕위를 잇겠지. 구부에게는 아들이 없다. 현재로서는 태자비가 아닌 다른 여인을 취한다 해도 아들을 낳기 힘들어. 태자도 나이를 먹을 만큼 먹었거든. 그렇다면 구부 다음에 왕위에 오를 수 있는 인물은 왕자 이련밖에 없다. 내 생각에 이련은 왕으로서의 자질이 부족하다. 대왕 사유처럼 유약한 성격을 꼭 빼닮았어. 지금 고구려는 서쪽으로는 연나라 다음으로 일어선 전진의 부견이 있고, 남쪽으로는 발해에서 황해에 이르는 해상권까지 장악한 백제가 버티고 있다. 우유부단한 성격을 가진 자가 왕위에 오른다면 고구려의 미래는 장담할 수가 없어. 미천대왕 때처럼 강력한 왕권이 들어서야만 우리 고구려에 희망이 보인다. 내가 왜 이런 말을 하는지 너는 알겠지?"

하대곤은 뚫어질 듯 해평의 눈을 주시했다.

두 사람의 눈이 허공에서 강렬하게 부딪쳤다. 그 사이로 별똥별 하나가 길게 곡선을 그리며 떨어지다 어둠 속으로 묻혔다.

"왜 대답이 없느냐?"

하대곤이 다그쳤다.

"예, 알고 있습니다. 그러나 이련에게 가기 전에 먼저 연화를 빼앗아 올 수도 있지 않겠습니까?"

해평은 이를 악물었다.

"여자는 잊어라. 지금은 우리에게 힘이 없다고 하지 않더냐? 그보다도 나라를 경영하려면 문무를 겸비한 공부를 해야 한다. 경서는 물론이고, 병법서를 많이 보아야 하느니라. 강력한 군주는 전술전략에서도 그 어느 장군보다 뛰어나야만 해. 그래야 장군들이 군주에게 절대 복종하고 따른다."

"……아버님 말씀 명심하겠습니다."

해평은 하대곤에게 고개를 숙였다.

"밤이 깊었다. 들어가 자거라."

하대곤이 먼저 해평을 뒤로하고 침소로 향했다.

그러나 해평은 그 자리에 말뚝처럼 붙박여 있었다.

"여자는 잊어라……."

해평은 한숨을 푹 쉬면서 방금 전에 하대곤이 한 말을 자신의 입으로 되뇌어 보았다.

'오라버니와는 인연이 아닌 모양이에요. 제발 연화를 잊어주세요.'

어디선가 연화의 목소리가 들려오는 듯했다.

해평은 목소리가 들려오는 듯한 허공을 쳐다보다가 달과 눈이 마주쳤다. 연화가 그 달 속에서 미소를 짓고 있는 듯했다. 그런데 해평에겐 그것이 마치 자신을 향해 비웃는 것처럼 보였다.

솟소쩍, 소쩍!

소쩍새가 울었다.

"저 소쩍새까지도 나를 깔보는군!"

해평은 부쩍 자존심이 상해서 그 자리를 떠났다. 그의 그림자가 사라진 곳으로 달빛이 은빛 가루처럼 부서져 내리고 있었다.

6

들판에는 한창 파릇한 풀들이 돋아나고, 아지랑이 피어오르는 저 먼 곳에선 풀냄새 싱그러운 산들바람이 불어왔다. 푸릇푸릇한 새싹이 한 뼘쯤 자라난 초록 들판을 말 두 마리가 달리고 있었다.

나란히 달리는 말 위에는 남녀가 각자 타고 있었다. 그들은 서두르지 않았다. 들판을 가로질러 강가에 닿자 두 사람은 말을 멈추었다. 왕자 이련과 연화였다.

"이 강줄기를 따라 거슬러 올라가면 태백산이 나온단 말이지요? 태백산 정상에 천지가 있다고 하는데, 어떻게 정상에 그런 큰 호수가 있는지 모르겠어요. 도무지 이해가 안 돼요."

이련이 연화와 말 머리를 같이한 채 서서 압록강을 바라보았다.

"예, 왕자님! 태백산 천지의 물은 늘 흘러넘친답니다. 달문 아래로 흐르는 폭포는 우렁찬 소리를 내는데, 귀가 다 먹먹할 지경이에요."

연화는 어린 시절부터 압록강이 흐르는 강가에서 자라났다. 그래서 태백산 천지도 자주 가보았고, 강줄기를 따라 난 길로 말을 달려본 경험도 많았다.

이련은 어려서부터 말로만 듣던 태백산 천지에 가보고 싶었다. 그래서 이번 전렵 행사에 부왕을 따라나섰던 것인데, 말에서 떨어져 다리를 다치는 바람에 그만 기회를 놓쳤었다.

다리가 완쾌된 후 연화에게 태백산 천지를 보고 싶다고 먼저 말한 것은 이련이었다.

"낭자! 나를 태백산 천지까지 안내해 줄 수 있겠소?"

이련은 천지를 보겠다는 욕심도 있었지만, 내심으로는 연화와 단둘이 봄나들이를 하고 싶었던 것이다.

"왕자님, 그 일이라면 아버님께 허락을 받아야 합니다."

연화가 말했다.

"하 대인께는 내가 허락을 받겠소."

이련은 하대용을 찾아가 연화와 함께 태백산 천지를 구경하고 싶으니 허락해 달라고 청했다.

"지난번 천제 때 참여하지 못한 게 못내 서운하셨던 모양이군요. 왕자님께서 그리 원하신다면 소원을 들어드려야지요. 다만 연화만 데려갈 경우 왕자님 신변이 걱정되오니, 추수 사범도 함께 가도록 하시지요."

하대용은 만약의 경우를 생각하고 있었다. 태백산 자락에는 말갈족의 무리도 많았고, 정체를 알 수 없는 사냥꾼들도 자주 출몰했다. 그리고 혹여 호랑이나 곰 같은 맹수라도 만날 경우에 대비하여 사냥의 고수인 추수를 데리고 가라는 것이었다.

"아버님, 이 연화의 실력을 못 믿으시는군요. 호위는 필요 없어요."

왕자 이련 옆에 있던 연화가 얼른 끼어들었다. 추수가 동행하게 되면 두 사람에게 오히려 방해가 될 것이라고 생각했던 것이다.

"하 대인! 나도 내 앞가림 정도는 할 줄 압니다. 너무 심려치 마십시오."

이련 역시 당연히 연화와 단둘이서만 떠나고 싶었다.

하대용은 두 사람의 마음을 잘 알았다. 그러나 한편으로 염려가 되는 것은 사실이었다.

이련과 연화가 태백산 천지를 유람하기 위해 떠난다고 결정했을 때, 하대용은 바로 그 전날 몰래 추수를 불러 당부했다.

"아무래도 두 사람만 보내는 것이 불안하다. 너는 내일 아침 두 사람이 집을 나설 때 몰래 뒤따르며 멀리서 보위토록 하거라. 알겠느냐? 두 사람이 눈치를 채면 곤란하니, 그 점 특히 명심하고."

"……예, 대인 어른."

추수는 잠시 뜸을 들이다가 평소와 달리 힘없이 대답했다.

"왜? 마음에 내키지 않느냐?"

"아니옵니다. 명심코 대인 어른의 분부, 받잡겠습니다."

추수는 예를 올린 후 물러나왔다.

사실 추수는 왕자 이련과 연화가 태백산 천지를 유람한다는 것 자체만으로도 불편한 심기를 어쩌지 못했다. 도중에 그들을 해코지할 무리들이나 호환을 만날까 두려워서가 아니었다. 두 사람이 가까워지는 것에 대한 두려움이 추수의 마음을 더욱 흔들어놓았던 것이다.

추수는 하대용의 명이라면 불속에라도 뛰어들 자세가 되어 있었다. 그러나 이련과 연화의 뒤를 미행하라는 명을 따르기는 죽기보다 싫었다.

'대인 어른의 명이니 따를 수밖에…….'

추수는 마음속으로 되뇌면서 한숨을 푹 쉬었다.

결국 다음 날 아침 추수는 왕자 이련과 연화가 집을 나설 때 그들의 뒤를 몰래 밟았다. 앞서가는 그들에게 들키지 않으려면 먼 거리에서 천천히 말을 달릴 수밖에 없었다.

한편 이련과 연화는 멀리 뒤에서 추수가 미행하는 것을 눈치채지 못한 채 한가롭게 강줄기를 따라 천천히 말을 몰고 있었다.

"태백산 천지를 보려면 좀 더 서둘러야 할 것 같아요."

연화가 먼저 앞질러 말을 달리기 시작했다.

"이랴, 이랴!"

이련도 뒤따라 말에 채찍을 가했다.

두 마리의 말은 들판을 질주했다. 앞서거니 뒤서거니 경주하듯 달리다가, 나란히 보조를 맞추기도 하는 등 두 사람은 말을 타고 연초록의 산야를 누볐다. 말과 사람이 한 몸으로 출렁이면서 만들어내는 그 속도감과 유연한 동작은 자연 속의 유영이라고 해도 좋았다. 앞에서 두 마리의 말이 달리는 동안, 나무에 가려졌다 보이고 언덕 너머로 사라졌다 나타나는 두 사람의 뒷모습을 놓치지 않으려고 추수는 노심초사하며 뒤를 밟고 있었다.

태백산 자락으로 접어들자, 밀림이 빽빽하게 우거져 있었다. 하늘을 향해 우뚝 선 나무들은 저마다 키재기를 하듯 꼿꼿하게 직립의 자세를 유지하고 있었다. 밀림 지대를 지나자 산등성이가 훤히 드러났다. 비탈진 산을 오르면서 정상이 가까울수록 나무들은 듬성듬성 서 있었고, 키도 점점 작아졌다. 나중에는 작은 풀들만 산등성이를 온통 초록으로 물들이고 있었다.

산 정상 가까이에 이르자, 이련과 연화는 말에서 내려 걷기 시작했다. 경사가 심해 말들조차도 힘이 들어 헉헉대며 거친 숨을 몰아쉬기 시작했던 것이다.

태백산 정상 조금 못 미친 곳에 평탄한 초원이 펼쳐져 있었다. 두 사람은 말들을 풀어놓아 마음대로 풀을 뜯게 하고 곧 정상을 향해 발길을 재촉했다. 평지 같은 초원에서 산 정산으로 오르는 길은 매우 가팔랐다. 자칫 발을 잘못 딛게 되면 미끄러지기 일쑤였다. 모래 같은 돌가루들 때문에 길은 더욱 미끄러웠다.

"자, 내 손을 잡아요."

이련이 연화를 향해 손을 내밀었다.

"왕자님도 힘드실 텐데……."

그러면서도 연화는 이련에게 손을 주었다.

말타기에선 연화가 앞선다 하더라도 경사진 산비탈을 오르는 것은 아무래도 남자인 이련의 발걸음이 더 가벼웠다.

천지가 보이는 태백산 정상에 올라서자, 이련은 감탄사를 연발했다.

"과연 우리 민족의 정기가 서린 명산이로군! 이번에 천제를 지낼 때 와보지 못한 것이 한으로 남았었는데, 오늘 이렇게 연화 낭자와 함께 천지를 바라보니 감개가 또한 남다르구려."

"어떻게 남다른가요, 왕자님?"

연화가 이련을 빤히 바라보았다.

그러자 이련이 갑자기 긴장된 얼굴로 연화의 눈을 직시하며 말했다.

"천지를 보는 순간, 연화 낭자를 나의 배필로 삼고 싶다는 생각을 했소. 나는 이 자리에서 태백산 천지와 약속을 하겠소. 연화 낭자와 반드시 혼인을 하기로. 이는 천지신명과의 맹세이기도 하오."

이렇게 말하는 이련은 열세 살의 소년답지 않고 의젓했다. 이미 전부터 생각해 두었던 말을 비로소 꺼낸 것처럼 뜸을 들이거나 더듬지도 않았다.

어느 순간, 이련은 슬그머니 연화의 손을 잡았다. 갑작스런 일이었으나 연화는 잡힌 손을 애써 빼내지 않았다.

"왕자님! 소녀의 나이가 왕자님보다 네 살이나 많은데 괜찮겠어요?"

연화는 은근히 걱정스런 얼굴이 되어 물었다. 아직 왕자가 혼인을 생각할 나이는 아니라서 가까이 있어도 크게 개의치 않았었는데, 그 순간만큼은 이상스레 가슴이 떨려 왔다. 열세 살의 왕자가 이성으로 느껴지는 순간이었다.

"나이가 무슨 상관이오. 나는 연화 낭자가 병간호를 해줄 때 어머니를 많이 생각했소. 네 살 때 돌아가시고부터 나는 어린 시절을 친모 없이 자랐지요. 모성을 느끼지 못하고 살다가 모처럼 연화 낭자를 만나 그 비슷한 느낌을 받았소. 모성애와 비슷한 느낌, 며칠을 두고 곰곰이 생각해 보니 그것은 사랑이었소. 낭자, 사랑하오."

이련은 연화의 몸을 바짝 끌어안았다.

"어머!"

연화가 화들짝 놀라 몸을 떼려고 하자, 이련은 상대의 입을 자신의 입술로 막았다. 실상은 그 순간, 연화의 입에서 다른 말이 나올까 내심 두려웠던 것이다.

두 사람은 그렇게 한참 동안 한 몸이 된 채 서 있었다.

천지 위로 안개가 낮게 깔리기 시작했다. 방금 전까지도 맑은 날씨였는데 어디선가 갑자기 구름이 몰려와 하늘을 덮었고, 수면 위로 퍼지던 안개가 자욱하게 천지를 점령해 버렸다. 순식간의 일이었다. 이처럼 태백산 천지의 날씨는 변화무쌍했다.

"곧 비가 오려나 봐요."

연화가 이련에게서 몸을 떼어내며 안개 자욱한 천지를 바라보았다.

"하느님께서 천지에 축복의 비를 내려주실 모양이오."

"축복의 비요?"

"천제를 지내러 오기 전에 폐하께서 내게 말씀하셨소. 태백산은 단군왕검의 아버지 환웅천왕이 하늘에서 내려와 신시神市를 연 곳이고, 지금은 여러 나라로 갈라져 나갔지만 고구려를 위시한 우리 주변국들은 모두가 단군왕검의 자손이라고. 추모왕께서도 고토를 회복하겠다는 다물정신의 꿈을 갖고 고구려를 건국하셨소. 고토는 바로 단군왕검이 세운 조선을 말하나, 지금은 고구려·부여·백제·신라·가야 등으로 갈라져 아귀다툼을 벌이고 있소. 우리가 혼인하기로 약속하는 순간, 하늘이 축복의 비를 내려주신다면 그것이 무슨 의미겠소? 하느님께서 우리에게 고토를 회복할 영웅을 점지해 주신다는 뜻 아니겠소?"

이럴 때 이련은 나이를 잊게 했다. 그는 이미 정신적으로 장년이었고, 나라를 걱정할 만큼 인격적으로도 충분히 왕자지도王者之道를 갖추고 있었다.

이련의 말이 끝나기 무섭게 우두우두 빗방울이 듣기 시작했다. 어느새 천지는 안개로 가득 덮여 수면조차 보이지 않았다. 먹구름과 안개가 한데 뒤엉키면서 땅의 기운이 하늘로 솟구쳐 오르는 것 같았다. 그때 번쩍, 하며 번개가 치더니 쿠르르릉, 천둥이 울었다.

번개의 불빛이 먹장구름을 가르고 천지로 내리꽂히는 바로 그 순간, 반작용처럼 수면에서 꿈틀대며 황룡이 하늘로 용솟음치는 것을 두 사람은 보았다. 번개가 치면서 안개와 구름의 조화가 빚어낸 결과이지만, 그 번뜩이는 빛깔과 꿈틀대는 움직임과 형용키 어려운 형상은 결코 예사롭지 않았다.

"어머, 왕자님! 방금 황룡을 보았어요!"

연화가 먼저 소리쳤다.

"오, 나도 보았소. 연화 낭자를 처음 본 순간, 나는 국모의 품위를 갖추었다고 생각했소. 폐하의 뒤를 이어 태자이신 구부 형님이 왕위를 잇게 되겠지만, 태자께선 아들이 없기 때문에 그다음 순서는 내가 될 것이오. 내가 왕위에 오르면, 반드시 고구려를 강국으로 만들어 추모왕의 다물정신을 실천할 아들을 낳을 것이오."

이련은 다시 연화의 손을 잡았다. 두 사람이 잡은 손에는 강하게 힘이 들어가 있었다. 무언의 약속이었다.

7

태백산 정상으로 몰려들었던 먹구름이 어느 사이 말끔히 사라져버렸다. 하늘은 다시 맑아 언제 소나기를 뿌렸느냐는 듯 푸른빛으로 물들었다. 다만 뭉게구름 몇 조각이 여유롭게 떠서 하늘 가운데로 흘러가고 있었다.

추수는 태백산 삼림지대에 말을 숨긴 채 왕자 이련과 연화가 정상에서 내려오기만을 기다리고 있었다. 바로 밀림을 벗어나면 나무도 별반 없는 산등성이였으므로, 더 이상 올라갔다간 들킬 염려가 있었던 것이다.

한차례 빗줄기가 지나간 후 햇볕 가운데 나가 젖은 옷을 말리고 있는데, 갑자기 숲속에서 달려오는 한 떼의 인마들이 보였다. 추수는 흰 사슴 한 마리가 그들에게 쫓겨 저쪽 숲속으로 달아나는 것을 목격했다.

"저놈을 사로잡는 자에게 큰 상을 내리겠다!"

대장인 듯한 자가 말을 달리며 소리치고 있었다. 그를 따르는 졸개들이 흰 사슴을 향해 우우우, 아우성치며 목청을 드높였다.

'도대체 저놈들은 누구일까? 흰 사슴은 영물이라 잡지 않는 법인데, 함부로 사냥을 하려 들다니…….'

이렇게 마음속으로 뇌까린 추수는, 곧 말안장 뒤에 챙겨둔 올가미를 꺼내 들고 흰 사슴이 달아난 숲을 향해 몸을 날렸다. 그는 자신의 말을 그대로 놔두고 맨몸으로 나무와 나무 사이를 그네처럼 건너뛰면서 흰 사슴의 뒤를 바짝 쫓았다. 사냥꾼들도 그가 나무숲 사이로 재빨리 움직이는 것을 눈치채지 못했다. 그만큼 그의 동작은 민첩했고, 울창한 나무숲은 그의 몸을 가려주기에 충분했다.

언덕을 넘자 계곡 아래에서 흰 사슴이 헐떡거리며 거친 숨을 몰아쉬고 있었다. 추수는 올가미를 날려 흰 사슴을 사로잡았다. 그는 사냥꾼들이 언덕 위에 나타나기 전에 동작 빠르게 흰 사슴을 근처 바위 동굴 속에 숨겼다.

잠시 후 사냥꾼들이 계곡으로 들이닥쳤다. 앞장서서 달려온 대장인 듯한 자는 뜻밖에도 해평이었다. 뒤미처 나타난 십여 명의 졸개들은 책성의 군사들이 분명했다.

"아니, 네가 여긴 웬일이냐? 혹시 방금 이쪽으로 달아난 사슴을 보지 못했느냐?"

해평이 추수를 보고 화들짝 놀랐으나, 급히 주변을 이리저리 살피며 물었다.

"도련님께서 나를 사슴으로 본 모양이군요!"

추수는 흰 이를 싱끗 드러내며 웃었다.

"뭐야?"

"이 계곡으로는 사슴이 아니라 산토끼 한 마리도 오지 않았소."

"추수, 네놈이 아무래도 수상하다. 내 흰 사슴을 네놈이 먼저 잡아 어디다 숨긴 것 아니더냐?"

해평은 추수를 의심스런 눈길로 쳐다보았다.

"그런데 흰 사슴이라니요? 내가 지금까지 오래도록 태백산에서 사냥을 해오면서 흰 사슴은 구경조차 하지 못했소. 예로부터 흰 사슴은 영물이라 하는데, 그걸 보았단 말이오?"

추수는 짐짓 엉뚱한 소리를 했다.

"정말 흰 사슴을 보지 못했단 말이냐?"

"영물을 잡으려고 하다니, 그게 될 말이오? 저 옛날 태조대왕께서 책성을 순수巡狩할 때 백록白鹿을 얻었다는 얘긴 들었소만. 흰 사슴은 아무 눈에나 띄지 않는 법이오. 태조대왕처럼 타고난 영웅에게나 나타나는 법이외다. 태조대왕은 요서와 요동을 정벌한 영웅이었다고 들었소."

추수는 스승 을두미에게서 들었던 풍월을 그대로 읊어댔다. 딴에는 숨겨둔 흰 사슴을 그들에게 들키지 않으려고 그렇게 입에서 나오는 대로 둘러대고 있었던 것인데, 그 소리를 듣던 해평의 눈빛이 갑자기 달라졌다.

"허허헛! 추수, 네놈이 의외로 아는 게 많구나? 어디서 그런 소릴 들었느냐?"

해평은 마른침을 삼키며 어떤 기대감을 갖고 추수의 입을 바라보았다.

"을두미 사부님께서 그런 말씀을 하셨소이다."

"음, 그래? 태조대왕께서 백록을 얻으셨다? 그러고 나서 요서와 요동 공략에 성공했단 말이지?"

해평은 한참 동안 고개를 주억거렸다.

"그런데 해평 도련님께서 웬일로 흰 사슴에 대해 관심이 그리 많으십니까?"

추수는 약간 비꼬는 듯한 투로 해평의 말꼬리를 잡았다. 그가 자꾸 시간을 끄는 것은 왕자 이련과 연화가 태백산 정상에서 내려와 해평과 마주치지 않기를 바라는 마음에서였다. 어쩐지 그래야 한다고 추수는 생각했다.

"흰 사슴을 화살로 쏘지 않은 것이 천만다행이군. 영물인데 피를 보면 안 되겠지. 오늘 흰 사슴을 목격한 것만으로도 행운이 아니겠는가. 얘들아, 오늘은 이만 사냥을 끝내고 돌아가자."

해평은 말 머리를 돌렸다.

"을두미 사부님도 흰 사슴은 행운을 가져다준다 했소. 정말 오늘 흰 사슴을 보았다고 하니, 앞으로 해평 도련님께 큰 행운이 돌아올 것 같네요."

추수의 말에 해평이 힐끗 돌아보았다.

"아무래도 말이 많은 걸 보니, 네놈이 무슨 수작을 부리는 것 같다. 사냥을 나왔다고 하지만, 너 혼자 이곳에 오지는 않았을 터. 혹시 이련 왕자님과 연화 낭자가 같이 온 것은 아니냐?"

해평은 뭔가 짚이는 것이 있다는 듯 고개를 갸우뚱거렸다.

"나는 산에서 나고 자라서 혼자 사냥을 다니는 데는 이골이 났소이다. 이련 왕자님과 연화 낭자가 왜 이런 곳엘 오겠소?"

추수는 서둘러 변명을 하려고 들었다.

그러나 눈치 빠른 해평은 큰길로 나서기 위해 벌써 말을 몰고 숲을 빠져나가고 있었다.

해평의 무리가 숲 저쪽으로 사라지는 것을 본 추수는 얼른 흰 사슴을 숨겨둔 바위 동굴로 가보았다.

올가미에 목이 얽힌 흰 사슴은 꼼짝달싹도 하지 못한 채 숨만 헐떡이고 있었다. 추수는 재빨리 올가미를 풀어 흰 사슴을 놓아주었다. 흰 사슴이 안전지대까지 피해 갔다는 판단이 서자, 그는 서둘러 자신의 말을 매어둔 곳으로 달려갔다.

그때 추수는 해평의 무리가 왕자 이련과 연화 두 사람을 둘러싸고 있는 것을 발견했다. 그들이 두 사람에게 위해를 가하지는 못할 테지만, 추수는 이상하게도 가슴이 덜컥 내려앉는 기분이었다.

"이 말갈놈아! 왜 나를 속였느냐? 내가 분명 말하지 않았더냐? 네놈이 이련 왕자님과 연화 낭자를 모시고 왔을 것이라고……."

해평이 막 달려온 추수를 향해 소리쳤다.

"아니요. 나는 따로 혼자서 사냥을 나왔을 뿐이오."

추수는 자신이 몰래 뒤를 밟은 것을 왕자 이련과 연화에게 숨기기 위해서 그렇게 변명하지 않을 수 없었다.

이련과 연화도 추수를 보고 잠시 놀란 눈치였으나, 해평의 무리 때문인지 아무 말도 하지 않았다.

"억지소리는 그만해라. 더 이상 네놈 말은 듣고 싶지도 않다. 이련 왕자님과 연화 낭자가 이 태백산엔 웬일이시오?"

해평은 추수에게 한마디 하고는, 다시 이련과 연화 두 사람을 돌아보았다.

"내가 묻고 싶어요. 해평 오라버니는 무리를 지어 이 태백산에 웬일로 오셨는지요?"

연화가 쌀쌀한 목소리로 반문했다.

"왜? 이 오래비가 납치라도 할까 봐 두려운가?"

해평은 입술을 비틀며 웃었다. 연화는 바짝 긴장하는 눈치였다.

그것을 본 추수가 해평 앞으로 한 발짝 성큼 다가서며 소리쳤다.

"왕자님 앞에서 언사가 너무 거친 것 아니오?"

"왕자님, 여기서 길게 얘기할 것 없습니다. 어서 가시지요."

연화는 더 이상 해평을 상대할 이유가 없다는 표정으로 왕자 이련을 바라보았다.

"그럽시다."

왕자 이련이 앞장섰고, 연화가 그 뒤를 따랐다. 조금 떨어져서 추수가 그들의 뒤를 좇았다.

그러자 해평의 무리는 그들의 반대쪽으로 길을 잡아 왁자지껄 떠들면서 말을 달렸다. 그 길은 책성으로 이어지고 있었다.

하가촌으로 들어서기 전에 연화가 왕자 이련을 먼저 앞서가도록 한 뒤, 뒤미처 따라오는 추수와 말 머리를 같이하여 물었다.

"어찌 된 일이죠?"

"대인 어른께서 몰래 왕자님과 연화 아가씨의 신변을 보호하라고 명하셔서 따라나섰던 겁니다. 아무튼 해평 도련님은 무슨 일을 저지를지 모르는 인물입니다. 저도 한 번 당한 일이 있어서 그러는데, 연화 아가씨도 해평 도련님을 조심해야 합니다."

추수가 무심코 말했다.

"추수 사범이 무슨 일을 해평 오라버니에게 당했다는 거예요?"

"그건…… 비밀입니다."

추수는 지난번 천제 때 해평이 교시를 묶은 밧줄에 칼을 댔던 그 비밀을, 죽는 날까지 묻어두고 가기로 마음먹었던 것이다. 해평이 그런 짓을 저지른 것은 당연히 추수 자신에게 위해를 가하기 위해서였겠지만, 크게 보면 그것은 나라의 국운과 관련된 문제였으므로 예삿일이 아니었던 것이다.

"추수 사범에게도 내가 모르는 비밀이 있었네요!"

연화는 더 이상 묻지 않고 혼잣말처럼 되뇌었다. 그러고는 말을 달려 앞에 가는 왕자 이련을 따라잡았다.

말을 나란히 하고 하가촌으로 들어서는 이련과 연화의 뒷모습을 바라보면서 추수는 아까부터 머리에서 맴돌던 말을 마음속으로 되뇌었다.

'왜 없겠소? 연화, 그대를 연모하는 이 마음도 비밀인데…….'

그러면서 추수의 가슴은 미어졌다. 너무 답답하여 그는 주먹으로 자신의 가슴을 마구 두드리고 싶어졌다.

제3장

음모

1

말 잔등에 짐을 잔뜩 실은 사내가 국내성 시장으로 들어서고 있었다. 초피貂皮로 된 벙거지에 짐승 가죽으로 옷을 해 입은 그 차림새만으로도 금세 초피 장사꾼임을 눈치챌 수 있었다. 말에 싣고 온 짐도 모두 초피였다. 태백산과 개마고원 일대에서 나는 초피는 짐승의 가죽 중에서도 최상품으로 치고 있었다. 초피는 담비가죽으로, 날씨가 추운 북방 지역에 사는 사람들에게 특히 인기가 좋았다.

시장은 제법 시끌벅적했다. 미천왕 시절 고구려가 요동을 점령했을 때에는 발해만을 통하여 큰 배들이 압록강 중류까지 닿았으므로, 당시엔 요서지역의 상인들까지도 국내성으로 많이 들어왔다. 그러나 백제가 요서로 진출하여 요동까지 위협하게 되면서 서해와 발해를 모두 장악하자, 졸지에 고구려의 바닷길이 막혀버리고 말았다. 따라서 육로로 요동을 거쳐 들어온 전진의 상인들과 북방 초원로나 대흥안령을 넘고 대릉하를 건너 입성한 서역 상인들만 국내성 시장으로 몰려들었다.

초피 장사꾼은 신기한 듯 시장을 한 바퀴 돌았다. 그는 이리저리 기웃거리며 시장 사람들이 떠드는 소리에 귀를 기울이기도 했다. 사람들이 떼 지어 몰려든 곳은 시장 바닥의 너른 마당 한가운데 가설한 상설 무대였다. 바닥에 나무판을 깔고 삼면을 천막으로 둘러친 무대에서는 한창 각종 기예가 펼쳐지고 있었다. 바로 그 뒤에 한 남자 악사가 완함(비파)으로 반주곡을 타고 있는데, 그 소리에 맞춰 무동들이 춤을 추는 모습은 신기하기까지 했다.

무동의 나무다리춤은 두 개의 목발에 의지해 몸의 중심을 잡는 기술도 놀랍지만, 땅에서 두 발로 걷는 것보다 더 자연스럽게 공중 높은 곳에서 온갖 재주를 부리는 묘기는 특히 압권이었다. 그렇게 높이 올라서면 어지러울 법도 한데, 춤까지 덩실덩실 추는 것을 보면 그 경지에 이르기까지 얼마나 피나는 연습을 했는지 가히 짐작할 수 있을 것 같았다.

계속해서 이어지는 기예는 손재주 기술로, 짤막한 막대기 서너 개와 작은 공 대여섯 개를 서로 엇바꿔 던져 올리고 받아내는 재주 또한 기가 막혔다. 단 한 번도 공을 바닥에 떨어뜨리지 않고 막대기로 가지고 노는 장면을 보고, 거기 모여선 장꾼들은 환호와 박수갈채를 보냈다. 나무다리춤이나 손재주 기술을 가진 기예사들은 모두 눈이 움푹 들어가고 코가 큰 서역인들이었다.

또 다른 장터 마당에서는 모래판 위에서 씨름이 한창 진행되고 있었다. 키가 큰 서역인과 뱃구레가 불뚝 튀어나온 고구려 장정이 맞붙었는데, 두 장사 모두 황소처럼 콧김을 뿜어내며 용을 써대고 있었다. 그 한쪽 편에 마련된 식당들의 무쇠 가마솥에서는 새벽부터 끓는 토장국이 연기처럼 피어오르는 김과 함께 구수한 냄새를 사방으로 풍겨대면서 사람들의 식욕을 자극했다.

초피 장사꾼은 시장을 한 바퀴 돌면서 이것저것 구경을 하고, 여러 사람들의 말에 귀를 기울이기도 했다. 그 모습을 삿갓을 쓴 한 사내가 아까부터 몰래 엿보고 있었다.

서역 장사꾼들이 많이 몰려 있는 곳으로 간 초피 장사꾼은 말에서 물건들을 내렸다. 본격적으로 장사를 시작할 모양이었다. 서역 장사꾼들은 은화를 주고 초피를 구입했다. 서역의 소그드 은화가 고구려에서도 통용되고 있었다.

초피는 말에서 내려놓기 무섭게 팔려나갔다. 가지고 온 물품이 다 팔리자 말은 가벼워졌고, 초피 장사꾼은 전대에 가득 은화를 채운 뒤 만족한 웃음을 흘렸다. 그러나 조금만 그의 수작을 유심히 살펴보면 어딘지 장사꾼으로서는 서툴러 보였다.

거래란 흥정이 중요한데, 그는 대충 달라는 가격대로 주고 초피를 팔아버렸다. 그래서 가져온 물건을 후딱 팔아치운 후 그는 말을 타고 유유히 장터를 빠져나갔다.

삿갓을 쓴 사내는 멀리서 초피 장사꾼의 뒤를 밟았다. 주위를 두리번거리며 어디론가 서둘러 가는 초피 장사꾼은 누가 보더라도 수상한 낌새가 역력했다. 그런데 그 뒤를 몰래 삿갓 쓴 사내가 쫓고 있는 것 또한 의심스러웠다.

그때 초피 장사꾼 맞은편에서 봉두난발을 한 사내가 나타났다. 왼손에는 물푸레나무 지팡이를 짚고 있었고, 등에는 걸망태를 짊어지고 있었다. 걸망태의 배가 홀쭉한 것을 보면 그 안에 별로 든 것이 없는 것 같았다. 그냥 멋으로 그렇게 메고 다니는 것처럼 보이기도 했다.

봉두난발 사내는 초피 장사꾼 앞을 가로막았다.

"지금 전쟁을 일으키면 안 되느니! 나라가 망할 징조여. 안 그런가?"

"이자가 미쳤나?"

초피 장사꾼이 소리쳤다.

"지금은 나라 안정이 제일! 전쟁은 백성의 근심을 만들 뿐!"

"지금 누가 전쟁을 일으킨다고 그 난리요?"

"대왕 폐하가 지금 한창 군사를 모으고 있질 않소?"

봉두난발 사내는 체머리를 흔들었다. 그때마다 검불이 묻은 것 같은 사내의 턱수염이 바람에 날렸다. 모양새는 지저분해 보였지만, 그러나 사내의 눈빛만은 예사롭지 않았다.

"이자가 궁궐에 잡혀 들어가 치도곤을 당해야 정신을 차리려나?"

초피 장사꾼이 삿대질을 하며 츳츳, 혀를 찼다.

"지금 정신을 차려야 할 사람은 내가 아니라 이 나라 대왕이야!"

"가만 보니 큰일 낼 자로세. 난 갈 길이 바쁜 몸이니 저리 비키소."

초피 장사꾼은 봉두난발 사내와 잘못 얽히면 무슨 봉변을 당할지 몰라 두려운 듯, 길을 비켜 말을 바삐 몰았다.

초피 장사꾼의 뒤를 따라붙던 삿갓 쓴 사내는 나무 뒤에 숨어서 두 사람이 노닥거리는 소리를 유심히 듣고 있었다.

봉두난발 사내를 뒤로한 초피 장사꾼은 골목길을 이리저리 돌아 어느 큰 솟을대문 앞에 섰다. 곧장 가면 더 빠른 길을 애써 돌아서 온 셈이었다.

"이리 오너라!"

말에서 내린 초피 장사꾼이 제법 큰 목소리로 집 안에 대고 외치자, 문지기 하인이 나와 그의 행색을 아래위로 훑어보며 의심 가득한 눈초리를 보냈다.

"뉘시오? 감히 이 집이 뉘 댁인 줄 알고 저잣거리 사람이 오너라를 외치는 것이오?"

"대사자 어른 계시느냐?"

문득 초피 장사꾼의 목소리가 근엄해졌다. 그의 입에서 대사자란 말이 튀어나오자 문지기 하인이 갑자기 자세를 낮추었다. 차림새는 장사꾼 같지만 예사 사람이 아님을 눈치로 알아챈 것이었다.

"뉘시온지?"

"동부욕살 하대곤 장군이 보내서 왔다고 전하게."

초피 장사꾼은 목소리를 낮추어 은근하게 말했다. 그러면서 주변을 둘러보았다. 아까부터 그의 뒤를 미행하던 삿갓 쓴 사내는 골목 뒤에 몸을 숨긴 채 좀체 정체를 드러내지 않았다.

문지기 하인은 안으로 들어갔다가 나와 초피 장사꾼을 안내했다.

사랑채 거실에는 대사자 우신이 정좌한 채 내방객을 기다리고 있었다.

"동부욕살 하대곤 장군의 호위무사 두충이옵니다."

초피 장사꾼 차림의 사내는 바로 하대곤의 집사였다.

"헌데, 어찌 그런 차림으로 왔는가?"

"남의 눈을 피하기 위해 변장을 한 것입니다."

"허어? 내게 무슨 기밀을 요하는 전언이라도 갖고 왔단 말인가?”

우신은 두충을 깊숙한 눈길로 바라보았다.

“먼저, 이것부터 받아주십시오.”

두충은 두 손으로 받쳐 들고 온 비단 보자기에 싼 선물 상자를 건넸다.

“이것이 무엇인가?”

“하대곤 장군께서 보내신 녹용과 웅담이옵니다. 책성 가까이엔 삼림이 우거져 사슴과 곰들이 많이 삽니다. 동부의 군사들이 직접 사냥을 해서 채취한 보약입니다.”

“허허! 이리 귀한 것을…….”

우신은 비단 보따리를 끌러보지도 않고 옆으로 밀쳐놓았다.

“그리고 이것은 하대곤 장군의 서찰입니다.”

두충이 가슴 깊숙이 간직했던 서찰을 꺼내 우신에게 올렸다.

우신은 밀봉된 서찰을 뜯어 읽어 내려갔다. 글의 내용을 읽다가 가끔 고개를 끄덕이는 모습을 두충은 가슴 졸이며 바라보고 있었다.

“흐음, 이련 왕자가 어느새 혼인할 나이가 됐다?”

혼잣말처럼 되뇌던 우신이 번쩍 고개를 들어 두충을 쳐다보았다.

“하대곤 장군의 종제인 하대용 대인에게 딸이 있는데, 이련 왕자와 가까운 사이라고 합니다.”

"허면, 동부욕살로선 조카딸을 고구려 왕실로 보낼 기회이니 좋은 일이 아니겠소?"

"그렇지 않습니다. 그전에 하대곤 장군의 양아들 해평과 하대용 대인의 딸 연화 사이에 혼담이 오간 적이 있는데, 이런 왕자를 만나면서부터 그 약조가 깨졌습니다. 두 집안이 이젠 원수지간이 되다시피 했습니다."

두충은 우신에게 보낸 하대곤의 서찰 내용을 잘 알고 있었다.

우신은 대대로 고구려 왕실의 왕후를 배출해 낸 연나부 출신이었다. 산상왕 때의 우씨 왕후가 그의 가문 출신이며, 이후 서천왕 때의 우씨 왕후 역시 그의 증조부인 우수의 딸이었다. 그러다가 봉상왕과 미천왕을 거치면서 연나부가 아닌 다른 부에서 왕후가 나왔다.

그런 연후에 다시 태자 구부가 연나부 출신인 국상 명림수부의 딸을 태자비로 얻었다. 한동안 끊어졌던 인연이 이어져 다시 연나부가 권력의 중심에 서게 된 것이었다. 하지만 태자에게선 불혹의 나이에도 자식이 없었으므로, 태자가 왕위에 오른 다음 후계자가 또한 문제였다.

결국 왕자 이련이 형제상속으로 왕위를 이어야 하는데, 그렇다면 그 왕자비로 누가 간택되느냐에 따라 권력의 향방이 달라질 수 있었다. 바로 하대곤은 우신의 딸을 왕자비로 세워 연나부의 전통을 잇도록 하자는 계략이었다. 대사자 우신이 같은 연나부 출신인 국상 명림수부의 힘을 빌리면 왕자비 간택 문제는 쉽게 해결될 수도 있다고 생각한 것이었다.

하대곤은 급히 서둘러야 할 일이라고 서찰 끝머리에 적고 있었다. 만약 우신이 자신의 딸을 왕자 이련의 왕자비로 앉힐 수만 있다면, 앞으로 그의 출셋길은 탄탄대로나 다름없음을 하대곤은 거듭 강조하고 있었던 것이다.

"이렇게 될 경우 하대곤 장군이 얻는 것은 무엇일까?"

우신은 깊은 생각에 몰두하며 혼잣말처럼 되뇌었다.

"두 가지 얻는 바가 있을 것입니다. 우선 하대곤 장군은 양아들 해평을 조카딸 연화와 혼인시켜 종제이신 하대용 대인과 화해를 하게 되니, 그것이 첫 번째 득입니다. 그리고 이를 기회로 해서 대사자 어른과 돈독한 관계를 유지해 중앙 관직을 얻고자 함이니, 그것이 두 번째 득입니다. 만약 대사자 어른이 왕자 이련을 사위로 얻는다면, 주변에 시기하는 부류가 늘어날 것입니다. 하대곤 장군은 동서남북 각 부의 욕살 중에서도 가장 뛰어난 지략을 가지고 있고, 그중 특히 동부의 군대는 막강합니다. 충분히 대사자 어른을 보좌할 만한 든든한 군사력을 갖추고 있습니다."

두충은 하대곤의 특별 지시대로 밀약의 내용을 줄줄 엮어내고 있었다.

대사자 우신은 말없이 고개를 끄덕거렸다. 그의 입가에 엷은 미소가 떠오른 것은 바로 그때였다.

두충은 그 미소를 보면서 밀약이 이루어졌음을 직감했다.

"한번 깊이 생각해 봄세. 동부의 하대곤 장군에겐 내가 따로 사람을 보내겠다고 전하게."

우신은 얼굴에 떠오르던 미소를 지우고 입을 굳게 다물었다. 그러면서도 무슨 생각을 거듭하는지 그의 고개는 연신 끄덕거려지고 있었다.

2

대사자 우신의 집 근처 골목에 몸을 숨긴 삿갓 쓴 사내는 대문을 바라보며 두충이 나오기만을 학수고대하고 있었다. 벌써 어둑어둑한 저녁 무렵이었다. 해가 지자 서쪽 하늘에 개밥바라기별이 떴고, 어디선가 개 짖는 소리가 들려왔다. 동쪽 하늘에도 달이 둥실 떠올라 길바닥을 훤히 비추었다.

두충은 우신의 집을 나서면서 조심스레 좌우 주변을 살폈다. 아무도 지켜보는 사람이 없다고 판단한 그는, 말을 타고 천천히 큰 거리로 나섰다. 삿갓 쓴 사내는 그의 그림자를 놓치지 않기 위해 재바른 걸음으로 뒤를 쫓았다.

그러나 큰 거리로 나서면서 삿갓 쓴 사내는 두충을 놓치고 말았다. 기와집들과 골목이 많은 곳이었다. 큰 거리에서 이 골목 저 골목을 기웃거릴 때 문득 사내는 목덜미에 와 닿는 선뜩한 칼날의 느낌을 받았다.

"네놈은 누구냐?"

두충이 삿갓 쓴 사내에게 단도를 들이대고 있었다.

"저, 저 혹시…… 두, 두충 대장님 아니십니까?"

너무 갑작스런 일이라 삿갓 쓴 사내는 말부터 더듬었다.

"어찌 네놈이 나를 안다 하느냐? 아까 낮부터 몰래 내 뒤를 밟은 모양인데, 네놈 정체가 뭐냐? 바른대로 대지 않으면 목줄을 끊어버리겠다."

"그, 그 칼을 치워주셔야 마, 말씀을 드립지요."

삿갓 쓴 사내의 말에 두충은 칼을 거두고 상대의 몸을 홱 돌려세웠다. 그리고는 거칠게 사내의 삿갓을 들쳐 올렸다.

"어디서 많이 본 얼굴인데?"

두충은 달빛에 비친 삿갓 쓴 사내의 얼굴을 보고, 기억을 더듬어보려 애썼다.

"저 하가촌의……."

"음? 하가촌? 아니, 그러고 보니 너는? 전에 하대용 대인 어른 댁에 있던……."

두충은 금세 삿갓 쓴 사내의 정체를 알아보았다.

"예, 맞습니다요. 종마장에서 말먹이꾼으로 있던 사, 사기라고 하옵니다."

"너는 이태 전 우리 고구려가 백제를 치러 갈 때 하대용 대인이 말 1백 두와 함께 말먹이꾼으로 딸려 보낸 놈이 아니더냐?"

"저를 기억하시는군요. 휴우……."

사기는 그제야 안심된다는 듯 어둠 속에서 씨익, 이를 드러내고 웃었다.

"여기는 좀 어둡군. 저잣거리에 나가 요기라도 하면서, 어디 네놈의 사연을 들어보자."

두충은 골목에 숨겨두었던 말을 끌고 나와 사기를 데리고 장터로 갔다. 어둠이 내리면서 떠들썩하던 장마당은 다 파하고 선술집만 불빛이 환했다.

선술집으로 찾아든 두충은 주인을 불러 말에게 먹일 건초를 주라 이르고, 사기와 더불어 마당 평상에 놓인 탁자를 두고 마주 앉았다. 마당 가장자리에는 화톳불이 벌겋게 피워져 있었다. 참나무 장작이 타오르면서 타닥 탁, 소리를 냈다. 그때마다 불똥이 공중으로 튀어 오르며 강렬한 불꽃을 일으켰다. 기둥에 매달린 등불보다 그 불꽃 때문에 마당은 더욱 환했다.

두충은 내심 긴장하고 있었다. 만약 사기가 하가촌에서 보낸 밀정으로 자신의 뒤를 염탐하고 있던 것이라면, 그를 쥐도 새도 모르게 처단할 심산이었다. 동부욕살 하대곤이 대사자 우신과 비밀리에 접촉을 시도하고 있다는 사실을 절대로 하가촌의 하대용이 알아서는 안 되는 일이었다.

술이 나오자 사기가 먼저 두충에게 술을 따랐다.

"그래, 네놈은 전쟁이 끝나고 어디 숨어 있다 이제야 나타났단 말이더냐?"

두충이 술을 한 사발 들이켜고 나서 물었다. 만약 사기가 전쟁 이후 다시 하가촌으로 돌아갔다면, 그는 내일 아침에 해를 볼 운명이 못 됐다.

"고구려가 백제에게 지고 나서 숨어버렸습죠. 다시 종마장으로 돌아가지도 못하고, 그저 유리걸식하며 이리저리 떠돌아다녔습니다요."

사기는 배가 고픈 듯 술안주로 나온 장국밥의 건더기를 듬뿍 떠서 쩝쩝거리며 게걸스럽게 먹었다.

"네놈의 말이 사실이렷다?"

"그러문입쇼. 어느 안전이라고."

"내 뒤를 미행하라고 하 대인께서 보낸 것이 아니더냐?"

"결단코 그런 일은 없습니다요. 대인 어른이 무서워서 감히 종마장에는 돌아가지도 못했다니까요. 소인 때문에 전쟁터에서 말 1백 두를 잃게 된 것은 아니지만, 그래도 책임을 면키는 어렵지 않습니까요?"

사기는 장국의 국물까지 후루루 마셔 깨끗이 비우고 나서 입맛을 쩝쩝 다셨다.

"주모, 거 푸짐하게 장국밥 한 그릇 더 말아주시게."

두충은 선술집 주인에게 다시 장국밥을 시켰다.

장국밥이 나오자 두충은 사기 앞으로 그릇을 밀어주었다.

"대장님도 드셔야죠."

"난 술 몇 잔이면 된다."

두충이 사양하자, 사기는 다시 허겁지겁 장국밥 그릇에 얼굴을 처박았다.

"허헛! 그놈 며칠은 되우 굶은 것 같구나."

두충은 웃음이 나오는 걸 참으며 입술을 비틀었다.

"헤헤, 아까 낮에 대장님이 초피 파는 걸 보고 그때부터 뒤를 쫓았지요. 불순한 생각은 없었고, 은화 한 닢이라도 얻을 수 있을까 해서."

이제 조금 시장기가 가신 듯, 사기는 입안의 밥알을 우물거리면서 주절대기 시작했다.

"네놈이 나를 미행한 이유가 그것뿐이란 말이더냐?"

"또 있기는 있지요."

"그것이 무엇이냐?"

두충은 얼굴에 벌레가 기어가는 듯 인상을 찡그리며 물었다.

"소인이 대장님 말구종 노릇을 하면 어떻겠습니까요?"

"쉬잇! 아까부터 대장님, 대장님, 하는데…… 그 말버릇부터 고쳐야겠다. 이제부턴 나리라고 불러라!"

주변을 의식한 두충은 목소리를 한껏 낮추었다.

"네에? 그러면 이제부턴 소인을 말구종으로 써주시는 겁니까요?"

사기는 어느 사이 두 번째 장국밥 그릇을 깨끗이 비운 채 배를 쓸어내리며 헤헤거리고 웃었다.

"아직 확답을 한 것은 아니다."

두충은 도무지 사기의 정체를 믿을 수 없었다. 그러나 잘만 부리면 요긴한 데 쓸 수 있을 것 같아 일단 곁에 붙여두고 보기로 했다.

"전쟁에 광분하다니, 이 나라가 어찌 되려 이러누!"

갑자기 선술집 저 귀퉁이에서 이런 소리가 들려왔다.

두충이 그쪽을 바라보니 저녁나절 대사자 우신을 만나러 갈 때 그의 앞을 가로막고 수작을 부리던 봉두난발 사내였다.

"저 작자가 죽으려고 환장을 한 모양이군!"

두충이 혼잣말처럼 뇌까렸다.

"내버려 두세요. 저 작자는 벌써 오래전부터 시장 바닥을 떠돌며 같은 소리를 지껄여대고 있어요. 이제 사람들이 들은 척도 하지 않습니다요. 미친놈이에요."

사기는 나무젓가락을 분질러 이빨 사이에 낀 음식물 찌꺼기를 파내고 있었다.

"대체 저자의 정체가 뭐냐?"

"중원과 서역을 정처 없이 떠돌던 돌중이라는 소문도 있고,

깊은 산속에 들어가 도를 닦다가 살짝 미쳐서 저런 꼬락서니가 됐다는 얘기도 들립니다. 그러나 어느 것 하나 신빙성 있는 것은 없습니다요."

그러면서 사기가 들려주는 이야기는 가관이었다. 봉두난발 사내는 자신이 직접 구부 태자를 만나 전쟁을 일으키지 못하게 말려야 한다고 떠들어대고 있다는 것이었다. 백제를 치겠다며 전쟁에 광분해 있는 대왕 시유를 설득할 수 있는 사람은 구부밖에 없다는 것이, 사내가 반드시 태자를 만나야 할 이유라고 했다.

두충이 사기로부터 대충 봉두난발 사내의 사연을 듣고 보니 아주 엉뚱한 소리는 아니라는 생각이 들었다. 따지고 보면 일리가 있는 이야기였고, 그만큼 설득력도 있었다.

국내성은 한창 전쟁 분위기가 무르익어 가고 있었다. 고구려 각 지방에서 모병을 해 국내성으로 집결한 청장년들이 압록강 변 들판에서 전쟁 준비를 위한 훈련을 받고 있었다. 말을 탄 기병들이 깃발을 세우고 어디로 가는지 급히 서둘러 질주하는 광경도 자주 목격되곤 했던 것이다.

사실상 두충이 초피 장사꾼 차림으로 국내성에 들어온 것은 대사자 우신을 비밀리에 접촉하는 일 외에 전쟁 분위기를 파악하고 동부에서 어느 정도 군사를 지원해야 할지 판단하기 위한 목적도 갖고 있었다.

밤이 깊어지면서 마당가의 화톳불은 꺼져가다 활활 타오르기를 반복했다. 선술집 주인이 사위어가는 불길 속에 자꾸만 마른 장작을 가져다 던져 넣고 있었기 때문이다. 그 화톳불을 한동안 주시하고 있던 두충은 불현듯 생각했다.

'백제가 활활 타오르는 불길이라면, 고구려는 꺼져가는 재다.'

불길한 생각이지만 사실이 그러했다. 고구려 대왕 사유는 오래전 연나라 모용황에게 대패한 후 기사회생을 위해 몸부림쳐 보았지만, 그 기세는 시르죽은 화톳불처럼 되살아날 기미를 보이지 않았다. 그러나 백제 대왕 구(근초고왕)는 강력한 통치력을 발휘, 요서지역까지 진출하여 발해만을 장악하는 등 세력을 크게 확장해 가면서 고구려에 위협을 가해 오고 있었다.

이에 고구려 대왕 사유는 서북방 경계에 있는 군사들까지 차출하여 남방의 백제를 치려고 했다. 그러나 자칫하면 서쪽 경계의 선비나 또는 북쪽 경계의 거란, 부여 세력에게 침공의 기회를 줄 우려가 있어 이러지도 저러지도 못하고 있는 상황이었다. 두충은 이태 전 동부욕살 하대곤이 숙신의 발호를 이유로 군대를 파견하지 않은 것이 바른 선택이었다고 지금도 생각하고 있었다.

봉두난발 사내의 말처럼 지금 고구려는 전쟁을 일으킬 것이 아니라 내정의 안정을 취해야 할 때인지도 몰랐다. 두충은 그 사내를 범상치 않은 인물이라고 생각했다.

두충은 전대에서 은화 몇 닢을 꺼내 사기의 손에 쥐어주었다.

"저 사내에게 갖다 주고 오너라."

"예에? 이 귀한 은화를?"

사기는 눈을 휘둥그레 뜨고 손바닥 위의 은화를 바라보았다.

"어서!"

"예, 대장님! 아, 아니, 나리!"

사기는 은화를 들고 선술집 마루 끝에 가부좌를 틀고 있는 봉두난발 사내에게로 다가갔다.

"자넨 뭔가?"

사기가 앞에 와서 얼찐거리자 봉두난발 사내가 감았던 눈을 번쩍 뜨고 물었다. 그 눈에서는 잉걸 같은 불길이 활활 타오르고 있었다. 술을 마셔 불콰해진 얼굴 때문만은 아니었다.

"저, 저기 마당 평상에 계신 나리께서 갖다 드리라고 해서……."

은화 몇 닢을 내미는 사기를 일별한 봉두난발 사내는 슬쩍 마당의 평상 쪽을 바라보더니 한마디 했다.

"보시를 할 줄 아는 자로군! 이 국내성 바닥에도 저런 불자가 있었던가? 나무관세음보살!"

사기의 손에서 은화를 낚아채 허리춤에 챙겨 넣은 봉두난발 사내는 멀리 보이는 두충을 향해 두 손을 모았다. 당시 고구려는 정식으로 불교를 받아들이지 않았으나, 백성들 사이에서는 불심 깊은 신도들이 꽤나 있었다.

잠시 후 봉두난발 사내가 벌떡 일어나 마루 아래로 내려서더니 성큼성큼 마당을 가로질러 왔다. 그는 두충의 맞은편에 가서 털썩 주저앉으며 먼저 알은체를 했다.

"오! 아까 낮에 본 장사치 같지 않은 장사치로군. 그래, 볼일은 다 마쳤소?"

두충은 뜨금했다. 이자는 그럼 자신의 정체를 알고 접근했던 것일까 하는 생각이 들었던 것이다. 그러나 그럴 리는 없기에 미리 과민반응을 할 필요는 없었다.

"낮엔 몰라뵙고 실례가 많았소이다."

두충은 봉두난발 사내에게 점잖게 고개를 숙였다.

"나는 땡초 석정이오. 돌 석石 자, 솥 정鼎자를 쓰지. 그래서 혹자는 돌솥이라고도 하고 돌중이라고도 하지. 헐, 헐, 헐!"

봉두난발 사내 석정은 보기보다 카랑카랑한 목소리로 말했다. 더부룩한 머리털과 수염 때문에 좀 나이 들어 보이긴 했지만, 가까이에서 보면 얼굴 피부가 팽팽했다. 나이 마흔 줄에 들어선 얼굴에선 술기운 때문일까, 어떤 열기가 느껴지기까지 했다. 그리고 눈은 시릴 정도로 맑았고, 갓 벼린 칼날처럼 예리한 눈빛을 발하고 있었다.

'예사 스님이 아니다. 알아둬서 나쁠 것 없겠군!'

두충은 이렇게 생각하며, 상대가 먼저 이름을 밝혔으므로 이제 자신의 차례임을 깨달았다.

“난 조충이라 하오.”

얼핏 생각나는 대로 가명을 댄다는 것이, 성만 바꾸었지 이름자인 충 자까지 둘러대지는 못했다. 평상에 걸터앉은 사기가 그 모습을 보고 싱끗 웃었다.

“우리 고구려는 미천대왕 사후 근 40년 가까이 이웃 나라의 침략을 두려워하며 살아오고 있소. 내실을 기해야 할 마당에 현재 대왕께선 백제와 전쟁을 일으키려 하고 있소이다. 이는 지극히 잘못된 일이오. 부처님은 백성들이 피 흘리는 걸 원치 않소. 평화롭게 사는 걸 원하오. 고구려를 불국정토의 세상으로 만들면 반드시 평화로운 세상이 열릴 것이오.”

괴승 석정은 마치 석상이나 된 듯 고개를 빳빳이 들고 말했다.

“옳으신 말씀……. 시생도 그리 생각합니다.”

두충은 한참 동안 고개를 주억거리며 동조하는 눈길을 보냈다.

두 사람은 대화를 시작하자마자 서로 통하는 바가 많았다. 그 옆에서 방관자처럼 평상에 걸터앉아 딴 곳을 주시하는 척하고 있는 사기는, 그 자세와는 달리 실상 알게 모르게 눈과 귀를 모아 두 사람의 일거수일투족에 신경을 곤두세우고 있었다.

두충은 다시 주막집 주인을 불러 술상을 새로 차리고 술과 안주도 푸짐하게 내오라 일렀다.

3

두충과 석정은 금세 의기투합을 이루었다. 밤이 깊어가는 줄 모르고 두 사람은 술을 마셨다. 사기는 그 곁에 옹색하게 쪼그리고 있다가, 지루함을 참지 못한 듯 평상 귀퉁이에 앉아 끄덕끄덕 졸았다. 그는 가끔 꿈속에서 잠꼬대를 하는 듯 웅얼거리기까지 했지만, 사실은 총기 있게 귀를 바짝 세운 채 두 사람의 대화를 엿듣고 있었다.

"그래, 스님은 언제부터 불자가 되셨소?"

두충이 무릎을 바싹 앞으로 당겨 앉으며 물었다.

"허허 헛! 내가 원래 역마살이 있어서, 나이 열대여섯 살 먹으면서부터 도무지 집에 붙어 있질 못했소. 그때부터 여기저기 떠돌다 보니 저 중원을 거쳐 서역까지 두루 섭렵을 했지. 장안을 거쳐 서역으로 가는 길은 멀고도 먼데, 사막이 대부분이지만 그 열사의 땅에도 사람이 살고 있더이다. 사막 가운데는 토굴들이 많은데, 그 진흙 토굴 속에는 온갖 부처들이 살고 있더란 말이외다."

"토굴 속에 부처가 살고 있다니? 부처상이 모셔져 있더란 말이지요?"

"진흙으로 빚은 부처도 있고, 생불도 있더이다."

"생불이라뇨?"

"면벽수도 하는 스님들이지요."

석정은 그러더니 앞에 놓인 술잔을 들어 목울대가 꿀렁거리도록 들이켜고 나서, 소리 나게 잔을 탁자에 내려놓고 손바닥으로 수염에 묻은 술 몇 방울을 털어냈다.

"허면, 스님께서도 그 토굴 속에서 면벽수도를 하셨단 말씀이시오?"

"나야 뭐, 아는 게 있어야지? 사막 땅에서 얻어먹으려면 시늉이라도 해야 하니 그곳 생불 흉내를 내봤지요. 그거 간단하외다. 가슴에 두 손을 모은 다음 눈 딱 감고 뭐라 중얼대면 되는 거 아니겠소이까? 거기 생불들을 따라 나무아미타불 관세음보살을 읊어댔더니 밥 주고 재워주고 그러더이다. 거기 동굴에서 천축(인도) 출신의 젊은 스님 한 분을 만나 도반이 되었지요."

"도반이 뭐요?"

"한 스승 밑에서 같이 공부하는 스님들끼리 서로 도반이라 하지요."

"친구를 만난 셈이군요?"

"말하자면 그렇지요."

이번에는 두충이 술을 들이켠 후 물었다.

"천축에서 왔다는 젊은 스님과는 말이 통하던가요?"

"이심전심! 눈빛을 보고 묻고, 손짓으로 대답하고, 입으로 상대의 흉내를 내다 보면 다 통하더이다. 말이란 원래 하늘이 내는 것! 그것이 땅과 기후 조건에 따라 소통의 수단으로 쓰이다 보니 지역마다 달리 표현되고 있을 뿐, 이해하는 데는 큰 어려움이 없더이다. 홧, 핫, 하핫! 하느님의 말씀은 곧 부처님의 말씀! 그래서 어느 나라 말로 하더라도 부처님의 말씀은 다 통하는 법이외다."

석정은 오랜만에 입이 터진 것처럼 매우 즐거워했다.

"그 토굴이 있는 곳이 도대체 어디요?"

"돈황이라고 하지요. 거기서 소승은 마음먹은 바가 있어 서역으로 가려고 했었지요. 서역을 거쳐 천축 땅을 밟으려고 했던 것이외다. 서역으로 가는 길에는 죽음의 사막이 펼쳐져 있는데, 화염산을 지나다가 그만 쓰러져 정신을 잃고 말았소. 나중에 정신을 차리고 보니 다시 돈황입디다. 천축에서 사막을 거쳐 돈황으로 오던 젊은 스님에게 발견되어 목숨을 건진 것이지요. 그래서 그때 소승의 생명을 구해 준 천축의 젊은 스님과 알게 되었지요. 돈황에서 한 해 남짓 더 머무르며 우리는 같은 스승 밑에서 경전을 익혔소. 그래서 천축의 젊은 스님과 도반이 되었던 것이라오."

"헌데 스님께선 그렇게 세상을 두루 섭렵하다 언제 고구려로 돌아오신 거요?"

두충은 눈빛을 빛내며 은근히 석정의 기색을 살폈다.

"아직 한 달도 안 되었소이다. 다시는 돌아오고 싶지 않았던 땅이지만, 고국의 평화를 위해 이 한 몸 바치기로 했소이다. 그래서 돌아온 거요."

"우리 고구려의 평화를 위해서? 스님에겐 필시 무슨 곡절이 있을 듯싶은데……."

두충은 마른침을 삼켰다.

"곡절? 흡후, 하하, 핫! 있지요, 있어! 벌써 30년 가까이 되는 일이로군! 연나라 모용황이 우리 고구려에 쳐들어와 환도성을 점령했었지 않소이까? 그때 소승은 부모형제를 모두 잃었소이다. 그러고 나서 열 살 남짓한 나이에 그들에게 포로로 끌려가 숱한 고초를 겪었지요. 노예와도 같은 인간 이하의 노동에 시달렸는데, 축성 작업은 정말이지 지옥이나 다름없더이다. 우리 고구려 유민들 중에선 구르는 돌에 깔려 죽어나가고, 열병에 걸려 쓰러지는 경우가 다반사였소. 그곳에 더 이상 있다가는 지옥 귀신이 되겠다 싶어, 나는 천축으로 도망치려고 서쪽으로 무조건 줄행랑을 놓았지요. 그렇게 도망쳤는데도 천축이 아니라 고작 전진의 수도 장안이었소. 신분을 감추기 위해선 승려가 되는 게 가장 좋다는 생각에 불교에 입문했지요. 부처님께 귀의하고 나서 소승은 아귀다툼 없는 세상을 만들고자 천축까지 가려고 결심하였소. 어린 시절에 부모형제를 잃은 그 뼈아픈 기억이 소승으로 하여금 그런 세상을 갈구하게 만든 것이지요. 그래서 천축으로 가려다 열사의 땅 화염산에서 죽다 살아났고, 이제 지옥을 구경했으니 조국을 진짜 천국으로 만들자고 결심한 거요. 그래서 아직도 중음신처럼 지옥과 천국 사이를 오가며 제정신을 차리지 못하는 조국 고구려를 천국 같은 평화의 세상으로 만들기 위해 돌아왔소이다."

석정의 눈에서는 불길이 활활 타오르고 있었다.

"어찌하면 그런 세상을 만들 수 있겠소이까?"

두충은 점점 석정의 말에 취한 듯 이야기 속으로 빨려 들어가고 있었다. 술을 마셔 얼굴이 불콰해졌지만, 괴승의 말을 들으면서 이상하게도 사람에게 취하는 색다른 경험을 하게 된 것이었다. 오히려 술이 깨어 정신이 말짱해진 상태에서 그는 자신의 몸을 더욱 상대편 가까이로 들이댔다.

"허헛, 헛헛헛! 세상 사람 모두가 욕심을 버려야지요. 전쟁은 욕심에서 비롯되는 것! 앙갚음도, 실상은 다 욕심에서 비롯된 것! 용서할 줄 모르는 증오심, 그것은 인간의 저 마음 밑바닥에 가라앉은 축축하고 끈적거리는 끝없는 욕망의 덩어리요. 저급한 욕망은 아주 못된 마구니와 다를 바가 없소이다. 지금 대왕은 백제와 전쟁을 하기 위해 군사를 모으고 있소. 변방의 군사까지 마구 끌어들이고 있다는 소문이오. 이는 섶을 지고 불구덩이로 뛰어드는 격이니, 무슨 수를 쓰더라도 막아야 하오."

"대왕 폐하의 명이 지엄한데 어찌하면 막을 수 있겠습니까,

스님!"

두충은 괴승 석정의 말에 완전히 빠져버렸다. 종이에 물이 스미듯, 그렇게 흠뻑 젖어들었다. 그러니까 종이는 두충이고, 석정은 물에 다름 아니었다.

"지금 전쟁광이 된 대왕의 욕망을 잠재울 수 있는 사람은 고구려에서 단 한 사람!"

석정은 그러면서 두충을 뚫어져라 쳐다보았다. 그 이글이글 타오르는 불길이 두충의 눈에도 옮겨붙었다. 두 사람의 눈이 허공에서 불길로 만나 마음과 마음이 동화작용을 일으키고 있었다.

"그게 누구요?"

두충의 마음은 다급했다.

"……구부 태자올시다. 태자는 정중동의 마음을 가지고 계신 분! 이분이 아니고는 고구려의 안정을 기대하기 어려울 거요."

그러면서 석정은 조금 느긋해진 태도로 하늘을 바라보며 침묵했다. 하늘에는 별이 한꺼번에 와르르 쏟아져 내릴 듯 위태롭게 박혀 있었다.

"흐음……."

두충은 술상에 눈을 박아둔 채 자신도 모르는 사이에 신음을 토해 냈다.

"나무관세음보살!"

석정은 하늘의 별들을 바라보며 합장을 했다.

"헌데, 스님께선 귀국한 지 한 달밖에 안 된다면서 어찌 그리 국내 사정을 잘 아시오?"

두충의 말에 석정은 다시 상대를 쳐다보았다.

"헛, 허! 등하불명이 따로 없군! 지금 전진에선 부견이 국력을 키워 장강 북쪽을 장악했고, 이어서 연나라를 공격해 멸망시켰소. 소승은 그 전진의 수도 장안에서 왔소이다. 지금 전진은 고구려에 대한 정보도 청동거울을 들여다보듯 환하게 꿰뚫고 있소이다. 연나라 다음은 고구려외다. 그러나 고구려는 진정 그것을 모르고 있소. 서북방의 위협이 풍전등화인데, 대왕은 남방의 백제를 치겠다는 욕심에 눈이 멀어 서북 변경 지역의 군사들까지 동원하려고 하니, 이것이야말로 큰일이 아니고 무엇이겠소이까?"

이때 자는 척하다가 정말로 깜빡 잠이 들었던 사기는, 석정에게서 백제라는 말이 튀어나오자 바짝 긴장을 하며 갑자기 소름이라도 돋은 듯 몸을 옹송그렸다. 여전히 자는 척 눈을 감고 있었지만, 그는 두 사람의 대화를 하나도 빼놓지 않고 담아두기 위해 귀를 곤두세웠다.

"딴은 그렇습니다. 어찌하면 이 난국을 헤쳐 나갈 수 있겠습니까?"

"허헛, 초피 장사꾼이 꽤나 나라 정사에 관심이 많구려!"

석정의 말에 두충은 다시 움찔했다. 그러면서도 끝까지 보통 장사꾼인 양했다.

"장사꾼도 고구려 백성 아니겠습니까? 나라에 평화가 와야 물산의 거래도 활발해지고, 장사꾼도 돈을 벌지요. 더구나 서역인들은 우리 초피를 아주 좋아합니다. 오늘 낮에도 가져온 초피를 모두 서역인들에게 팔아치웠습니다."

석정의 고구려 정세를 보는 눈은 정확했다. 그의 말은 모두 동부욕살 하대곤의 생각과도 일치하는 것이었다. 백제와 더 이상 전쟁을 벌이는 것은 고구려를 위기에 빠뜨리는 일이었다. 남방의 신라나 백제와는 선린외교를 펼칠 필요가 있었다. 그래야만 북방의 여러 나라들과 대적하여 팽팽한 군사적 균형을 유지할 수 있다는 것이 하대곤의 주장이었다.

"무슨 사정이 있는지 모르겠지만, 어쨌든 앞으로 큰 장사꾼이 되려면 시야를 넓혀야 하오. 초피만 가지고 되겠소? 물목을 다양하게 취급하는 대상이 되도록 하시오. 그 비법을 차차 소승이 알려드리리다."

"거래를 하자는 말씀 같습니다. 스님께서 대상이 되는 비법을 알려주신다면 저는 무엇을 도와드려야 할는지요?"

두충은 석정이 어떻게 나오나 두고 볼 심산이었다.

"역시 거래의 정도正道를 아시는 것을 보니 큰 장사꾼이 될

분이군! 음, 내게 구부 태자를 알현할 길을 열어주시오."

석정의 말에 두충은 속으로 적이 놀라지 않을 수 없었다. 혹시 이자는 전진의 부견이 보낸 밀사가 아닐까 하는 의문이 문득 들었다. 그렇더라도 사귀어두어서 결코 손해 볼 일은 아니라고 생각했다.

"구부 태자를 만나서 어찌하시려고?"

"아까도 말했지만 지금 대왕이 백제를 치려는 계획을 중도에 포기하도록 설득시킬 사람은 구부 태자뿐이라고 생각하오. 고구려가 살 길은 전쟁이 아니라 평화의 유지요. 오직 내치에 힘써야 할 때란 말이오."

"스님 말씀이 백번 옳습니다. 지금 백제는 요서지역을 경영할 정도로 강한 나라가 됐습니다. 따라서 고구려는 백제와 싸울 것이 아니라 혈맹 관계를 맺어야 합니다. 고구려와 백제는 형제국입니다. 고제동맹을 맺어 북방 세력이 감히 넘보지 못하게 해야 합니다."

"맞아요. 고제동맹도 시급하고, 화북의 전진과 교섭하는 일도 시일을 다투는 문제올시다. 지금 전진은 강남의 동진과 대치하여 고구려를 넘볼 틈이 없지만, 언젠가는 동쪽으로 눈길을 돌릴 것이오. 그러기 전에 우리 고구려는 전진의 부견과 교린관계를 맺어야 합니다. 이처럼 시급을 다투는 일인데, 그대는 앞으로 소승을 어찌 도와주시겠소?"

석정이 무릎을 당겨 앉았다.

"방법을 찾아보도록 하십시다. 궁즉통이라는 말도 있지 않습니까?"

두충은 그러면서 껄껄대고 웃었다.

밤이 이슥해지자 모닥불도 꺼지고, 으슬으슬 한기까지 느껴졌다. 두 사람은 술상을 물리고 일어섰다.

그때까지도 새우등처럼 구부리고 잠이 든 척하고 있는 사기를 보고, 두충은 침상에서 일어서며 발길로 그의 허리를 툭 건드렸다.

"여보게, 방에 들어가서 자세나. 저녁에는 걸신이 들려 장국밥 두 그릇을 뚝딱 해치우더니 이젠 잠귀신이 들러붙은 모양이로군!"

세 사람은 선술집 주모에게 부탁해 미리 마련해 둔 봉놋방으로 들어갔다.

아무도 없는 선술집 마당으로 별빛이 금싸라기처럼 쏟아져 내리고 있었다. 모닥불이 꺼지며 어둠이 짙어지자 하늘의 별들은 더욱 빛났고, 어느새 마당 귀퉁이의 대추나무에 걸린 달이 등불처럼 추녀 밑을 기웃거리고 있었다. 달빛은 이미 뜰을 반 이상 먹어 들어와 한창 마루턱에서 출렁이고 있는 중이었다.

4

다음 날 늦은 아침에 두충은 장터 마당으로 나가 전날 초피를 팔아 챙긴 은화를 모두 털어 고급 비단을 샀다. 뒤따라온 사기는 두루마리로 된 원단을 말 위에 실었다.

"이걸 어디로 가져가시려고 하는지?"

사기가 은근히 물었다.

"넌 알 것 없다. 말이나 끌고 따라오너라."

두충은 앞장서서 성큼성큼 걸었다. 해는 벌써 중천에서 놀고 있었다.

왕궁에서 그리 멀리 떨어지지 않은 곳에는 기와집들이 즐비했다. 그중 솟을대문이 높다랗게 올려다보이는 집 앞에 당도한 두충은 기침을 크게 한 번 한 뒤 점잖게 소리쳤다.

"이리 오너라!"

문을 지키던 하인이 나와 두충과 사기의 아래위를 훑어보았다.

"어디서 온 뉘시오?"

"화북의 전진과 물산을 교역하는 장사꾼이오. 국상 어른께 비단을 드리려고 이렇게 왔소이다."

두충은 사기로 하여금 말 위의 비단 짐을 내려놓게 했다.

"잠시 기다리시오. 뉘신지 모르나 일단 국상 어른께 보고를 드려야 할 같아서."

하인이 말 위에 실린 비단 짐을 보고 조금은 놀란 표정을 지었다.

"아니, 됐소이다. 나는 심부름을 온 것이고, 장터마당 선술집에 가면 전진에서 온 석정이란 스님이 있을 것이외다. 그 스님이 이 고급 비단을 국상 어른께 드리라고 해서 이렇게 가져온 것이니 받아두면 될 것이오."

두충은 사기로 하여금 얼른 짐을 풀게 한 후 곧바로 그곳을 떴다.

다시 선술집 봉놋방으로 돌아온 두충은 그때까지 잠에 곯아떨어져 있는 석정을 깨웠다.

"금명간에 국상 어른이 사람을 보내 스님을 만나자고 할 것이외다. 국상은 태자비의 아버지, 즉 구부 태자의 장인이 됩니다. 스님이 구부 태자를 만나고자 한다면 틀림없이 국상 어른이 다리를 놓아줄 것이오."

두충은 그렇게 말해 놓고 돌아섰다.

"헛허! 역시 그대는 장사꾼 기질을 타고났군! 거래의 법칙을 잘 이해하고 있어!"

석정은 고개를 뒤로 젖히며 웃었다.

"그럼, 시생은 이만!"

두충은 허리를 굽혀 석정에게 인사를 하고 바로 돌아섰다.

"아니, 이대로 그냥 가면 어쩌란 말이오? 소승에게도 거래의 법칙은 지키게 해줘야지!"

"다음에 또 만날 기회가 있겠지요."

두충은 돌아보지도 않고 어깨너머로 대답을 던졌다.

"허긴, 그러하오만……. 고구려가 태평성대를 누릴 때 이 석정을 찾으시오. 그러면 그때 본격적으로 거래의 법칙을 논해 봅시다."

석정은 그러면서 또 껄껄대고 웃었다.

장터거리로 나온 두충은 이제 국내성을 빠져나와 책성으로 돌아갈 준비를 했다.

두충은 사기에게도 말 한 필을 구해 주었다. 두 마리의 말은 압록강을 따라 난 강변길을 질주했다. 녹음 짙은 들판이 출렁거렸다. 이제 한창 진초록으로 빛을 뿜어내는 보리가 키재기를 하듯 우쭐우쭐 자라나고 있었다. 그 사이로 두 마리의 말이 물결을 가르듯 율동을 만들어내며 달렸다. 질주하는 말들은 바람을 몰고 지나가는 듯했고, 그에 따라 보리들은 허리를 휘청거리며 생명의 물결을 치고 있었다.

보리밭을 지나 산모퉁이를 돌 때 두충은 말고삐를 늦추고 뒤따라오는 사기를 바라보았다. 사기 역시 속도를 줄이면서 두충과 말 머리를 나란히 했다.

"보리 대궁에 물이 올랐어요. 한두 달 후면 이삭이 올라올 것 같습니다."

사기가 거친 숨을 돌리면서 두충을 쳐다보았다.

"그러게 말이다. 곧 보리 수확기가 돌아올 참인데, 백제와 전쟁을 한다며 모병을 하고 있으니 큰일 아니냐? 백성들의 원성이 높아. 한창 일할 장정들을 전쟁터로 보내고 나면 누가 농사일을 하느냔 말이다."

두충은 하늘을 올려다보았다.

산자락에 붙은 약간 비탈진 보리밭에서 종달새가 포르르 날아올랐다. 새가 날갯짓하는 하늘은 옥색 물감을 풀어놓은 듯 맑고 투명했다.

"그런데 대장님! 아앗, 나리! 이것 참, 어색해서 부르기가 좀 쑥스럽네요."

사기는 슬쩍 두충의 기색을 살폈다.

"국내성을 벗어났으니 이젠 괜찮다. 그런데 왜?"

"백제에 대해서는 어떻게 생각하세요?"

"뭘 묻는 것이냐?"

"그자의 말처럼 고구려와 백제가 고제동맹을 맺는 것이 옳다고 보시는지요?"

"어제저녁에 세상모르고 잠만 잔 줄 알았더니 들을 건 다 들었구나?"

"헤헷, 대장님도. 그저 말만 다룰 줄 안다고 무시하시는 겁니까? 소인도 열린 귀가 있어 민심 돌아가는 거 대충은 안다구요."

"그래, 그동안 국내성에서 유리걸식하며 귀동냥을 해보니 민심이 어떻던가?"

"실은 석정이라는 그자가 말하는 그대롭니다. 백성들은 전쟁보다 평화를 원해요."

"흐음……."

두충은 사기의 말에 고개를 주억거렸다.

"주제넘은 말이지만, 재작년 백제와의 전쟁 때 동부에서 군사를 내지 않은 것은 잘한 일 같아요. 하대곤 장군께선 군사 대신 말만 1백 두를 보내셨잖아요? 소인은 그때 말먹이꾼으로 따라갔었지만, 당시 전쟁 상황은 그야말로 말이 아니었다구요."

"그때 너는 전쟁터에 있었으니 알겠구나. 고구려군이 왜 백제군에게 패했다고 생각하느냐?"

"한마디로 고구려군은 백제군에 비하여 싸우려는 의지가 부족했어요. 백제군은 의기충천하여 강공으로 나오는데, 고구려군은 전쟁이 무서워 그저 도망치기에 바빴으니까요."

"네놈도 그래서 도망친 거냐?"

"예에? 기마부대가 무너지는데, 말먹이꾼 주제에 별수 있겠어요?"

사기는 움찔한 표정으로 두충을 바라보다가 곧 얼굴을 펴고 헤헤거리며 웃었다.

"어쩌다 고구려가 이렇게 됐는지 모르겠구나!"

두충은 한숨을 깨물었다.

"그런데 참, 오늘 아침 그 값나가는 비단은 왜 국상 어른께 갖다 바치신 겁니까?"

사기는 아까부터 궁금하던 것을 물었다.

"네놈이 그런 건 알아 뭘 해?"

두충이 사기의 옆얼굴을 흘겨봤다.

"말에 초피를 잔뜩 싣고 오셔서 기껏 은화와 바꿨는데, 그 귀한 은화를 몽땅 털어 고급 비단을 사서 국상 어른께 널름 갖다 바치니 너무 아깝잖아요?"

"허허헛! 나는 은화보다 더 귀한 걸 얻었다."

"대체 대장님이 무엇을 얻었다는 겁니까?"

"석정을 얻었지 않느냐?"

"네에?"

"앞으로 네놈도 석정 스님을 자주 만나게 될 것이다. 말 그대로 풀면 돌솥이지만, 그 괴승이야말로 금덩이보다 더 가치가 있는 보배다. 국상은 분명 석정을 만나고자 할 것이고, 석정은 국상을 통해 그토록 소원하던 구부 태자를 알현하게 되겠지. 장래에 대왕이 될 구부 태자는 실세, 그 연결고리를 쥐게 될 사람이 바로 석정이니 보배가 아니고 무엇이냐?"

두충은 스스로 석정에게 투자한 일에 대해서 지극히 만족해하는 표정이었다.

"그냥 돌팔이 중 아니에요? 스님이란 자가 머리도 깎지 않고, 그 행색은 또 뭡니까?"

사기는 그러면서 다시 흘끔 두충의 반응을 살폈다.

"척 보면 모르겠느냐? 그것이 위장술이란 것을. 아직 고구려에선 스님 복장을 하면 일단 첩자로 의심부터 하고 보질 않느냐? 백성들 사이에 불교를 믿는 신도들이 꽤나 있긴 한 모양이다만, 나라에서 공식적으로 불교를 인정한 바 없기 때문에 출가한 스님들도 깊은 산속의 동굴에 들어가 면벽수도를 하고 있는 것이지. 백주대로에 나다니는 스님을 보기 어려운 것도 그런 이유 때문이니라."

"위장술이라면?"

"아무래도 전진의 부견이 보낸 밀사가 아닌가 싶기도 하고……. 나도 이번에 초피 장사꾼이 되어보니, 장사도 잘만 하면 쏠쏠한 재미가 있을 것 같구나. 그래서 하대용 대인 어른이 장사에 그렇게 열심인 모양이야."

두충은 석정을 만난 이후 생각하는 바가 많이 달라져 있었다. 하룻밤 사이에 마음속에서 그런 변화가 일어난 데 대하여 그 자신도 은근히 놀라고 있는 중이었다.

5

책성으로 돌아온 두충은 곧 동부욕살 하대곤과 독대했다.

"그래, 서찰은 제대로 전했느냐?"

"예, 장군! 대사자 어른께서도 전부터 그런 계획을 갖고 계신 듯했습니다. 별도 인편으로 서찰을 보내겠다고 하셨습니다."

"별도로?"

하대곤의 오른쪽 눈썹이 치켜져 올라갔다. 상대방의 말에 의심이 들 때면 간혹 그의 표정 속에 나타나는 일종의 버릇 같은 것이었다.

"서찰을 받아오려 했으나, 대사자 어른께서 소인을 아직 믿지 못하는 것 같았습니다."

"흐음, 딴은 그렇겠군!"

하대곤은 굳게 입을 다문 채 실눈을 뜨고 한동안 깊은 생각에 잠겼다.

"장군! 이번에 국내성에서 큰 보물을 하나 건진 듯합니다."

두충은 머릿속에 석정의 얼굴을 떠올리며 말했다.

"큰 보물이라?"

하대곤이 감았던 눈을 번쩍 떴다.

"초피 판 돈을 모두 투자해 건진 보물입니다."

"허어, 어떤 보물인지 보고 싶군! 설마 국내성에서 데리고 온 그 말먹이꾼은 아니겠지?"

하대곤은 두충을 따라온 사기를 떠올렸다.

"아니옵니다. 그자 역시 작은 보물이 될지 아직은 모르겠사오나, 큰 보물은 국내성에 두고 왔습니다."

"음, 그렇게 투자를 해놓고 국내성에 방치해 두면 누가 도둑질해 갈 수도 있지 않겠는가?"

"그 점이라면 염려 놓으십시오. 흙 속에 묻힌 진주는 발견한 사람이 임자입니다. 보물이 아무리 가까이 있어도 눈이 어두우면 발견하지 못하는 법이지요. 이번에 국내성에서 찾아낸 보물은 진주임이 분명하나, 아직 흙 속에 묻혀 있으니 보통 사람들은 그저 돌덩이인 줄 알 겁니다."

두충의 표정엔 평소와 다른 자신만만함이 있었다.

"자네 스스로 흙 속의 진주를 발견했다고 믿는 모양인데…… 그것이 정말 진주인지 어디 한번 들어보세."

"석정이란 중인데, 아직 흙 속에 묻혀 있어서 그렇지 잘 닦아서 공들여 가공하면 큰 보물이 될 것이 틀림없습니다. 옥도 가공하기에 따라 보물이 되고 옥새도 될 수 있는 것이 아니겠습니까?"

"뭐? 보물이 되고 옥새가 돼? 해괴한 말장난이 아니냐?"

"아니옵니다. 장군! 분명히 석정이란 중은 가공하기에 따라 우리 고구려에 반드시 필요한 중요한 인물이 될 것입니다."

두충은 그러면서 석정에게서 들은 대로 그 구구절절한 사연들을 하대곤에게 털어놓았다.

"국상에게 고급 비단을 바친 것은 잘한 일일세. 석정이란 중이 곧 구부 태자를 만나게 되겠구먼. 지금 대왕은 백제를 치겠다며 전쟁에 광분하고 있으나, 누울 자리를 보고 다리를 뻗어야지. 한 발만 더 나가면 낭떠러지인 줄도 모르고 대왕은 백제와의 전쟁을 고집하고 있네. 전쟁은 확실히 적군을 이길 수 있다는 판단이 설 때 군사를 일으키는 것이야. 서로 군세가 엇비슷하다는 판단이 서더라도 함부로 싸움에 나서면 패할 가능성이 높아. 무엇보다 지금 우리 고구려에 필요한 것은 안정인데, 석정은 그런 면에서 세상을 꿰뚫어 보는 눈을 가지고 있는 자임에는 틀림없어 보이는군."

두충이 찾았다는 보물에 대해 하대곤은 일단 긍정적인 반응을 보였다. 무엇보다 그에게는 '옥도 가공하기에 따라 옥새가 될 수 있다'는 말이 이명처럼 남아 있었다.

"그는 전진에 대해 깊이 알고 있습니다. 아마 부견이 보낸 밀사일지도 모릅니다. 전진의 부견은 국가 기강을 튼튼히 하고 주변 나라를 복속시켜 강력한 군주로 떠올랐습니다. 이미 연나라까지도 정복했으며, 그다음은 동진입니다. 화북에 이어 강남까지 차지해 중원을 통일한 다음에는 우리 고구려를 넘볼 것이므로, 지금이야말로 전진과 교린관계를 맺어야 할 절체절명의 순간입니다. 전진은 군사적으로뿐만 아니라 문화적으로도 깊이가 있고, 경제적으로도 매우 부강한 나라입니다. 석정을 이용하면 전진과 고구려의 교역을 선점할 수 있을 것이라 생각합니다. 그래서 소인은 앞으로 아예 장사꾼으로 나서 보고 싶습니다. 우리 동부는 지금 군사력을 키우는 일도 중요하지만, 그보다 먼저 재화를 쌓아놓아야 할 때입니다. 군사력은 일차적으로 재력에서 나오는 것, 장군께서 종제이신 하대용 대인을 부러워하는 것도 사실은 그러한 부의 축적 때문이 아니겠습니까? 이제 하대용 대인은 우리 동부보다 국내성에 정성을 들일 것입니다. 따라서 우리 동부 자체적으로 재화를 모을 궁리를 하지 않으면 안 될 입장에 놓인 것입니다."

두충은 누에가 명주실을 뽑아내듯 가슴속에 담고 있던 말들을 술술 풀어냈다.

"허허, 자네 이제 내 호위무사 노릇을 하는 데 싫증이 난 모양이로군!"

하대곤은 그러나 그다지 싫지 않다는 눈빛으로 두충을 바라보았다.

"장군! 소인이 호위무사 자리가 싫다고 한 적은 없습니다. 그러나 이제 보다 큰 호위무사가 되어야겠다고 결심했습니다. 장군만을 곁에서 지키는 호위무사가 아니라, 장군을 포함한 우리 동부 전체를 지키는 호위무사가 되고 싶습니다."

"동부 전체를 지킨다?"

"장군! 부디 허락해 주십시오."

두충의 거듭되는 요청에 하대곤은 잠시 생각을 가다듬었다.

사실상 하대곤은 지금까지 동부의 군사를 기르는 데 있어서 종제인 하대용의 재력에 크게 의존하고 있었다. 그러나 왕자 이련이 나타나면서부터 하대용의 생각이 바뀌어 동부와의 관계가 소원해지고 말았다.

만약 왕자 이련과 연화가 맺어진다면 하대용의 후원은 더 이상 기대할 수 없게 될 터였다. 그때부터는 그 재화를 왕실로 직접 실어 나를 것이기 때문이었다.

"동부 전체를? 자네의 꿈이 고작 그 정도란 말인가?"

하대곤은 짐짓 두충의 심리를 자극해 보았다.

순간 두충의 눈썹이 송충이처럼 꿈틀, 하고 움직였다. 그는 하대곤이 오래전부터 무엇을 꿈꾸고 있는지 어느 정도 짐작하고 있었다. 드러내 놓고 말을 하지는 않았지만, 그것은 두 사람 다 암묵적으로 공감하고 있는 부분이기도 했다.

"모든 일에는 절차가 있는 법, 축지법이라 해서 이 봉우리에서 저 봉우리로 건너뛸 수는 없는 일 아니겠습니까? 반드시 두 발로 땅을 밟고 내를 건너야 목적지에 도달하는 것입니다. 동부를 지켜 안정되고 나면, 그다음에는 우리 고구려 전체를 탄

탄한 기반 위에 올려놓아야겠지요."

"흐음, 국가를 튼튼히 하는 것은 군사력만이 아니라 재력이라 그 말이렷다?"

하대곤은 한참 동안 두충의 얼굴을 응시하며 고개를 끄덕였다.

"부국강병책이 다른 것이겠나이까? 먼저 나라를 부강하게 하고 군사력을 강화해야 다른 나라가 감히 얕잡아보지 못할 강국으로 부상하는 것 아니겠습니까?"

"그러면 자네는 하대용보다 더 큰 대상이 될 자신이 있는가?"

"하 대인은 스스로 일어선 대상입니다. 이는 한계가 있습니다. 그러나 소인은 나라와 나라의 물자 교류를 통하여 국가의 재화를 불려나가 보고자 하는 것입니다."

"허허헛! 그만하면 자네 배짱을 알 만하이. 차차 두고 생각해 보세나. 허면 자네가 석정을 큰 보물이라 했는데, 작은 보물이 될지도 모른다는 저 말먹이꾼은 어떤 자인가?"

하대곤은 두충이 국내성에서 데려온 사기에 대해 묻고 있었다.

"그자는 장군께서도 알 만한 인물입니다. 전에 하가촌 종마장에서 말을 기르던 자이올시다."

"하가촌에서?"

“재작년 백제와의 전투 때 장군께서 군사를 내지 않자 하 대인께서 말 1백 두를 동부의 명의로 국내성에 보낸 적이 있지 않습니까? 그때 저 사기란 놈이 말먹이꾼으로 따라갔었습니다. 전쟁에 지는 바람에 말을 다 잃고 떠돌이 신세가 된 것을 국내성에서 발견해 데리고 온 것이옵니다.”

그러면서 두충은 하대곤에게 국내성에서 사기를 만나게 된 사연을 들려주었다.

“한갓 말먹이꾼에 불과한 놈이 무슨 보물이 될 수 있단 말인가?”

“지금 우리 동부는 하가촌과 소원해져 있습니다. 사기란 놈이 말구종으로라도 써달라고 해서 데려오긴 했습니다만, 잘만 다독이면 우리 동부의 기마대를 더욱 강하게 키우는 데 일조케 할 수 있을 것으로 사료됩니다. 하 대인이 말 1백 두를 전쟁터로 보낼 때 놈을 말먹이꾼으로 고용한 것은, 말을 돌보는 데 남다른 기술을 가지고 있었기 때문일 것입니다. 기마대는 기마병도 중요하지만, 우선 그 말이 건강해야 전쟁터에서 잘 달릴 수 있습니다. 사기는 말을 먹이는 일에서부터 말발굽 가는 일까지 두루두루 꿰뚫고 있는 숙련된 기술자입니다. 이는 그자가 하가촌에 있을 때부터 소인이 눈여겨보아 온 일입니다.”

“알겠네. 앞으로 우리 동부에서는 개마무사를 5백 기 정도 확보해 둘 생각이네. 그만큼 좋은 말들이 많이 필요하게 될 테니, 자네 말대로 그자가 작은 보물쯤은 될 것 같기도 하군."

하대곤은 빙긋이 웃으며, 손짓으로 두충을 그만 물러가게 했다.

6

해는 서산의 등고선 끝자락에 올라앉아 곧 그 너머로 굴러떨어질 듯 위태롭게 버티고 있었다. 산자락을 타고 내려온 노을빛은 초록의 들판을 검붉은 빛깔로 수놓았고, 그 노을을 등지고 말을 탄 검은 그림자가 책성의 성문 쪽을 향해 달려오고 있었다. 말의 속도는 결코 느리지도 않았고, 그렇다고 말 위의 사내가 크게 서두르는 기색도 없어 보였다.

주변 산세와 잘 어울려 제법 높다랗게 지붕을 이고 있는 성문은 자못 중량감이 느껴졌다. 좌우로 이어진 석성의 높이는 두세 길은 좋이 되어 보여, 들판 멀리서도 성안이 잘 들여다보이지 않았다.

마침내 성문 앞에 당도한 사내는 말에서 천천히 내렸다. 위병들이 양쪽에서 창으로 가로막자 그는 들고 있던 지팡이 같은 막대로 슬쩍 쳐냈다. 힘이 들어가지 않은 것 같은데도 두 병사는 손에서 창을 놓쳤다. 얼핏 보기에 사내의 손에 들려 있는 것이 칼인지 지팡이인지 구분이 되지 않았다. 그러나 때로 그것이 무기가 되기도 하고 지팡이 구실도 하는 것처럼 보였다.

"아니, 뭐 이런 놈이 다 있나?"

한 병사가 얼떨결에 땅에 떨어진 창을 집으려고 허리를 굽혔다. 그러자 사내는 발길로 병사의 옆구리를 슬쩍 건드렸다. 병사는 맥없이 땅바닥에 나뒹굴고 말았다.

그러자 다른 병사가 얼른 땅에서 창을 집어 들어 사내에게 겨누며 잔뜩 경계 자세를 취했다.

"수상한 놈이로군! 대체 넌 누구냐? 정체를 밝혀라."

"보면 모르겠느냐? 지나가는 나그네다. 끼니때가 되어 밥이나 한술 얻어먹을까 해서 찾아왔느니라."

사내는 당당하게 서서 버티었다.

병사는 아래위로 사내의 행색을 살폈다. 땅에 넘어졌던 병사도 얼른 창을 들고 일어나 사내를 향해 겨누었다.

"감히 여기가 어딘 줄 알고!"

"네놈이 죽고 싶어 환장을 한 모양이로구나!"

두 병사는 사내의 남루한 행색을 살피며 엄포를 주었으나, 지팡이에게 당한 것도 있고 상대의 정체를 모르기도 해서 짐짓 망설이는 눈치였다.

그때 성 남쪽 모퉁이에서 한 떼의 군마가 나타났다. 아침 일찍 사냥을 나갔다 돌아오는 해평과 그의 졸개들이었다. 그들은 곧 성문 앞에 당도했다.

"무슨 일이냐?"

해평은 위병에게 물으면서, 눈길을 사내 쪽에 주고 있었다.

"대장님! 이자가 정체도 밝히지 않은 채 성안으로 들어가겠다고 생떼를 쓰고 있습니다."

병사 하나가 자세를 꼿꼿이 세우며 보고했다.

"뉘시오?"

해평은 날카로운 눈빛으로 사내를 주시했다.

"그렇게 묻는 그대는 누구인가?"

사내는 주저하는 기색이 전혀 없었다.

"아니, 이놈이? 감히 어느 안전이라고 반말지거리냐? 우리 동부의 기마대장님이시다! 예의를 갖춰라!"

해평의 뒤에 둘러섰던 말을 탄 졸개들 중 하나가 소리쳤다.

"기마대장이면 네놈들 대장이지 나에게도 대장은 아니지 않느냐?"

"무엇이?"

해평의 눈빛이 싸늘해졌다. 그의 오른손이 어깨에 멘 칼자루로 가다 말았다.

"제법 칼도 쓸 줄 아는 모양이군!"

사내는 히죽 웃었다.

"한번 겨뤄보자는 건가?"

해평이 팽팽하게 당겨진 눈길로 상대를 주시했다.

"저녁이라도 한 끼 대접받자면 인사를 제대로 해야 쓰겠지? 이곳 문간 인심이 사나운 걸 보니 공짜로 밥을 줄 것 같지는 않고! 벌써 해가 꼴딱 넘어가려고 하니, 배도 슬슬 고파오는구나!"

사내는 서편 산 능선에 눈썹처럼 걸린 해를 쳐다보았다.

"그냥은 정체를 밝히지 못하겠다는 건가?"

해평은 말에서 내려 칼을 뽑았다. 그러나 사내는 그저 지팡이를 짚은 채 먼산바라기만 하고 있었다. 이때 해평의 졸개들도 말에서 내려 주위를 넓게 둘러쌌다.

책성의 성문 앞에서 해평의 검과 사내의 지팡이가 일전을 벌이는 순간이었다. 둘러선 졸개들도 잔뜩 긴장해 있었고, 저녁노을은 더욱 붉은빛으로 땅바닥을 물들이고 있었다.

먼저 해평의 칼이 사내를 향해 뻗어나간 듯했다. 그런데 사내는 크게 몸을 움직이지도 않고 지팡이로 간단히 칼을 쳐냈다.

아니, 쳐낸 정도가 아니었다. 어처구니없게도 해평은 아예 칼을 떨어뜨려 버리고 말았다. 칼과 지팡이가 순간적으로 부딪는 순간, 번개가 치는 듯 해평의 손에 찌르르한 떨림이 오면서 한순간에 힘이 빠져 달아난 기분이었다.

'아차, 칼을 놓치다니!'

해평이 자신의 실수를 알아차리는 순간, 이번에는 사내의 지팡이가 그의 목덜미로 날아왔다.

"어이쿠!"

엉겁결에 해평의 고개가 저절로 숙여진 꼴이 되었다.

"젊은이, 먼저 인사부터 해야 예의가 아닌가?"

사내는 다시 지팡이를 짚은 바로 전의 태연한 자세로 돌아가 말했다.

그 순간, 두 사람의 대결을 보고만 있던 졸개들이 일제히 칼을 빼어 들었다.

"잠깐! 너희들은 칼을 거두어라!"

해평이 졸개들의 행동을 제지했다.

"그래도 자존심은 있는 친구로군! 그러나 너희들이 떼로 덤벼도 상대해 줄 용의가 있다."

사내는 싱글싱글 웃었다.

그때 해평이 땅바닥에 떨어진 칼을 거두며 무릎을 꿇었다.

"뉘시온지요? 몰라뵙고 초면에 실례가 많았습니다."

해평은 예의를 갖춘 후 사내를 올려다보았다.

사내는 제법 나이가 들어 보였다. 남루한 옷을 입었으나 그 얼굴에는 귀골의 티가 흘렀다. 허공을 보는 듯한 눈빛도 그 안에 날카로움을 숨기고 있어 예사롭지가 않았다.

"하대곤 장군께서 양아들을 두었다더니, 자네가 해평인가?"

사내의 입에서 자신의 이름이 튀어나오자 해평은 움찔했다.

"예, 그러하옵니다. 아버님을 잘 아십니까?"

"아닐세. 잘은 모르네. 그저 소문으로 들었을 뿐!"

사내는 손을 뻗어 해평을 일어서게 했다.

"멀리서 아버님을 만나러 오셨군요?"

"지나가던 길에 밥이나 한술 얻어먹을까 해서 성문을 지키는 위병들과 실랑이를 벌이던 참일세. 이만하면 밥값은 한 셈이지?"

사내는 껄껄대고 웃었다. 웃는 입술이 한쪽으로 치우쳐 올라가면서 이마 쪽에 서너 가닥의 주름이 잡혔다. 세월의 흔적이 그 얼굴 속에 녹아 있었다.

"제가 아버님께 안내를 하겠습니다."

해평은 곧 사내와 함께 말 머리를 나란히 하고 성안으로 들어섰다. 하대곤이 거처하는 큰 저택의 거실에 두 사람이 나타나자, 그곳에 대기하고 있던 두충이 눈빛으로 물었다.

"멀리서 오신 손님입니다. 아버님께는 제가 말씀드리겠습니다."

해평이 두충에게 말했다.

"그렇게 하시지요."

해평은 곧 하대곤이 거처하는 내실로 찾아갔다. 하대곤은 방금 전까지 거실에 있다가 저녁 식사를 하기 위해 내실로 들어갔던 것이다.

"누구라더냐?"

해평이 멀리서 손님이 찾아왔다고 보고하자, 뭔가 느낌이 온 듯 하대곤은 긴장한 얼굴로 눈을 빛냈다.

해평은 성문 밖에서 방금 겪은 일들을 간단하게 들려주었다.

"아무래도 보통 인물이 아닌 듯합니다."

"그래?"

"행색은 남루하나 귀티가 흐르고, 무술 솜씨도 만만치 않았습니다."

해평의 말에 하대곤은 말없이 고개를 주억거렸다.

"가보자."

하대곤이 거실로 들어서자 두충이 사내를 향해 말했다.

"하대곤 장군이십니다."

거실에서 서성거리던 사내가 하대곤을 보고 천천히 허리를 굽혔다. 하대곤도 얼떨결에 예의를 갖추었다.

"하대곤이라 하오."

"전부터 명성을 익히 들은 바 있습니다. 우적이라 하옵니다."

우적이 천천히 고개를 들 때 하대곤이 먼저 입을 열었다.

"누구시온지?"

우적이 대답 대신 두충과 해평을 돌아보았다.

'흠, 주위를 물려달라는 얘기로군'

하대곤은 곧 턱짓으로 두충과 해평을 물러가 있게 했다.

두충과 해평이 나가고 나자 하대곤이 우적에게 앉기를 권하며 자신부터 정좌를 하였다.

"오갈 데 없는 떠돌이 신세, 하대곤 장군께서 거두어주신다면 신명을 바쳐 모시겠나이다."

우적이 하대곤 앞에 무릎을 꿇으며 말했다.

"아니, 왜 그러시오, 무사! 방금 전 아들에게서 뛰어난 무술 솜씨에 대해서도 들었소이다. 편히 앉아 하실 말씀을 주시지요?"

하대곤의 말에도 우적은 자세를 바꾸지 않은 채 품속에서 서찰을 꺼냈다.

"어떤 어른이 써주신 소개장입니다."

우적은 서찰을 하대곤에게 건넸다.

대사자 우신이 보낸 것이었다. 전에 하대곤이 보낸 서찰에 대한 답서였던 것이다. 이전 의견에 대한 대답과 함께 말미에는 서찰을 가져간 우적을 동부에서 써달라는 부탁도 적혀 있었다. 다 읽고 난 하대곤은 무엇인가를 깊이 생각하며 한참 동안 고개를 끄덕이다가는 문득 말했다.

"어려운 걸음을 하셨습니다. 변방이라 누추하오만, 선생께서 기거하는 데 불편이 없도록 하겠소이다. 서찰을 보고 알았지만, 선생께서 학문이 깊으시고 무술에 남다른 기량을 갖고 계시다니 우리 해평의 사부가 되어주심이 어떻겠습니까?"

"거두어주시는 것만으로도 광영입니다. 맡겨주시는 임무를 결코 소홀히 하지 않겠습니다."

우적은 하대곤의 청을 주저 없이 받아들였다. 해평의 사부, 그것은 사실상 그 자신이 자원한 일이기도 했다.

"여봐라! 먼 길을 오셨으니 우적 선생을 편히 모시도록 하라!"

하대곤이 소리치자 대기하고 있던 두충과 해평이 문을 열고 들어섰다.

"그럼 물러가겠습니다."

우적이 일어섰다. 두충이 그의 안내를 맡으려고 하자, 하대곤이 다시 해평을 쳐다보며 지시했다.

"해평아, 이제부터 이분께선 너의 사부가 되시었다. 네가 직접 모시도록 하여라."

해평과 우적이 나가자, 하대곤이 손짓으로 두충을 가까이 오게 했다.

"대사자 우신이 답신을 들려 보낸 이네."

"아, 그랬군요. 단순히 서찰만 보낸 게 아니라……."

"이곳에 있게 해달라고 해서 해평의 사부를 맡아달라고 했네. 그리 알게."

"알겠습니다."

"헌데 우리가 추진하려는 계획은 잠정적으로 보류할 수밖에 없게 생겼네. 지금 국내성에선 파란이 일어나고 있어. 자네가 보물이라고 말한 그 석정이라는 괴승은 국내성 감옥에 갇혔다는군."

"예에? 감옥에 갇히다니요?"

두충이 놀라 물었다.

"자네가 주선한 대로 국상께서 그자를 구부 태자와 만나게 해준 모양일세. 석정이 태자를 만나 전쟁불가론을 강력히 주장하자 태자도 같은 마음이라 곧바로 대왕을 만났고, 지금 백제를 쳐서는 안 되는 이유를 조목조목 설명하며 주청했던 모양이지. 한창 전쟁 준비로 광분해 있던 대왕이 태자의 말인들 쉽게 받아들이려 하겠나? 대왕은 당장 태자를 조종한 자가 누구인지 알아보게 했고, 곧 그자가 괴승 석정이란 사실이 밝혀진 모양일세. 석정은 바로 그날로 잡혀 대왕의 친국을 받았고, 결국 전진의 부견이 보낸 첩자로 몰려 감옥에 갇혔다네. 대왕은 출정 전에 피를 볼 수 없다며, 백제를 치고 돌아와서 석정을 처결하겠다고 했다는군."

하대곤은 대사자 우신이 보낸 서찰 내용을 그대로 두충에게 들려주었다.

"그러면 큰일이 아닙니까? 결국 대왕은 전쟁을 일으킬 모양이로군요?"

두충의 말에 하대곤이 고개를 끄덕였다.

"곧 국내성의 사자가 들이닥칠 것일세. 이태 전 백제를 칠 때는 군사를 보내지 않고 버텼네만, 이번에는 출병을 하지 않을 수 없을 것 같군. 알다시피 지난봄 천제 때 대왕이 군사 1천을 이끌고 온 것도 우리 동부에 대한 경고가 아니었겠나? 하니, 이번에 군사를 내지 않았다간 무슨 화가 미칠지 모를 노릇일세."

하대곤의 말에 이번엔 두충이 고개를 끄덕였다.

"아무래도 해평 기마대장은 이곳 책성을 지키는 게 좋을 듯합니다. 소장에게 기병 1백 기와 군사 5백만 내어주십시오. 소장이 국내성으로 가겠습니다."

"자네가?"

"예, 이번에 국내성에 입성하면 석정도 만나보겠습니다."

두충의 말에 하대곤이 적이 안심이 된다는 표정을 지었다. 사실 그는 국내성에서 군사 요청이 올 경우 어쩔 수 없이 해평을 보내야 한다는 사실이 못내 걱정스러웠던 것이다.

"고맙네! 허나 아직 두고 봐야 할 일. 일단 물러가 있게."

7

하대곤의 예상대로 국내성 사자가 책성을 다녀갔다. 고구려 변방을 지키는 각 성에도 동시에 대왕의 군대 동원령을 가진 전령들이 속속 도착했을 것이다. 한 달 안에 군사를 추려 국내성으로 보내라는 어명이었다. 군대의 규모는 정해져 있지 않았는데, 이는 각 성의 형편에 맞게 일임한다는 뜻이었다. 거기에는 어떤 성의를 보이는지도 두고 보겠다는 의미가 담겨 있었다.

하대곤은 고민 끝에 보병 1천의 군사를 보내기로 했다. 두충의 요청대로 기병도 함께 보내고 싶었지만, 그럴 경우 기병대장인 해평을 보내지 않을 명분이 없었던 것이다.

이윽고 두충이 이번 출정의 군대를 총지휘하는 대장으로 결정되자, 해평이 하대곤에게 급히 달려와 간청했다.

"이번에 소자도 출정할 수 있도록 해주십시오."

하대곤은 충정을 보여주고자 하는 해평의 마음을 잘 알았다. 그동안 책성의 개마무사를 훈련시키는 데 누구보다 심혈을 기울여온 그로선 전쟁에 나가 공을 세워보고 싶은 욕심도 있을 것이었다. 그만큼 해평은 패기만만한 젊음을 구가하고 있었다.

하지만 하대곤은 이번 출정에서 해평을 제외시키기로 한 결심을 꺾지 않았다. 전쟁 경험을 할 기회는 앞으로 얼마든지 있었다. 이번 전쟁은 결코 고구려가 유리하다고 볼 수 없었다. 대왕 사유의 성급함 때문에 벌이는 전쟁이므로 준비가 제대로 되어 있을 리 만무했다. 패하기 십상인 전쟁에 해평을 내보내 처음 치르는 전투 경험에서부터 실망을 안겨주고 싶지 않았다. 물론 무사하리라는 보장 또한 그 어디에도 없었다.

"전쟁도 경험이 필요하니 출정하고 싶은 네 마음을 충분히 알겠다만, 성을 지키는 것이 더 중요하다. 너는 나하고 이 책성을 안전하게 지켜야 한다."

"아버님, 하지만……."

"그 말은 더 이상 하지 말자. 그보다 우적 사부와는 잘 지내느냐?"

하대곤은 지금 해평이 더 많이 배우고 노력할 때라고 생각했다.

"잘 모시고 있습니다."

"그래, 요즘 사부께선 네게 무엇을 가르치고 있느냐?"

하대곤의 물음에 해평의 얼굴은 그리 밝지 못했다.

"칼을 피하는 법과 군사들을 후퇴시키는 법을 배우고 있습니다."

"흐음, 너는 사부의 가르침에 불만이 있는 모양이로구나."

하대곤이 빙긋이 웃었다.

"모름지기 칼은 베고 찌르라고 있는 것이고, 전쟁은 공격을 가해 이겨야 마땅하다고 생각합니다. 그런데 피하고 후퇴하는 법만 배우고 있으니 도무지 신바람이 나질 않습니다."

"허허, 우적 사부께서 제대로 가르치고 있군! 네가 아직 미숙해서 그 깊은 뜻을 모르는 모양이로구나. 내 몸을 방어하지 않고 내 군사의 생명을 소중하게 생각하지 않는다면, 아무리 용맹스럽다 하더라도 훌륭한 장수라 할 수 없다. 칼을 피하는 법은 내 몸을 방어하면서 동시에 상대의 힘을 빼게 하는 데 요지가 있다. 그런 연후에 상대가 지쳐 공격에 허를 보일 때 단칼에 제압하는 것이 경제적으로 칼을 쓰는 비결이지. 또한 후퇴하는 법은 적을 교란시키려는 목적도 있지만, 우선 자기 부하들 목숨을 상하지 않게 하려는 데 의미가 있는 것이다. 그러므로 적이 강할 때는 후퇴하는 것이 당연하다. 설사 적이 약해 보이더라도 짐짓 후퇴를 가장하여 상대로 하여금 자만심을 키워 공격하도록 한 후, 적절한 기회에 기습적으로 쳐서 이기는 방법도 있다. 칼을 피하고 후퇴하는 것이 왜 중요한지 알겠느냐?"

"예, 아버님! 소자도 막연하게나마 그런 뜻이 숨어 있다는 걸 느끼고는 있었으나, 방금 아버님의 말씀을 듣고 나니 확연하게 와 닿았습니다."

"그럼, 어서 가서 사부에게 열심히 무술을 익히도록 하여라."

"예, 아버님!"

해평은 하대곤에게 군례를 올리고 물러났다.

"나가다가 두충을 들라고 하여라."

막 문을 열고 나가는 해평의 등 뒤에 대고 하대곤이 말했다.

하대곤은 대사자 우신이 보낸 우적을 믿음직스럽게 생각했다.

우신이 애써 우적을 책성에 두려는 데는 따로 목적이 있어서일 것이다. 우적은 아마 우신의 밀사이면서 동시에 이곳의 동향을 파악해 알려주는 첩자 역할도 맡았을 터였다. 그는 동지이면서 적일 수도 있다고 하대곤은 생각하고 있었다.

잠시 후 두충이 들어왔다.

"출정 준비는 잘돼 가느냐?"

하대곤이 물었다.

"예, 사흘 후면 출정할 수 있을 것입니다. 말씀하신 대로 보병 1천을 뽑아 부대를 편성해 놓았습니다. 무기와 깃발도 준비했고, 군량미도 충분히 확보해 놓았습니다."

두충의 보고를 들으며 하대곤은 마음 한 곳이 허전해 옴을 느꼈다. 두충은 충직한 호위무사였고, 멀리 떠나보내기에 아까운 수하였다.

"일전에 자네는 큰 장사꾼이 되겠다고 했지?"

하대곤은 그동안 마음속으로만 곰곰이 생각해 두었던 바를 말할 참이었다.

"예, 그렇습니다."

"그 석정인가 하는 괴승에게는 조충이라는 가명을 댔다고? 우하하하! 위장을 하려면 제대로 이름을 바꾸어야지. 두충이나 조충이나 그게 그거 아닌가? 이번 전쟁터에 가면 자넨 두충을 그곳에 버리고 새로운 이름으로 다시 태어나야 하네. 내가 앞으로 대상이 될 자네 이름을 정해 주지. 조환으로 하게. 성은 자네가 조로 정했으니 그렇게 쓰되, 이름은 바꿀 환換 자로 하도록. 장사란 게 서로 물건을 주고받고 것 아니겠나?"

하대곤은 그러면서 정면으로 두충을 바라보았다.

"거기까지 생각하셨습니까?"

두충은 자못 감동한 눈치였다.

"나하고 약속하세. 자넨 이번 전쟁터에서 죽어야 하네. 두충이란 인간은 완전히 이 세상에서 없어지는 거야. 그리고 전쟁이 끝났을 때 자넨 조환으로 새롭게 태어나는 것일세. 몸도 마음도 모든 것을 바꾸어야 하네. 내 말 무슨 뜻인지 알겠나?"

"왜 그리해야 하는지 도무지……?"

두충은 하대곤을 빤히 쳐다보며 두 눈을 껌뻑거렸다.

"조환으로 새롭게 태어나 대사자 어른 댁으로 들어가게. 전쟁이 끝날 때쯤 대사자 어른에게 사람을 보내, 자네가 찾아갈 것이니 받아달라는 서찰을 전할 것이네. 아마도 대사자 어른이 자넬 거상으로 키워줄 걸세."

하대곤은 대사자 우신이 우적을 보냈듯이, 답례 형식으로 두충을 보내고자 하는 것이었다. 그래야 서로의 비밀 거래에 있어 대등관계가 성립된다고 보았다. 어느 한쪽이 기울 경우 사태가 엉뚱한 쪽으로 변할 수도 있음을 염려한 전략이었다.

"장군의 깊은 뜻, 이제야 알겠습니다."

두충이 고개를 숙이자, 하대곤은 그의 귀 가까이에 대고 작은 소리로 말했다.

"해평의 사부 우적이 대사자 우신의 밀정이라는 건 알겠지? 이곳 책성의 일거수일투족이 다 보고되고 있을 것이네. 자네 역시 그러한 중요한 임무가 주어져 있음을 모르지는 않으리라 믿네."

"바위에 글자를 새기듯, 마음에 깊이 아로새기겠습니다."

두충은 숙였던 고개를 들어 하대곤을 똑바로 쳐다보았다. 그러나 이내 머리를 다른 데로 돌렸다. 그 순간 울컥, 하고 가슴 저 밑바닥에서 무언가 치밀고 올라오는 것이 있었다. 그걸 애써 삼키려고 하자, 그 뭉클한 감정의 덩어리가 눈물로 변해 떨어지고 말았다.

두충은 책성으로 오기 전까지는 떠돌이 무사였다. 그러나 10여 년 전에 우연히 하대곤을 만나 호위무사 노릇을 하게 되었다. 당시 태백산으로 사냥을 갔던 하대곤은 의식을 잃고 쓰러져 있는 두충을 발견했다. 깊은 산속을 헤매던 끝에 절벽에서 떨어져 몸을 다친 상태였다. 맹수들에게 물어뜯기지 않은 것만도 천행이었다. 응급처치 후 정신이 깨어났을 때 물어보니, 두충은 태백산 자락 어디선가 도를 닦는 무술 도인을 찾아가던 중이라고 했다.

하대곤은 그때 두충을 책성으로 데려왔고, 곁에 두고 살펴보니 무술이 매우 뛰어나 호위무사로 삼았던 것이다. 당시 두충이 찾아다닌 무술 도인이 바로 하가촌에서 장정들을 가르치는 을두미였다는 사실을 그는 나중에서야 알았다.

그러한 사실을 듣고 나서 하대곤은 만약 두충이 당시 을두미를 찾아가 제자가 되었다면, 그 인재를 하대용에게 빼앗기고 말았을 것이라는 생각도 해보았다. 그래서 그는 두충이 절벽에서 떨어져 몸을 다치는 바람에 자신이 인재를 얻을 수 있게 된 것을 행운으로 여기고 있었다.

"자네, 울고 있나?"

하대곤의 목소리도 어느새 젖어들었다.

"아닙니다. 너무 감동한 나머지……."

"헛헛헛! 그걸 가지고 감동이라니! 내가 자네에게 너무 큰 부담을 지우는 것 같구먼. 그래서 마음속으로 무척 미안해 하고 있네."

"무슨 말씀을요. 10여 년간 거두어주신 것만으로도, 더구나 장군님 곁을 지키게 해주신 것만으로도 소장은 큰 광영이었습니다. 그런데 그런 중요한 임무를 맡기시는 것은 그만큼 장군께서 소장을 믿으신다는 증거, 사나이지만 가슴이 울컥해지는 것을 어찌할 수 없었습니다. 눈물을 보여 죄송합니다."

두충은 두툼한 손등으로 눈물을 슬쩍 훔쳤다. 그런 모습을 바라보며 하대곤이 부드럽게 말했다.

"죄송하기는? 피를 나누지는 않았지만, 나는 자네를 친형제처럼 생각하고 있네. 하대용이 내 종제지만 저처럼 마음을 손바닥 뒤집기보다 쉽게 바꾸는 자도 있지 않은가? 그런데 자네는 그렇지 않아. 그동안 내게 목숨을 바쳐 일하겠다는 의지를 보여주지 않았는가? 그런데 나는 자네에게 전쟁터에 나가 죽으라고 명령하고 있어. 죽어서 다시 태어나라고. 정말 어려운 일이지. 두충이 조환으로 새롭게 태어난다는 것이……. 우리 오랜만에 술이나 나누세. 술상을 준비하라 이르게."

두충은 곧 거실에서 물러갔다.

혼자 남게 된 하대곤은 감회에 젖어 한동안 눈을 감은 채 오래도록 앉아 있었다. 두충의 충정이 자못 그의 심금까지 울렸던 것이다.

순풍과 역풍

1

국내성은 출정을 며칠 앞두고 미묘한 긴장감과 믿기지 않는 호승심으로 들떠 있었다. 이미 지방의 각 부에서 보낸 군사와 말갈족을 합하여 1만, 전국에서 모병하여 훈련시킨 군사와 국내성 중앙군인 경군과 숙위군에서 차출한 병력 1만 5천 등 도합 2만 5천의 병력이었다. 또한 원정 도중 평양성에서 5천의 군사를 차출하여 총 3만의 대군이 출전할 예정이었다. 그중 전국에서 모병한 장정들은 전쟁 경험이 없어 두려움에 떨었고, 변방을 지키던 군사들과 말갈병은 사기가 충천하여 들뜬 분위기 속에서 출진 명령이 떨어질 날만을 기다리고 있었다.

대왕 사유는 이미 원정군의 사열을 통하여 병사들의 사기도 점검해 둔 마당이었다. 사기충천한 고구려 병사들을 볼 때 자신감을 갖게 될 정도로 크게 고무되기도 했지만, 마음 한편으로는 찜찜한 구석도 없지 않았다. 백제와의 전쟁에 대한 반대론자들이 많았던 데다, 농사철에 군사를 모병하면서 민심이 흉흉하다는 사실을 그 역시 잘 알고 있었기 때문이다. 더군다나 장차 고구려의 대들보가 되리라 믿었던 태자 구부가 백제와의 전쟁은 국력만 소모할 뿐이라며 전쟁불가론을 주장한 데 대해 괘씸한 마음을 삭일 수가 없었다. 국상 명림수부를 비롯하여 그를 추종하는 일부 대신들의 입김에 태자가 놀아난 것임을 모르지 않았다. 그러나 장차 자신의 뒤를 이어 고구려를 이끌어 갈 태자가 그렇게 귀가 얇아서야 어찌 나라 정사를 올바로 펼 수 있을 것인가, 큰 근심거리가 아닐 수 없었다.

모름지기 군주는 대신들의 입방아에 놀아나서는 안 된다는 것이 대왕 사유의 생각이었다. 그런 일관된 생각을 견지해 왔기에 대신들에겐 고집불통의 대왕으로 여겨지고 있다는 사실 또한 모르지 않았다. 그렇게 여러 가지 생각으로 번민을 거듭하고 있을 때, 태자 구부가 편전으로 들어와 예를 올렸다.

"폐하! 이번 전투에 소자를 보내주십시오."

전혀 생각지 못했던 태자의 말에 대왕은 자신도 모르게 몸을 앞으로 당겼다.

"무어라?"

"이번 전투에는 소자가 폐하를 대신해 원정군을 이끌겠나이다."

태자는 이미 결심이 굳게 선 듯, 자못 그 표정이 진지했다.

"이해할 수 없는 일이로다. 전에는 전쟁불가론을 펴더니 이젠 출전을 하겠다?"

"예, 폐하께서는 이곳 국내성을 지키셔야 하옵니다. 소자를 보내주시옵소서."

태자는 무릎걸음으로 한 발짝 대왕 앞에 더 다가섰다.

"그것은 아니 될 말! 짐이 이번에 백제를 치겠다는 것은 이태 전 치양 전투에서 패배한 것에 대한 설욕전의 의미가 강하다. 태자가 그것을 대신한다면 남들이 비웃을 일 아니겠는가? 이번 원정에서 반드시 백제군을 짓밟아 치양 전투의 치욕을 씻고자 하는 것이니, 더 이상 짐을 욕보이지 말라."

"폐하께선 이제 연로하십니다. 소자가 나가야 마땅하나이다."

태자 구부는 몸이 장대하고 기상도 늠름하였다. 그 패기 하나만으로도 믿음직스러운 데가 있었다.

"함부로 말하지 말라. 짐은 아직 늙지 않았다. 태자가 염려하는 바를 모르지 않는다만 걱정하지 말거라."

대왕 사유의 나이 이미 이순을 넘겼으나, 다른 사람의 말을 듣지 않는 그 고집만큼은 누구도 말릴 재간이 없었다. 더구나 그는 남다른 생각으로 이번 전투에 임하고 있었다.

이태 전 치양 전투에서 백제군에게 패할 때 적의 대장군은 백제 태자 수였다. 백제왕 구도 아니고 그의 아들과의 싸움에서 대패했다는 것은 수치였다. 따라서 대왕 사유는 그 보복전에 태자 구부를 내보낼 수 없는 일이라고 생각했다. 더구나 태자는 직전까지 전쟁불가론을 주장하던 입장이었으므로, 그가 대장군으로 전쟁에 임했을 때 고구려군의 사기가 그만큼 위축될 가능성이 높았다.

"태자는 국내성을 지켜야 한다. 백제와의 전투를 틈타 혹시 변방을 침입하는 세력들이 있을지 모르니 경계에 빈틈을 보여서는 안 될 것이다."

대왕이 막 말을 마치고 태자를 물러가라 이를 참인데, 때마침 왕자 이련이 편전으로 들어섰다.

"폐하! 이번 전투에 소자도 참여시켜 주시옵소서."

대왕은 태자에 이어 왕자까지 출전하겠다고 나서자 다시금 놀라지 않을 수 없었다.

"아니, 오늘 너희들이 약속이나 한 듯 전장에 나가겠다고 하니, 이것이 대체 어찌된 일이냐?"

"약속한 바 없사옵니다. 이번에 폐하를 따라 전장에 나가 전투 경험을 쌓고 싶사옵니다."

왕자 이련은 내심 부왕의 신임을 얻고 싶었다. 그리하여 무엇보다 하가촌 연화와의 혼사 이야기를 꺼내고 싶었던 것이다.

"그 용기가 가상하구나. 그러나 전투를 하기에는 아직 어리다. 너는 태자인 형과 함께 국내성을 지키도록 하라."

대왕은 모처럼 얼굴 가득 미소를 떠올리며 두 아들을 대견스러운 눈으로 바라보았다.

"폐하, 소자의 출전을 허락해 주시옵소서. 이번 전투에서 소자가 폐하 곁을 지키겠나이다. 형님, 아니 태자 전하께서도 제가 출전할 수 있도록 폐하께 청원을 드려주십시오."

이련은 대왕과 태자를 번갈아 바라보며 간절한 눈으로 호소했다.

"폐하! 마땅히 이번 전투에 소자가 나가야 하옵니다만, 허락을 아니 해주시니 어쩔 도리가 없습니다. 하오나 아우의 말에도 일리가 있는 듯하오니, 이는 허락하심이 어떠하올는지요? 소자나 아우나 폐하의 안위를 걱정하는 마음에서 청원을 드리는 것이옵니다. 소자도 열 살 때 연나라에 사신으로 간 적이 있었지 않사옵니까? 당시 연나라 모용황에게 볼모로 잡힐까 두려움도 컸지만, 그때의 경험이 지금까지 큰 도움이 되고 있사옵니다. 당시 열 살밖에 안 되었으나, 소자는 나라가 강해야 이웃나라가 함부로 넘보지 못한다는 사실을 뼈저리게 느꼈사옵니다."

태자 구부의 말에 대왕은 눈을 감았다. 벌써 오래전의 일이었지만, 그 수모의 뼈아픈 기억만큼은 잊을 수가 없었다.

대왕 사유가 왕위에 오른 지 9년째 되던 해에 연나라 모용황이 군사를 일으켜 고구려 변경인 신성으로 쳐들어왔다. 고구려가 화해를 요청하자, 그 대신에 모용황은 왕자를 연나라에 사신으로 보내라고 요구했다. 다음 해에 당시 겨우 열 살이었던 왕자 구부를 연나라에 사신으로 파견하면서 안타까워했던 일이 주마등처럼 스쳐 지나갔다. 왕자를 오래도록 볼모로 붙잡아두면 어쩌나 걱정했지만, 다행히도 모용황은 해마다 조공을 바칠 것을 요구하며 고구려로 되돌려 보냈다. 그러나 고구려는 해가 지나고 나서도 연나라에 조공을 하지 않았으며, 2년 후에는 오히려 환도성과 국내성을 증축하는 등 연나라의 침공에 대비했다. 그러자 모용황은 연나라 대군을 이끌고 고구려에 침입해 환도성을 함락시키고 태후와 왕후는 물론 미천왕의 시신까지 파헤쳐 연나라로 회군했던 것이다.

"흐음……."

대왕 사유는 신음을 깨문 채 한동안 침묵했다. 눈을 꾹 감고 여러 가지 생각을 거듭했다. 그에게 과거는 번뇌의 도가니에 다름 아니었다. 번뇌가 쌓이고 쌓여 가슴에 큰 응어리가 생겼다. 울화는 가슴 저 밑바닥으로부터 올라오고 있었다. 모용황에게 당한 굴욕을 씻어내기도 전에 연나라는 사양길로 접어들었다. 그 반면에 이번에는 백제가 세력을 키워 고구려의 남쪽 변경을 위협했다. 더 이상 세력을 키우기 전에 싹부터 잘라내야, 예전에 연나라 모용황에게 당한 것과 같은 치욕을 면할 수 있을 것이라는 생각이 온통 그의 내면을 지배하고 있었다. 그리고 그 초조감은 마음속에서 전쟁의 불씨로 되살아나게 만들었다. 이태 전 백제와의 전투에서 패하고 나서 느꼈던 초조감은 더욱 팽배하게 부풀어 올라 곧 터지기 직전의 화농성 종기와도 같았다. 가시에 찔리거나 칼에 베었을 때보다 더 참기 어려운 것이 바짝 독이 올라 곧 터지려는 종기의 근질거림이었다. 종기는 터뜨려서 그 안에 들어 있는 고름을 빼내야 근치될 수 있었다.

지금 대왕 사유는 화농성 종기를 앓고 있는 환자였다. 그는 그 종기를 백제와의 전쟁을 통해 치료하려고 작정한 마당이었다. 종기는 앓고 있는 환자만이 그 아픔을 실감할 수 있었다. 옆에서 아무리 걱정해 주는 사람이 있다 하더라도 그들로선 당사자가 아니므로 뼛속까지 스미는 듯한 통증에 공감할 수 없을 것이었다. 대왕으로선 종기의 아픔을 억지로 참고 있는데 옆에서 자꾸 참견하고 건드려대자 울화만 더욱 증폭되었다.

"폐하! 소자의 청을 들어주시옵소서!"

왕자 이련이 다시 읍소했다.

"정 그러하다면 나가거라. 대신 전장에 나가서도 너는 짐의 곁을 절대 떠나서는 안 된다. 알겠느냐?"

마침내 대왕은 왕자 이련의 출전을 허락했다. 아직 어린 나이라 미더운 생각이 들지 않았으므로, 그저 자신의 곁에 붙잡아두고 전투나 관전케 하려고 마음먹었던 것이다.

2

동부의 군사 1천을 이끌고 국내성에 당도한 두충은 일단 성의 동문 밖에 군막을 쳤다. 그리고 그곳 들판에서 군사들을 조련시키던 어느 날 밤, 그는 갑옷을 벗고 평복으로 갈아입었다. 그의 옆에는 말구종으로 따라온 사기가 있었다. 사기는 기마부대 소속으로 기마대장 해평의 수하가 되었으나, 그가 스스로 두충에게 찾아와 이번 출정에 참여할 수 있도록 해달라고 간절히 청하는 바람에 그 소원을 들어주었던 것이다.

평복으로 옷을 갈아입는 두충을 보고 사기가 물었다.

"어디를 가시려고요?"

"성내에 좀 다녀올 일이 있다."

"그러면 소인도 따라가겠습니다요. 주인님 가시는 길에 말구종이 따라가지 않으면 안 되지요. 말구종은 주인님의 그림자인데."

사기는 그러면서 헤헤거리고 웃었다. 그런 사기를 언뜻 바라보던 두충이 말했다.

"허긴 네 말이 맞구나. 나는 이제부터 초피 장사꾼이니 너는 말구종 노릇을 해야 하느니라. 얼른 옷부터 갈아입어라."

두충과 사기가 국내성으로 들어간 것은 설핏 해가 서녘으로 기울어가는 저녁 무렵이었다. 해가 서쪽 산등성이로 다가갈수록 하늘은 점점 붉게 물들면서 그 취기를 푸른 들녘에 물감처럼 풀어놓고 있었다. 국내성에는 출정을 앞두고 거리 곳곳에 창칼을 든 병사들이 군집해 있었고, 말을 탄 일군의 무리들이 급히 어디론가 달려가는 모습도 간간이 목격되었다.

시장의 장터마당은 일몰 직전에 이미 파장이었다. 전쟁 분위기가 감돌면서 장사가 잘 안 되니 일찌감치 짐을 싸서 숙소로 돌아가는 장사꾼들만 더러 보일 뿐이었다. 장사꾼들마저 그러니 일반 백성들은 아예 집에 틀어박혀 문밖출입조차 삼가고 있어, 사람의 자취를 찾아보기 어려울 정도로 거리는 텅 비어 을씨년스럽기만 했다.

막 판을 걷고 있는 서역 대상에게 초피 두 장을 팔아 은화를 챙긴 두충은 그것을 가죽 주머니에 넣어 소매 속에 간직한 채 어디론가 급히 걸음을 서둘렀다.

"이제 어디로 가시려고……?"

사기가 슬며시 두충의 눈치를 살피며 바짝 그 뒤를 따라붙었다.

"조용히 따라오기나 해라. 가보면 안다."

두충은 말을 아꼈다. 그러면서도 눈길만큼은 부지런히 좌우로 움직이며 주변을 두루 살폈다. 그는 주막에 들러 술병도 하나 챙겨 사기에게 건넸다.

사기는 술병을 받아 바랑에 넣고 부지런히 두충의 뒤를 따랐다. 여러 번 대로와 골목을 돌고 돌아 두충이 발길을 멈춘 곳은 국내성 감옥이었다. 이젠 골목이 캄캄해 등불에 의지하지 않고는 길을 걷기조차 어려울 정도였다.

감옥을 지키던 두 명의 옥리가 두충을 가로막았다.

"누구냐?"

"옥사장을 불러주게."

두충은 옥리 한 사람에게 귓속말로 속삭였다.

"……?"

옥리는 그저 영문을 몰라 큰 눈만 꿈적거렸다.

도대체 말귀를 못 알아듣는 옥리의 요령부득이 답답하기만 하다는 듯, 두충은 끌끌 혀를 찼다. 그러더니 얼른 소매 속의 가죽 주머니에서 은화 두 닢을 꺼내 옥리에게 건네주며, 다시 그의 귀에다 대고 속삭였다.

"이 사람아, 눈치가 있어야지."

두충은 눈까지 찔끔거리며 옥리의 옆구리를 찔렀다.

"잠시 기다리슈."

얼른 은화를 챙긴 옥리는 동료에게 다가가 뭐라고 귓속말을 지껄인 후 어디론가 부지런히 걸어갔다.

잠시 후 옥사장이 나타나자, 두충은 허리를 깊이 한 번 꺾은 후 아무도 모르게 은화가 든 가죽 주머니를 통째로 쥐어주었다.

"왜 이러시오?"

가죽 주머니를 슬쩍 허리춤으로 숨긴 옥사장이 퉁명스럽게 물었다.

"옥에 갇힌 석정 스님을 좀 만나게 해주시오."

옥사장에게만 들리도록 작은 소리로 속삭인 두충은, 이제 고개를 반듯하게 들고 상대를 향해 눈을 찡끗했다. 뇌물을 먹였으니 칼자루는 이쪽에서 쥐고 있는 셈이었던 것이다.

"아, 그 괴승은 곤란한데……. 대왕 폐하의 엄명이 계셔서."

옥사장 역시 작은 소리로 두충에게 귀띔을 하며 무척이나 망설이는 눈치였다. 그의 마음속에서는 가죽 주머니에 든 은화를 다시 내줄 것인가 말 것인가를 두고 저울질이 진행중일 터였다. 그 빤한 수작을 알고 있는 두충이 혀를 차며 말했다.

"허헛, 참! 난 초피 장사꾼이오. 장사 한두 번 하는 것도 아니고, 뭘 그리 망설이시오? 얘야, 그것 이리 다오."

두충이 손짓을 하자, 사기는 벌써 눈치를 채고 얼른 바랑 안에서 술병을 꺼냈다.

"아니, 이러면……."

"허허, 출출할 때 한 잔씩들 드시오."

두충은 그러면서 마음 느긋하게 뒷짐을 지었다.

결국 옥사장은 은화가 든 주머니와 술 한 병에 마음을 바꾸었다.

"따라오시오."

결심을 굳힌 옥사장이 앞장을 섰다.

"너는 예서 잠시 기다리거라."

두충은 사기에게 한마디 던지고 옥사장의 뒤를 따라 감옥 안으로 들어섰다.

곧 두충은 옥사장의 안내를 받아 석정이 갇혀 있는 곳으로 갔다. 다른 칸에는 죄인들이 여러 명씩 들어 있는데, 석정이 갇힌 곳에는 한 사람밖에 없었다. 그는 면벽을 한 채 조용히 기도를 드리고 있었다.

"석정 스님, 내가 왔소!"

두충이 석정의 등 뒤에 대고 말했다.

"초피 장사꾼이구먼!"

"아니, 돌아보지도 않고 어떻게 아시오?"

"나는 뒤통수에도 눈이 달려 있다오."

석정이 천천히 돌아앉아 무릎걸음으로 나무 창살 있는 곳까지 다가왔다.

"허튼수작하면 가만두지 않겠소. 빨리 끝내고 나오시오."

옥사장은 그러더니 서둘러 옥에서 나갔다. 겉으로는 엄포를 주고 있지만, 기실은 일부러 자리를 피해 주는 것이었다.

"석정 스님, 내가 올 줄 알고 있었군요?"

"드디어 고구려에도 광야의 바람이 불기 시작했군!"

석정은 엉뚱한 소리를 늘어놓고 있었다.

"광야의 바람이라니? 그게 무슨 소리요?"

"내가 고구려 구중궁궐에 들어와 있으니 하는 말이외다."

갈수록 석정의 말은 안갯속을 맴돌고 있었다.

"스님, 알아듣게 설명 좀 해주시오. 변죽만 울리지 말고."

"허어, 이렇게 말귀를 알아듣지 못해서야 어디 큰 장사꾼 노릇을 제대로 할 수 있겠소?"

"스님이 내게 큰 장사꾼 시켜 줄 요량이라도 있으신 모양이구려."

"내 말만 잘 들으면 그 정도쯤이야 뭐 어려울 게 있겠소?"

석정은 그러면서 씨익, 이를 드러내고 웃었다.

"그러나저러나 이번 백제와 일전을 치른 후에 대왕 폐하께서 스님을 극락으로 보낼 모양이오."

두충은 너무도 태연한 석정의 태도에 뭔가 믿는 구석이 있는 듯도 하여 넌지시 떠보았다.

"허허, 대왕 폐하가 뭐 부처라도 된단 말이오? 고맙게도 이 돌중을 극락에 보내주겠다니……."

석정은 큰 소리로 말하더니 이내 껄껄대고 웃었다.

"남들이 듣겠소. 그래, 따로 자구책은 마련해 놓은 게 있으시오?"

두충은 목소리를 낮추어 물었다.

"생명이란 하늘이 준 것. 그러니 하늘에 맡겨야지 따로 무슨 잔꾀를 낸단 말이오? 큰 나무는 바람이 부는 방향으로 가지를 기울이고, 바람이 멈추면 그때 제자리로 돌아오는 법이오. 어줍지 않게 뻗대는 나무는 바람과 맞서려다 가지가 뎅겅 부러지고 말지. 이 돌중은 오래도록 광야의 바람을 견뎌온 몸. 그래서 그 바람을 몰고 고구려로 돌아왔으니, 역풍에 맞서다 가지가 부러지는 일은 없을 것이오. 그저 바람의 순리에 따를 뿐이지."

석정의 말에 두충은 그때서야 그 의미를 깨달았다.

방금 전에 석정이 광야의 바람 어쩌고 한 것이 바로 그 자신을 지칭한 것임을 두충은 비로소 알 수 있었다. 그렇다면 그가 말하는 역풍이란 대왕 사유를 가리키는 말일 것이었다.

"역풍이 너무 세면 큰 나무도 뿌리까지 뽑힐 수 있습니다."

"허허, 너무 염려할 필요 없소이다. 역풍은 잠시 잠깐……. 이렇게 구중궁궐의 안전한 곳에 들어와 앉아 있는데 무얼 걱정하겠소? 전장에 나가는 군사들이 걱정이지."

"스님께선 이번 전쟁을 어찌 보십니까?"

두충은 이쯤에서 본론을 꺼내보기로 했다.

"그 역시 바람의 순리에 맡길 수밖에. 역풍은 그 속에 성냄과 아집을 숨기고 있는데, 그래서 한 번 억지를 부리면 거세게 몰아치나 꺾일 때는 속수무책! 그걸 조심해야 하오. 역풍 다음에 오는 고요, 그것이 무서운 거지."

석정의 말은 어떤 암시로 표현되고 있었다. 그러나 그 정도를 알아듣지 못할 두충 또한 아니었다.

"역풍 다음의 고요라니요? 이번 전쟁에서 고구려가 패하고 백성이 흉년과 풍토병으로 고생한다는 말씀입니까?"

"허허, 내 언제 그런 말을 했다는 거요? 전쟁이 아니라 자연의 순리를 이야기했을 뿐."

"역풍이 불 때는 그 자리를 지키기보다 더 안전한 곳으로 피하는 것이 좋지 않겠습니까?"

두충은 파옥을 해서라도 석정을 구해 주고 싶었다.

"아니 될 말씀. 이곳이 가장 안전하오."

석정은 바로 알아들었다.

"전쟁 후의 일이 걱정되지 않습니까?"

"이번 전쟁은 길게 끌지 않을 것이오. 역풍은 잠시 잠깐, 그 뒤에 오는 고요가 무섭다고 하지 않았소? 누가 이기고 지든 그 뒤에 오는 흉흉한 민심을 어찌 두려워하지 않을 것이오. 이번 전쟁은 승패에 관계없이 민심을 잃는 큰 손실을 입을 것이니, 결국 이겨도 지는 격이 아니겠소? 민심이 바로 순풍이외다."

이 같은 석정의 말을 듣고 나서야 두충은 적이 마음을 놓을 수 있었다.

고구려가 전쟁에 이겨도 민심 때문에 대왕 사유는 석정 자신을 처단하지 못할 것이라고 굳게 믿고 있었던 것이다. 두충은 그 깊은 뜻을 간파했으므로 더 이상 석정에 대해서는 걱정할 필요가 없다고 생각했다.

"그럼 스님, 몸조리나 잘하시오."

두충은 석정을 뒤로하고 감옥에서 나왔다. 그는 옥사장에게 따로 마련해 두었던 금붙이를 주고, 그것으로 가끔 넉넉하게 석정에게 사식을 넣어 달라고 부탁했다.

감옥을 벗어나자 사기가 두충에게 물었다.

"석정 스님은 이번 전쟁을 어떻게 예상하고 있습디까?"

"고구려는 이기든 지든 큰 손해를 볼 거라고 그러네. 민심이 흉흉하니 그럴 수밖에……."

두충은 말끝에 긴 한숨을 빼어 물었다.

그림자처럼 두충의 뒤를 따르는 사기는 무엇인가를 깨달았다는 듯 그저 저 혼자 고개를 주억거리며 묘한 웃음을 흘렸다. 이때 두충은 앞장서서 걸어갔기 때문에 사기의 그런 모습을 전혀 눈치채지 못했다.

3

왕자 이련까지 전투에 참여한다는 소문이 퍼지자 고구려 조정에서는 다시 한번 전쟁불가론이 불거져 나왔다. 이미 보릿고개를 넘어서서 군량미 보급에 큰 지장은 없었으나, 한 달이나 지속되는 가뭄으로 농작물들이 채 결실을 맺기도 전에 말라죽을 판이었다. 더더구나 출전을 앞두고 연일 맹훈련을 거듭하는 군사들 사이에서는 일사병에 걸려 쓰러지는 자가 속출하고 있었다.

편전에는 대신들이 모여 있었고, 국상 명림수부가 대왕 사유 앞에 부복하여 아뢰었다.

"폐하! 지금은 군사를 일으킬 때가 아닌 줄로 아옵니다. 한 달 이상 계속되는 가뭄으로 백성들의 가슴이 타들어가고, 민심 또한 흉흉하옵니다. 더위에 지친 군사들도 원성이 높사옵니다. 가만히 있어도 겨드랑이에서 줄줄 땀이 흘러내리는데, 어찌 백잔(백제의 비칭)과 싸워 이길 수 있겠나이까? 백잔은 앉아서 우리를 맞이하는 입장이고, 우리 고구려군은 고단한 원정길에 나서는 어려움이 있사옵니다. 더위에 원정길의 험난함은 불을 보듯 뻔한 노릇이고, 전장까지 가는 동안 군사들은 지쳐 적과 싸울 힘조차 없을 것이옵니다. 이때를 기다려 백잔의 군사가 힘을 모아 아군을 들이친다면 그야말로 속수무책이니, 원정은 가을걷이를 끝낸 다음으로 미루는 게 옳은 줄로 아뢰옵니다."

"국상! 또 그 소리요? 어찌 같은 소리를 반복하여 입에 담는 것이오? 이미 변방의 군사들까지 동원된 마당에 그들을 다시 돌아가게 한다는 것은 있을 수 없는 일이오. 군사들의 사기 문제도 있고, 국력 소모도 이만저만이 아님을 왜 모르시오?"

대왕 사유는 지극히 못마땅한 표정으로 국상을 노려보았다. 짜증이 끈적끈적하게 땀으로 묻어나는 그 얼굴에선 진노한 표정이 역력했다.

"곧 우기가 닥칠지도 모르옵니다. 우기에 원정을 나가는 것은 군사들을 더욱 지치게 만들 것이옵니다."

대사자 우신은 국상과 같은 전쟁불가론을 주장하는 핵심 인물이었다.

"그 말 한번 잘했소. 지금 한 달 동안의 가뭄으로 압록강은 수심이 낮아 군사가 도강하기 딱 알맞은 때요. 우기가 시작되기 전에 강을 건너 수곡성(신계)을 쳐야만 하오. 패하(예성강) 또한 물이 줄어들었을 것이니, 수곡성을 되찾고 나서 강을 건너 쫓기는 백잔의 군사들을 추격해 모조리 격퇴시켜야만 하오. 이태 전 수곡성을 빼앗겼을 때의 일을 잊으셨소? 그 원한을 이제 갚아야 할 때가 왔단 말이오. 태백산에서 베어낸 통나무를 뗏목으로 엮어 띄우고, 그것을 모아 부교까지 만들어놓은 공력을 이제 와서 전부 무위로 돌릴 수는 없는 일이오. 예정대로 이틀 후 출정할 것이니 그리 아시오. 지금 이후 더 이상 전쟁불가론을 거론하는 자가 있다면 이 칼로 엄히 다스릴 것이오."

대왕 사유는 의자에서 벌떡 일어나더니 칼걸이에 걸려 있던 환두대도를 손으로 움켜잡았다. 칼집에서 직접 칼을 빼어 들지는 않았지만, 편전 안에는 일순 긴장감이 감돌았다.

아무도 나서는 대신들이 없었다. 편전에는 팽팽한 긴장감 속에서 한동안 침묵만 이어졌다.

다시 대왕의 날선 목소리가 편전을 울렸다.

"더 이상 할 말이 없다는 것으로 받아들여도 되겠소?"

대왕의 눈엔 핏발이 서 있었다. 증오심으로 이글이글 불타는 그 눈은 대신들 한 사람 한 사람을 돌아가며 노려보고 있었다.

편전에는 열탕처럼 찌는 더위 속에서 숨 막히는 침묵만 계속되고 있었다.

"예정된 날짜에 출정할 것이오. 그리 알고 돌아들 가시오."

대왕 사유의 목소리는 아까보다 조금 누그러진 듯했으나, 그 결기는 단호했다.

그로부터 이틀 후, 마침내 출전의 날이 밝았다. 7월 초로 접어든 날씨지만 이슬이 내린 새벽에는 더위도 한풀 꺾여 신선한 공기를 맛볼 수 있었다.

새벽부터 지방 각 부에서 온 군사들이 국내성 동문 앞으로 집결했다. 국내성 중앙 군사들과 급히 모병하여 훈련시킨 병사들, 그리고 말갈족 병사들까지 모두 집합하자 2만 5천의 군사가 대열을 이루어 자못 의기충천해 있었다. 군사들마다 하늘을 향해 치켜든 깃발과 창칼이 새벽 공기를 더욱 총기 있게 만들었고, 압록강에서 둑을 타고 슬금슬금 넘어온 안개가 들판을 자욱하게 점령했다. 그런 와중에도 군사의 대열은 끝이 보이지 않을 정도로 장엄하게 펼쳐져 있었다.

그 많은 병력이 압록강을 건너는 것은 결코 쉬운 일이 아니었다. 출전하기 며칠 전부터 뗏목을 엮어 부교를 만들었는데, 대군이 도강을 하려면 시간도 많이 걸릴 뿐만 아니라 뗏목이 끊어져 강물에 휩쓸려 내려갈 위험도 있었다. 병사들은 뗏목 위에서는 더위와 싸우고, 때론 물에 빠져 사투를 벌여야만 했다.

군막 안에서는 대왕 사유가 각각 부대를 이끄는 장수들을 불러 원정에 앞서 작전회의를 열고 있었다. 대왕 옆에 왕자 이련이 서 있었고, 그 맞은편으로는 고구려 서북변 요새인 신성의 성주로 군사 3천을 끌고 온 선봉대장 연수를 비롯한 지방 각부의 장수들, 중군의 삼군대장군 고계와 그의 휘하 장수들, 보급부대를 호위하는 후군의 장군 양정 등이 둘러선 채 그 가운데 탁자 위에 펼쳐진 지도를 바라보고 있었다.

"오늘부터 도강 작전에 들어갈 것이오. 문제는 도강 완수 후 어느 방향으로 수곡성까지 대군을 진군시킬 것인가에 있소. 의견들을 말해 보시오."

"일단 압록강을 건너고 나서 평양성까지는 선봉군, 중군, 후군 순으로 이동하면 무난할 것입니다. 그다음은 각 군이 길을 나누어 수곡성까지 진군토록 하는 것이 좋을 듯싶습니다."

삼군대장군 고계가 먼저 지휘봉으로 지도를 가리키며 입을 열었다.

"평양성에는 5천의 군사가 우리를 기다리고 있습니다. 그들은 고구려 남쪽 지리에 밝으므로 선봉군에 편입시켜야 할 것이고, 따라서 우리 선봉군은 평양의 군사와 함께 가장 빠른 길을 택해 수곡성까지 이동해야 합니다. 지도상으로 보면 평양에서 수안을 거쳐 수곡성으로 빠지는 길이 지름길입니다."

선봉대장 연수가 말했다.

"그럼 선봉군은 평양성 군사와 합류하여 그들의 길안내를 받아 수곡성으로 진군토록 하시오. 다음, 중군은 어느 길을 택할 것이오?"

대왕 사유는 그러면서 중군을 이끌 삼군대장군 고계를 바라보았다.

"우리 중군은 평양성에서 일단 황주를 거쳐 재령천을 따라 사리원까지 가고, 거기서 다시 서흥천 동북 천변으로 해서 수곡성에 이르는 길을 택하는 것이 좋을 듯합니다. 이 길은 약간 우회하는 길이나 천변을 따라 가는 노선이라 진군하기에 편리하므로, 중군의 뒤를 이어 보급부대를 이끄는 후군도 이 길을 이용하는 것이 좋을 것입니다."

고계는 그러면서 둘러선 휘하 장수들의 의견을 물었다. 후군을 맡은 장군 양정도 말없이 고개만 주억거리고 있었다. 두 갈래의 원정길은 누가 보더라도 달리 방도가 있을 수 없으므로 이견이 나올 리 만무했다. 이는 사전에 대왕 사유와 각 군을 이끄는 세 명의 장군들이 설정해 놓은 노선이므로, 이 작전회의는 휘하 장수들에게 길을 인지시키기 위한 의례 절차에 불과했다.

"선봉군은 지름길을 택해 빠르게 진군하여 먼저 수곡성을 급습하도록 하시오. 백잔들이 방어태세를 미처 갖추기 전에 성을 함락시켜야 하오. 시간을 지체하게 되면 백잔의 원군이 패하를 건너 수곡성으로 입성하게 되오. 패하 북변 요새에 자리한 수곡성의 경우 적은 병력으로도 농성이 가능하고, 물의 수급이 어렵지 않아 장기전에 돌입하면 우리 원정군이 도리어 불리하게 될 우려가 있소."

대왕 사유의 말에는 2년 전 백제에게 빼앗긴 수곡성을 되찾기 위하여 고심한 흔적이 곳곳에서 엿보였다.

작전회의가 끝나고 군막을 나오자 자욱하게 끼었던 안개가 서서히 걷히고 있었다. 말 위에 높이 올라앉아 전열을 가다듬은 군사들을 바라보는 대왕의 금빛 투구와 갑옷이, 구름 사이로 비쳐 드는 햇살에 반사되어 번쩍거렸다. 바로 그 옆에 왕자 이련이 역시 투구를 쓰고 갑옷을 차려입은 모습으로 자못 위엄을 보이며 서 있었다.

"출진하라!"

대왕은 삼군대장군 고계에게 출진 명령을 내렸다.

"출진이다! 대왕 폐하 만세, 만세, 만만세! 고구려 만세!"

고계가 큰 소리로 외쳤다.

"대왕 폐하 만세, 만세, 만만세! 고구려 만세!"

2만 5천의 군사가 동시에 창과 칼을 하늘 높이 치켜올리며 고함을 질렀다. 창칼의 번뜩임이 자못 군기의 날카로움을 느끼게 했다.

도강은 선봉군, 그다음이 본대인 중군, 보급부대와 경계 병력인 후군 순으로 진행되었다. 고구려군의 선봉에선 개마무사들이 기마대를 이끌고 먼저 뗏목으로 만든 부교를 통해 강을 건너기 시작했다. 원정군의 선봉은 기마대를 비롯하여 말갈부대, 지방 각 부의 정예군까지 1만이었다. 그다음은 중군으로 대왕 사유가 이끄는 중앙군과 이번 전투에 처음으로 차출된 농민군들이 주류를 이루고 있었으며, 군사는 역시 도합 1만이었다. 그리고 건초와 군량미를 실은 보급부대와 그것을 보호하기 위해 배치한 병력 5천이 그 뒤를 따랐다.

예상했던 바이지만 압록강 도강은 순조롭지 않았다. 뗏목으로 만든 부교가 몇 번이나 끊어져 말과 군사가 강물에 떠내려가는 사태가 속출했고, 그때마다 배를 띄워 물속에서 허우적대는 인마를 구해 내고 끊어진 뗏목을 다시 잇느라 비지땀을 흘렸다.

2만 5천의 군사가 도강을 다 마치는 데 꼬박 하루가 걸렸다. 도강하다 수장당한 군사와 도중에 겁을 먹고 도망친 군사들까지 합하여 기백을 헤아렸다. 특히 급히 차출해 훈련시킨 농민군 중에서는 일부러 뗏목 위에서 강물로 떨어져 죽는 시늉을 하다 헤엄을 쳐 도망치는 경우가 많았다.

선봉대로 도강을 끝낸 두충은 말구종으로 따라온 사기가 보이지 않자, 처음에는 뗏목이 끊어질 때 강물에 빠져 죽은 줄로 알았다. 그러나 늘 자신의 곁에 붙어 있었으므로 그럴 가능성은 희박했다. 그렇다면 다른 한 가지 가능성은 전쟁이 벌어지기도 전에 무서워서 도망쳤다고 볼 수밖에 없었다.

"한심한 놈이로군!"

그러면서도 두충은 뭔가 미심쩍은 구석이 있어 자꾸만 고개를 갸우뚱거렸다.

4

패하 북쪽 언덕 위에 높다랗게 솟아오른 수곡성은 남쪽 방향이 깎아지른 절벽으로 이루어진 천연의 요새였다. 그리고 동서북 3면으로는 높다랗게 석성을 쌓아 올려 제법 웅장한 위용을 자랑했다. 성 양편에 깊은 계곡을 끼고 있는 데다 패하를 뒤로하여 강 언덕을 차지하고 있었으므로, 북쪽으로 열려 있는 너른 들판을 굽어보고 있는 형국이었다. 따라서 성루에서 바라보면 시야가 확 트인 3면의 너른 들판이 한눈에 들어와 경계하기에 좋은 조건을 갖추고 있었다.

이미 고구려군이 수곡성을 치기 위해 군사를 모으고 있다는 정보를 접한 백제 대왕 구는 직접 도성의 군사 1만을 이끌고 출동했다. 태자 수는 2년 전 치양 전투 때 크게 반격하여 고구려의 수곡성까지 점령한 명장이었지만, 이번에는 한성에 남겨두었다. 신라와는 서로 사신이 오갈 정도로 상호 우호적인 입장이었지만, 그래도 대왕과 태자가 모두 도성을 비울 수는 없는 일이었다.

태자가 먼저 수곡성을 지키기 위해 떠나겠다고 자원했지만, 대왕 구는 이번 기회에 고구려 대왕 사유와 전면전을 치러보고 싶었다. 내심 고구려군의 힘을 몸으로 느껴보리라 마음먹었던 것이다.

한성의 군사 1만을 이끌고 수곡성에 입성한 대왕 구는, 다시 성벽을 정비하고 군사들을 조련시키면서 만반의 준비를 갖춘 후 고구려 원정군이 나타나기만을 기다리고 있었다. 2년 전에는 고구려군이 2만의 병력으로 치양성을 쳤으나, 이번에는 원정군이 3만의 대군이라는 정보가 있어 피아간에 만만치 않은 전투가 벌어질 것으로 예상되었다. 백제는 전쟁에 대비하여 고구려 곳곳에 밀정을 보내 수시로 각종 정보를 접수하고 있었던 것이다.

패하로부터 안개가 피어올라 성곽을 구름처럼 에워싸던 어느 날 새벽, 수곡성을 향하여 급히 달려오는 준마가 한 필 있었다. 말 위에 탄 사내는 고구려군 복장이었으나, 등에 흰 깃발을 꽂고 있었다. 높이 솟은 수곡성의 누각에서 그 모습을 바라보던 백제 군사 하나가 급히 대왕 구에게 달려와 보고했다.

"폐하, 고구려에서 사자가 왔습니다. 헌데 등에 백기를 꽂고 있습니다."

"무엇이? 전쟁도 하기 전에 사자를 보낼 리는 없고, 백기라니?"

의아하게 생각한 대왕 구는 장군 막고해에게 사실 확인을 명했다.

급히 성루로 달려간 막고해가 바라보니 성문 앞에 당도한 것은 태자 수가 파견한 밀정이었다. 그는 바로 고구려에서 두충의 말구종 노릇을 하던 사기였는데, 밤낮으로 말을 달려온 듯 거의 기진맥진한 상태로 말에서 뛰어내리자마자 땅바닥에 그대로 엎어졌다.

날이 이미 환하게 밝았으므로 막고해는 육안으로도 그가 곧 사기임을 알아볼 수 있었다.

"저자는 우리 백제의 밀정이다. 어서 이곳으로 데려오너라."

막고해의 명을 받은 졸개 하나가 급히 성문을 열고 나가 사기를 부축하여 성루로 데려왔다.

"장군! 사기, 임무를 마치고 무사히 도, 돌아왔나이다."

허기가 져 눈자위까지 움푹 들어간 사기가 털썩 무릎을 꿇으며 한 말이었다. 그의 목소리는 겨우 말을 새겨들을 수 있을 정도로 메말랐고, 혀가 갈라진 듯 발음조차 제대로 되지 않았다.

막고해가 졸개에게 명령했다.

"이자에게 물을 갖다주거라."

졸개가 물을 한 바가지 갖다주자 사기는 벌컥벌컥 들이켰다. 거의 한 바가지 물을 다 마시고 나서 겨우 정신을 차린 듯, 게게 풀렸던 그의 눈동자가 점차 제 모습으로 돌아왔다.

"자, 장군!"

사기가 새로 가져온 정보를 전하려고 했다.

"함부로 발설하지 말라. 이자에게 먹을 것을 주어 잠시 휴식을 취하게 한 후 내 처소로 다시 데려오도록 하라."

막고해는 먼저 성큼성큼 걸어 자기 처소로 돌아갔다.

원래 사기는 백제 왕궁에서 국용마를 기르던 말먹이꾼이었다. 그는 말을 잘 기르기로 유명했는데, 특히 말발굽 가는 데는 명수로 알려져 있었다. 그러나 원숭이도 나무 위에서 떨어질 때가 있는 법, 그는 어느 날 태자 수가 타는 말의 발굽을 갈다가 그만 큰 상처를 입혔다. 태자 수의 애마는 털빛깔이 눈처럼 흰 명마였다. 말이 발굽에 상처를 입으면 제대로 달리지 못하니 치명적인 실수를 저지른 것이었다. 이젠 죽었구나, 하는 생각이 들자 사기는 그 즉시 백제의 국경을 벗어나 고구려 땅으로 도망쳤다. 압록강 중류 하가촌의 종마장으로 흘러든 그는, 자신을 고구려 출신이라고 속인 후 그곳에서 말먹이꾼으로 일했다. 그러다가 2년 전 대왕 사유가 백제를 치기 위해 고구려군을 출정시킬 때, 하대용이 보낸 말 1백 두를 관리하는 임무를 맡아 출전하게 되었다.

이때 사기는 고구려군에서 몰래 탈출하여 치양성의 태자 수가 이끄는 백제군에게 투항했다. 그는 태자 수와 장군 막고해 앞에 나가 자신이 전날 백마의 말발굽에 상처를 입힌 말먹이꾼임을 자백하고 나서 사죄를 청했다.

"진정 네가 내 애마에게 상처를 입힌 그 말먹이꾼이더냐? 그런데 어찌 고구려군의 복장을 하고 있는 것이냐?"

태가 수는 무서운 눈으로 사기를 쳐다보았다.

"예, 그러하옵니다. 백마에게 상처를 입힌 후 고구려로 도망쳐 말먹이꾼 노릇을 하다가 이번에 고구려 원정군에 차출되어 이곳에 오게 되었습니다. 소인은 백제인으로서 더 이상 고구려인 행세를 할 수 없다고 생각했습니다. 그래서 탈출해 이렇게 태자 전하께 백배사죄를 청하는 것이옵니다."

"허면 네놈이 그 목숨과 맞바꿀 수 있는 선물을 가지고 온 것이렷다?"

태자 수는 사기의 당당한 모습에서 이미 그 속내를 짐작하고 있었다.

"예, 그러하옵니다."

"어서 말해 보거라. 적의 군세는 어떠하더냐?"

장군 막고해가 귀를 세우고 물었다.

"지금 적은 2만 대군이옵니다. 허나 머릿수만 채웠지 급히 모병한 오합지졸들이 대부분이옵니다. 고구려 군사들 중에서 날래고 용감한 부대는 붉은 깃발을 들고 있는 무리뿐이오니, 그들을 먼저 깨부수면 나머지 군사들은 저절로 무너질 것이옵니다."

태자 수는 사기의 말을 믿었다.

그날 밤, 태자 수는 장군 막고해와 함께 비밀리에 전략회의를 열었다.

먼저 태자 수가 물었다.

"장군, 사기의 말을 어떻게 생각하시오?"

"그의 눈빛으로 보아 사실임이 분명합니다. 사기로서는 목숨을 건 모험이 아닐 수 없기 때문이옵니다."

"그러하다면 어떤 전략이 필요할 것 같소?"

막고해는 대장군을 맡고 있는 태자 수의 군사軍師로, 지략이 뛰어났다.

"적은 원정길에 지친 몸입니다. 내일 새벽을 기해 기습공격을 하여 적의 예봉을 꺾어야 할 것이옵니다. 사기의 말에 의하면 붉은 깃발을 든 부대가 고구려의 정예군인 모양인데, 그들만 먼저 제압하면 아군은 어렵지 않게 승리할 수 있을 것입니다."

"내 생각도 그러하오."

다음 날 새벽은 안개가 짙었다. 태자 수는 장군 막고해와 함께 백제군을 이끌고 안개 속을 뚫고 나가 붉은 깃발이 세워진 고구려군 막사를 일격에 짓밟았다. 고구려 정예군이 초전에 박살나자 나머지 군사들도 겁을 집어먹고 쫓겨 달아나기에 바빴다. 이에 사기충천한 백제군은 북진을 계속하여 패하를 건너 수곡성까지 진격해 들어갔다.

수곡성에 입성한 후 태자 수가 계속 후퇴하는 고구려군을 추격하려고 하자, 장군 막고해가 충언했다.

"태자 전하! 여기서 진격을 멈추심이 좋을 듯하옵니다. 일찍이 도가道家에 '만족할 줄 알면 욕되지 않고, 그칠 줄 알면 위태롭지 않다'고 하였습니다. 지금 이미 얻은 바가 많은데, 어찌 계속하여 적을 추격하려고 하십니까?"

막고해의 말을 태자 수는 바로 알아듣고 추격을 멈추었다. 이때 백제군이 사로잡은 고구려 포로만 5천이었다.

2년 전 치양성 전투의 기억을 되새기며 처소로 돌아온 막고해는, 이번에도 어쩌면 사기에게 큰 기대를 걸어볼 수 있을 것 같다는 예감이 들었다. 따라서 그는 대왕 구에게 보고하기 전에 사기가 어떤 정보를 가지고 왔는지 들어볼 필요가 있다고 생각했다.

며칠 전 막고해가 국내성과 평양성에 보냈던 밀정들의 보고에 의하면 이번 전쟁에 출정한 고구려군은 3만이라고 했다. 지금 수곡성에 있는 백제군은 1만 5천밖에 안 되었다. 그래서 농성을 하기 위해 성벽을 고치고, 군량을 비축하고, 우물을 파서 식수를 확보하려고 노력했다. 그러나 식수 문제는 오랜 가뭄으로 인하여 해결하기 쉽지 않았다. 땅을 깊이 파도 샘물이 시원스럽게 솟아나지 않았던 것이다.

'아마도 농성이 쉽지 않을 거야.'

막고해는 식수 해결을 위한 대안이 떠오르지 않아 며칠째 고심하고 있었다.

그때 마침 막고해의 처소로 졸개가 사기를 대동하고 들어섰다.

"그래, 요기는 좀 했느냐?"

막고해는 사기의 얼굴을 쳐다보았다. 백지장 같았던 얼굴에 핏기가 돌아와 있었다.

"예, 장군! 압록강을 건너자마자 고구려군에서 탈출해 말을 타고 급히 달려오다 보니 곡기를 채울 시간도 없었습니다."

"그랬을 테지. 일각이 급하니, 그대가 가져온 정보부터 내놓게."

막고해가 다그쳤다.

"고구려군은 총 3만. 압록강을 건너 평양성을 거치면서 두 갈래 길로 이곳 수곡성을 향해 진군하고 있습니다."

사기는 고구려군에 속해 있을 때 얻어들은 정보들을 쏟아냈다. 선봉군 대장 연수의 휘하 장수인 두충에게서 어깨너머로 들은 정보이므로 비교적 정확했다.

"흐음, 선봉군이 평양성 군사들을 길잡이로 앞세워 지름길로 진군하고 있다? 더구나 잘 조련된 기마대 5백 기를 위시하여 말갈족을 포함해 변방을 지키던 정예 군사들로 이루어진 선봉군이 1만 5천이라고?"

막고해는 방금 사기의 입에서 뱉어진 말들을 다시 정리하여 되물었다. 작전상 정확하게 짚고 넘어갈 필요가 있었기 때문이다.

"예, 선봉군만 평양성 군사까지 도합 1만 5천의 군세입니다. 그러나 비교적 진군하기 좋은 평탄한 길로 우회하는 대왕 사유가 이끄는 중군의 경우, 국내성의 군사들 3천을 빼면 나머지는 급하게 모병한 농민군들이 대부분입니다. 군복을 입혔지만 전쟁에 처음 참가하는 핫바지들이라고 보면 틀림없습니다. 압록강을 건널 때도 그 핫바지들이 겁을 먹고 강물에 빠진 척 뛰어들어, 도망쳐 버린 놈들이 허다했습니다."

사기도 도강할 때 일부러 강물에 빠진 척하여 헤엄을 쳐서 고구려군에서 탈출했노라고 덧붙였다.

"그리고 후군은 5천으로 군량과 건초를 실은 수레를 이끄는 보급부대와 경계병들이라 했으렷다?"

"예, 후군 역시 중군 뒤를 따라 우회로를 이용해 진군하고 있습니다."

"이제 폐하를 만나러 갈 것이니, 지금 한 내용을 한 치도 틀림없이 그대로 보고토록 하라. 단, 이 정보는 너와 나만이 아는 사실이다. 폐하께 직접 보고를 한 후, 그 누구에게도 발설해서는 안 된다. 알겠느냐?"

막고해는 사기에게 단단히 이르고 나서, 대왕 구를 만나러 가기 전에 몰래 고구려군이 진군하는 두 길로 척후병들을 내보냈다. 이들 척후병들을 두 파로 나누어 각기 적군이 접근하는 길목들을 지키게 하여, 그때그때 적의 상황을 신속하게 보고토록 했다.

5

"작전상 수곡성을 비워주겠다니, 말이 되오?"

백제 대왕 구는 장군 막고해에게 침착하게 물었다.

수곡성 영내에서 대왕 구와 장군 막고해가 탁자 위에 지도를 펼쳐 놓고 머리를 맞댄 채 긴밀히 작전을 짜고 있었다. 밀정 사기가 물러가고 나서 단둘이 있게 되었을 때, 막고해는 수곡성을 고구려 선봉군에게 비워주자고 말했다. 그러자 대왕 구는 자신이 잘못 들은 것인 양 재차 물었던 것이다.

"허허실실의 전법을 쓰자는 것이옵니다. 먼저 비워주고 나서 다시 찾으면 그뿐이옵니다."

막고해 역시 침착했다.

"허허실실이라니? 장군! 알아듣게 설명해 보시오. 성을 비워 주면 다시 찾기가 결코 쉽지 않은 일 아니겠소?"

"폐하! 이번 전쟁에서는 전력적인 측면에서 확실히 우리 백제군이 불리합니다. 고구려 선봉군은 이제 하루나 이틀 후면 이곳 수곡성에 당도하게 됩니다. 평양성에서 차출한 군사들을 길안내로 삼아 지름길로 진군한다는 사기의 말이 옳다면, 그 기세가 자못 장마철의 거친 물살과도 같을 것이옵니다. 더구나 개마무사로 불리는 고구려의 기마대는 처음부터 질풍노도와도 같이 수곡성을 들이칠 것이 틀림없사옵니다."

막고해는 여기서 잠시 말을 멈추고 대왕을 쳐다보았다.

"그래서, 그런 고구려 선봉이 무서워 성을 비워주자는 말은 아닐 테고……."

"손자병법 세편勢篇에 보면, '세찬 물은 돌도 뜨게 한다'고 했습니다. 이것을 바로 기세라고 하는데, 그런 군대에 맞서는 것은 당랑거철과 같이 어리석은 일이옵니다. 이는 피해야 합니다. 적은 지금 두 갈래로 나누어 진군하고 있는데, 폐하는 군사 1만으로 고구려왕 사유가 이끄는 중군을 치십시오. 이곳 수곡성 서북변의 패하 인근에는 군사를 숨길 만한 곳이 많습니다. 그곳에 매복해 있다가 중군이 지나가는 허리를 끊으면 농민군으로 이루어진 고구려의 오합지졸들을 쉽게 격퇴할 수 있을 것이옵니다. 그런 다음 그 기세로 뒤에 따라오는 후군인 보급부대를 들이쳐 군량과 건초를 불태우면 원정군은 오래 버티지 못하고 물러갈 것이옵니다."

막고해는 수레바퀴 앞에 버티고 선 사마귀, 즉 당랑거철의 고사를 거론하며 대왕 구를 설득시키려고 애썼다.

"그렇다면 장군은 어찌할 셈이오?"

"소장은 군사 5천으로 수곡성을 지키되, 처음에는 적의 선봉을 맞아 나가 싸우는 척하다가 그들을 성안으로 끌어들일 것이옵니다. 그런 연후, 성을 비우고 패하로 내려가 미리 대기해놓은 배를 타고 도망치는 작전을 펼치려고 하옵니다."

"도망을 친다?"

"이를 두고 허허실실이라 하옵니다. 도망치는 척하되, 성내에 고구려 군복을 입힌 우리 군사를 일부 남겨놓겠습니다. 그리고 폐하께서 이끄는 백제군이 적의 중군을 기습할 때를 기다렸다가, 성안에 남겨둔 우리 군사들로 하여금 일시에 불을 질러 적의 선봉이 가져온 군량과 건초를 불태우도록 할 것이옵니다. 그리하여 적의 기마대와 보병의 기세를 단숨에 꺾어놓으면, 수적으로 불리한 우리 군은 그 배가 넘는 적군을 충분히 무찌를 수 있습니다. 성안에서 불길이 오르는 것을 신호로 하여 패하를 건너갔던 소장이 다시 되돌아와 수곡성을 들이치면, 필시 고구려 선봉군은 불을 끄기에 급급한 데다 수세에 몰린 중군을 구하러 가는 군대로 갈라져 어지럽게 될 것이옵니다. 이렇게 되면 아무리 군사 조련이 잘된 1만 5천의 고구려 선봉군이라 하더라도 우리 백제군에게 속수무책으로 당할 수밖에 없을 것이옵니다."

"과연! 막고해 장군이시오. 그리합시다!"

백제 대왕 구는 무릎을 쳤다. 작전상 성을 적에게 내준다는 것은 위험천만한 일이지만, 대왕 역시 병법에는 일가견을 가지고 있어 지장 막고해의 전략에 손을 들어주었다.

이때부터 수곡성의 백제군은 일사불란하게 군대를 재편성했다. 대왕 구를 따라 고구려 중군이 오는 길목을 지킬 군사 1만과, 막고해와 함께 성내에 주둔할 군사 5천으로 나누었다.

그날 밤, 대왕 구는 군사 1만을 이끌고 수곡성을 빠져나왔다. 군사들에게는 발자국 소리까지 죽이도록 엄명을 내렸고, 말들에게도 재갈을 물려 주변 백성들까지도 군대의 이동을 눈치채지 못하게 했다.

수곡성 서북쪽 10리 남짓한 곳에서 패하는 지류인 서홍천과 연결되고 있었는데, 그 양편으로는 갈대가 우거져 군사를 숨기기에 좋았다. 또한 그 지류를 타고 서홍에서 수곡성으로 이르는 길이 이어져 있어, 고구려 중군과 후군은 반드시 이곳을 통과할 수밖에 없었다. 더구나 물줄기가 에도는 곳에는 절벽이 있고, 절벽과 이어지는 산과 산 사이로 고갯길이 나 있었다. 그

양쪽의 숲속은 전략상 매복 조건에 딱 알맞은 지형이었다. 숲이 울창하고 바위들이 많아 군사를 숨기기에 좋았으며, 그 아래 외통수의 고갯길이 나 있어 적이 통과할 때 공격하기에 최적의 요건을 갖추고 있었다.

"이곳에서 매복한다. 여기 고갯길에서 기다리다가 고구려 중군의 허리를 끊어놓는다. 그러면 적은 머리와 꼬리가 따로 놀게 되니, 용빼는 재주가 없는 한 지리멸렬될 것이다. 소라고둥과 북소리로 공격 신호가 울리면 사정없이 적들을 밀어붙여 강물 속에 수장시켜라."

대왕 구는 휘하 장수들에게 명령을 내렸다. 또한 적군이 나타날 때까지 은폐와 엄폐를 철저히 하여, 사전에 들킬 염려가 없도록 하라고 단단히 일렀다. 수곡성에서 나올 때 군사들에게 이틀분의 비상식량을 각자 휴대케 했으므로, 일단 매복을 하고 있으면 더 이상 번거롭게 군사를 움직일 이유가 없었다. 장수들이 타고 온 말들도 적에게 들키지 않도록 깊은 숲속의 안전한 곳에 숨겨두었다.

다음 날 새벽은 안개가 짙었다. 대왕 구는 휘하 장수들을 불러 고갯길이 난 양쪽 산등성이에 통나무와 바윗돌을 대량으로 준비해 두라고 명했다. 통나무 자른 것이 눈에 띄면 곤란하므로 다른 지역에서 베어오도록 했으며, 산등성이와 강가에서 주워온 바윗돌도 나뭇가지와 잎으로 덮어 육안으로 보아서는 적들이 눈치채지 못하도록 철저히 주의했다.

젊은 시절 요서지역을 개척할 때부터 야전에 익숙해 있던 터라 대왕 구는 쉰을 넘긴 나이지만 체력적으로 큰 무리가 없었다. 오히려 요서 경략을 하던 그때의 기억이 떠올라 남다른 감회에 젖을 수 있었다. 20대의 젊은 시절이었던 당시부터 그는 수하의 군사들과 생사고락을 같이하여, 잠자리나 먹는 음식이 그들과 특별히 다르지 않았다. 이번에도 그는 일반 병사들과 똑같이 미숫가루를 이틀분 준비했고, 매복 지점에서 노숙하는 걸 당연시 여겼다.

"음, 오랜만에 신선한 새벽 공기를 맛보는군!"

장수들에게 제반 작전지시를 하달한 후 대왕 구는 산 능선 위에서 그 아래 패하의 지류를 내려다보았다. 안개에 휩싸여 굽이쳐 흐르는 물줄기는 보이지 않았다. 그러나 그는 안개 속에 유장하게 전개되고 있는 또 다른 흐름을 보았다. 지금까지 그가 살아온 과거가 굽이치는 물결처럼 도도한 역사의 이정표로 떠오르고 있었던 것이다.

왕자 시절 구는 부왕인 비류왕의 곁을 떠나 요서로 건너갔다. 차남이었던 그는 장남인 형이 있었으므로 장자계승 원칙으로 따지면 부왕의 대를 이을 수 없었다. 그래서 그는 태자인 형이 마음 편하게 왕좌에 오를 수 있도록 자원하여 바다 건너 요서지역으로 진출했던 것이다.

당시 중원은 서북 변방의 흉노들을 비롯한 외적들이 들고일어나면서 나라가 갈래갈래 찢겨져 5호16국의 혼란스러운 상태였다. 그러면서 요서지역을 경영할 만한 여력을 가진 세력이 딱히 없었다. 그들 중 가장 큰 세력은 강남의 동진과 화북의 전진이었는데, 이 두 나라는 장강을 사이에 두고 끊임없이 전쟁을 벌이고 있었다. 따라서 공백 상태에 있는 요서지역을 경략하기 위해 왕자 구는 백제 초기부터 산동 지역에 터를 잡고 살던 유민들을 발판으로 삼아 점차 세력을 구축해 나갔다.

산동을 중심으로 하여 요서지역 남북으로 세력을 팽창해 간 왕자 구는 백제 유민 중 세력가로 알려진 진씨 가문 출신을 아내로 맞았다. 왕자 구와 함께 생사고락을 같이하며 요서지역을 경략한 진정이 바로 그 진씨녀의 오빠였다.

왕자 구와 진정이 요서지역을 경략하고 나서 한창 요동 진출을 도모하고 있을 때, 본국인 백제에서 부왕이 훙거薨去했다. 이때 장자인 태자가 왕위를 이어야 하는데, 당시 백제의 대신들은 비류왕의 선왕인 분서왕의 장자를 다음 왕으로 추대했다. 예전에 낙랑태수가 보낸 자객에게 분서왕이 살해되었을 때 그의 장자가 너무 어려서 비류왕이 왕위를 계승했기 때문에, 당연히 다음 왕계는 분서왕 계열로 이어져야 한다는 것이 대신들의 한결같은 주장이었다.

결국 비류왕과 분서왕 양대 계열의 대신들 사이에 벌어진 세력 다툼에서 비류왕 계열이 패배했다. 따라서 비류왕의 장자인 태자는 분서왕 장자에게 왕위를 빼앗기고 나서 동생인 왕자 구가 있는 요서지역으로 쫓겨나 구차하게 목숨을 부지하는 신세가 되고 말았다.

왕자 구는 태어날 때부터 체구가 우람했으며, 자라나면서 경전을 탐독하여 나이에 비해 놀라울 정도로 식견이 높았다. 그래서 충분히 왕자王者의 기상을 타고난 인물이란 소리를 들었으나, 위에 형이 있었으므로 형제간에 왕위를 놓고 피비린내 나는 싸움을 할 수 없다 하여 스스로 바다를 건너 요서지역으로 갔던 것이다.

태자인 형이 왕위에서 밀려나 요서지역으로 오자, 왕자 구는 분연히 떨치고 일어섰다. 당연히 부왕인 비류왕이 정한 태자가 있는데도 선왕인 분서왕의 장자가 왕위에 오른 것은, 대신들 간의 권력 다툼에서 형이 억울하게 희생된 것이라고 판단했던 것이다.

그때 왕자 구는 형 태자에게 요서지역을 관장케 하고, 처남인 진정과 함께 휘하 군사들을 이끌고 바다를 건넜다. 그런데 당시 백제 왕실에선 대신들이 실권을 잡고 있었으므로, 새로 왕위에 오른 대왕은 그들의 입김에 놀아나는 허수아비에 지나지 않았다. 비류왕 다음으로 왕위를 이어받은 계는 강직하고 용감하며 특히 활을 잘 쏘았다고는 하나, 그때 이미 나이가 든데다 지병까지 앓고 있었으므로 나라의 정사를 대신들이 좌지우지했다.

그러다 보니 왕자 구가 요서지역의 군사들을 이끌고 귀국했다는 소식을 듣자, 대왕 계는 은근히 그에게 기대를 걸었다. 왕자 구가 강력한 권력을 쥐고 있는 대신들을 물리치고 왕권을 회복할 수 있게 해주기를 은근히 바랐던 것이다. 그리하여 계왕은 대신들 몰래 밀사를 왕자 구에게 보내 구원을 요청했다.

왕자 구도 계왕을 폐하고 그 자리를 차지하게 되면 반역이 되므로, 왕권을 회복하여 국가 기강을 바로잡겠다는 명목으로 대신들과 맞섰다. 백제의 대신들은 그런 왕자 구를 반역으로 몰면서 토벌군을 보냈으나, 요서지역 경략으로 전쟁 경험이 풍부한 왕자 구의 군사들을 당해 낼 재간이 없었다.

백제 대신들이 보낸 토벌군을 간단하게 물리치고 한성으로 입성한 왕자 구는 대왕을 허수아비로 만들어 권력을 휘두른 간신배들을 일거에 처단했다. 그러고 나서 국가 기강을 바로잡아 왕권을 강화하려고 할 때, 지병을 앓던 계왕이 돌연 훙거하고 말았다. 왕위를 계승한 지 3년 만의 일이었다.

이렇게 되자 비류왕계의 대신들은 자연스럽게 왕자 구를 다음 왕으로 추대했다. 이때 왕자 구는 요서지역에 가 있는 태자를 다시 모셔 와야 한다며, 자신이 왕위를 잇는 것이 마땅치 않음을 여러 번 밝혔다. 그럼에도 불구하고 대신들이 적극적으로 그를 추대했고, 요서지역에 가 있는 태자인 형도 지병을 핑계로 왕위를 사양했다. 따라서 왕자 구가 계왕의 뒤를 이어 왕위에 오르게 된 것이었다.

새롭게 백제 대왕이 된 구는 요서지역 경략과 백제의 간신들을 몰아내는 데 공헌한 손위 처남 진정에게 조정좌평의 벼슬을 하사했다. 조정좌평은 장형옥사의 직임을 맡아 형옥 관계의 일을 관장하는 직책이었다.

조정좌평 진정은 대왕 구의 측근이었으므로 백제 6좌평 중에서도 그 세도가 하늘을 찔렀다. 조정좌평을 뺀 나머지 5좌평은 모두 진정의 세도에 밀려 힘도 제대로 쓰지 못하는 허수아비가 되었다. 원래 성질이 거칠고 어질지 못한 진정은 그와 뜻을 같이하지 않는 대신들에게는 죄를 덮어씌워 엄한 형벌로 다스렸다. 이렇게 되자 대신들뿐만 아니라 백성들의 원성도 높았다.

대왕 구는 왕후를 생각해서 웬만하면 진정의 흠을 덮어주려고 했다. 그러나 백성들에게까지 진정의 포악함이 알려지자, 대왕은 결국 그를 요서지역으로 돌려보냈다. 진정은 요서지역에 가서도 그 기질을 꺾지 못해 대왕 구의 형과 반목하는 경우가 잦았다. 그러나 진정은 무수한 전쟁을 겪으면서 뛰어난 전략전술을 갖고 있었다. 그래서 대왕 구는 형에게 요서지역을 맡기고, 진정에게는 북쪽의 요동지역 경략에 나서라고 명했다.

이렇게 백제가 진정으로 하여금 요동 경략에 나서게 하자, 다급해진 것은 고구려 대왕 사유였다. 그래서 백제의 요동 진출을 봉쇄하기 위해 역으로 백제의 북변을 공략하게 된 것이었다. 바로 그 무렵, 한창 세력을 키워온 전진이 동북방의 연나라를 공략하면서 백제는 더 이상 요동 진출을 할 수 없게 되었다.

대왕 구의 고민은 고구려보다 전진의 압박에 있었다. 전진의 세력이 더욱 커지게 되면 요동은 물론이거니와 요서지역도 안심할 수 없게 될 것이기 때문이었다. 정보에 의하면 전진은 고구려와 교린관계를 맺으려고 하고 있다고 했다. 그렇다면 백제는 동진과 가까워지지 않으면 북방 세력을 견제하기 어려워질 수밖에 없었다. 동진 역시 전진처럼 동북 지역으로 진출을 꾀하고 있었는데, 그 세력이 점점 더 커지면 요서지역이 곧 그들의 손아귀에 들어갈 것은 불을 보듯 뻔한 일이었다.

"흐음……."

대왕 구는 숲속에 몸을 숨기고 저 멀리 패하 지류의 물줄기를 바라보며 신음을 깨물었다. 갈대밭을 자욱하게 점령하고 있던 안개가 어느 사이 깨끗이 걷히고 아침 햇살이 점점 뜨거운 입김을 불어대고 있었다. 땅에서 올라오는 지열과 하늘에서 내리쬐는 태양열 때문에 매복한 백제군은 숨조차 제대로 쉬기 어려운 지경이었다.

고갯길 숲속에서 뻐꾸기가 울었다. 그 아래 풀숲에 납작 엎드려 있는 백제 군사들은 언제 고구려군이 당도할지 몰라 바짝 긴장에 싸여 있었지만, 여름날 뻐꾸기 소리는 그저 평화로울 뿐이었다.

6

고구려군 선봉장 연수는 평양성 군사들을 길잡이로 삼아 1만 5천의 병력을 이끌고 수곡성 인근에 이르렀다. 야트막한 산 하나만 넘으면 너른 들판이 나오고, 그 들판 끝에 높다란 성벽의 수곡성이 있었다. 햇빛에 반사되어 더욱 희게 보이는 화강암 성벽 위로 황색 깃발들이 나부끼는 가운데, 공성전투에 대비한 백제 방어군의 기세가 자못 날카로웠다.

척후의 보고에 의하면 수곡성을 지키는 백제군은 불과 5천 정도라고 했다. 1만 5천 대 5천이면 싸워서 충분히 이길 수 있는 여건이지만, 적이 맞서 싸우지 않고 성안에서 농성을 한다면 장기전이 될 가능성이 높았다. 그렇다고 무조건 서둘러 공성전투를 벌이는 것은 아군의 예상 피해가 너무 크다는 것이 선봉장 연수의 생각이었다.

원정에 나설 때부터 대왕 사유는 선봉대가 지름길로 진군하여 곧바로 수곡성을 공격하길 원했다. 그러나 연수의 생각은 달랐다. 적이 농성을 작정했을 경우 그 10배의 군사로 공성전투를 벌여도 이기기 쉽지 않다는 사실을 그는 잘 알고 있었던 것이다. 그가 성주로 있는 신성을 비롯하여 서북방 변경의 고구려 성들도 적들이 공격해 오면 거의 농성으로 성을 굳건히 지켜내곤 했다. 적들이 현지에서 군량미를 확보하지 못하게 들판의 곡식을 모두 불살라 버리고, 백성들은 어른 아이 할 것 없이 모두 곡간을 털어 식량을 짊어지고 산성으로 들어가 농성 준비를 했던 것이다. 이른바 들판을 깨끗이 청소한다는 의미에서, 이를 청야작전이라 불렀다.

그러나 연수는 대왕 사유의 명을 어길 수 없었다. 어떤 전략을 짜든 속전속결로 수곡성을 공략하는 길밖에 없었다.

"장군! 무조건 쳐들어갑시다. 단숨에 쳐서 적의 예봉을 꺾어놓아야 겁을 먹고 달아날 것 아닙니까?"

말갈족 추장 걸구금척은 그러면서 자신을 수곡성 공격의 선봉에 세워달라고 간청했다.

"적이 5천 병력밖에 안 된다면 공성전투를 벌일 만합니다."

동부에서 군사 1천을 이끌고 온 두충도 선봉에 나서겠다고 자원했다.

"이렇게 장수들이 서로 선봉에 서겠다고 앞을 다투니 고맙소이다. 그러나 일단 성을 굳게 지키고 있는 적들을 끌어내기 위한 유인작전이 필요하다는 것이 내 생각이오. 먼저 걸구금척과 두충, 두 장수는 휘하 부대를 이끌고 나가 적을 유인토록 하시오. 만약 적들이 아군을 얕잡아보고 성문을 열고 나오면, 그때 두 부대는 맞서 싸우는 척하다 후퇴하면서 좌우로 갈라서도록 하시오. 이때를 기다렸다가 개마무사들이 이끄는 기마대를 출동시켜 단숨에 적을 궤멸시키는 작전을 구사할 것이오. 기마대의 급습으로 적들이 혼란스러운 틈을 타, 전군이 공격을 개시하면 쉽게 성을 함락시킬 수 있소."

말은 이렇게 했지만 선봉장 연수는 원정을 떠날 때부터 생각해 둔 이 작전에 대하여 그다지 자신감을 갖지 못했다. 농성을 결심한 적이라면 함부로 성문을 열고 나와 맞서지 않을 것이기 때문이었다. 그러나 일단 적들이 아군의 유인작전에 속아 성문을 열고 나오기만 한다면, 기동력을 이용한 기마대의 급습으로 충분히 승산 있는 싸움이 되리라 판단했다. 대왕 사유의 명을 어기지 않고 적을 공략하기 위해서는 이러한 고육지책을 쓰지 않을 수 없었다.

곧 말갈부대와 동부 군사들로 구성된 선봉대는 먼저 야산을 넘고 들판을 가로질러 수곡성 앞에 당도했다. 성 앞까지 질주하듯 달려가던 고구려군은 성루에서 화살이 날아오자 방패로 막으며 주춤거리다 그 자리에 멈춰 섰다.

걸구금척이 이끄는 말갈부대는 불과 5백이지만, 태백산과 개마고원의 험한 산세에서 사냥으로 단련된 군사들이라 적을 두려워하지 않았다. 호랑이나 곰 등 야생 짐승들을 때려잡던 담력이므로, 사람을 상대로 하는 전쟁은 식은 죽 먹기라는 것이 그들의 생각이었다. 사나운 짐승들과 힘겨루기를 하다 보니 그들도 야생에 가까운 기질로 변해 있었다.

"여기서 이럴 게 아니라 그만 치고 들어갑시다."

걸구금척은 도무지 몸이 근질거려 참을 수 없다는 듯 어깨를 들먹거렸다. 말갈족은 고구려의 보호를 받으면서 사냥한 짐승의 가죽을 팔아 생계를 유지하기 때문에, 그 서두름 속에는 어떻게 해서든 공을 세워 인정을 받겠다는 심리가 깔려 있었다.

"연수 장군의 명도 있고 하니, 일단 적정부터 살펴보도록 합시다."

동부 군사를 이끄는 두충은 결코 서두를 일이 아니라고 판단했다.

고구려 군사들은 백제군의 화살이 미치지 않는 곳에서 마구 야유를 퍼부었다. 성문을 열고 나와 정정당당하게 맞서 싸우자는 것이었다. 그러나 백제군은 성루에서 가끔 화살만 날릴 뿐, 조용히 고구려 군사들의 움직임을 지켜보고 있었다.

"에잇 못 참겠다! 시방 저 겁쟁이 놈들하고 말싸움이나 하자는 겁니까? 얘들아, 지금 당장 공격하자. 사다리와 운제를 앞세우고 달려가 성벽을 기어오르자."

걸구금척은 말갈부대에게 명령을 내렸다.

이렇게 되자 두충도 휘하 군사들에게 돌격 명령을 내릴 수밖에 없었다. 말갈부대만 먼저 내보냈다가는 적에게 기습을 당할 우려가 있었기 때문이다.

성루를 지키는 백제군의 화살이 빗발처럼 쏟아졌다. 성벽 전방에 촘촘하게 세워놓은 사녹채를 넘다 화살을 맞아 쓰러지는 고구려 군사들이 속출했다. 새카맣게 하늘을 덮으며 날아오는 화살 앞에서는 방패도 속수무책이었다.

"퇴각하라!"

두충은 징을 울려 고구려 군사들을 뒤로 물렸다. 할 수 없이 말갈부대도 후퇴할 수밖에 없었다. 그렇게 고구려 선봉대는 서너 번에 걸쳐 돌격과 후퇴를 거듭했다. 이 또한 작전상 적을 성 밖으로 유인하기 위한 허허실실 전략이었다.

한편, 백제 장군 막고해는 성루에서 고구려 군대가 돌격과 후퇴를 감행하는 것을 보면서 회심의 미소를 지었다.

'1만 5천의 병력이 선봉군이라는데, 불과 1천여 군사로 장난을 치고 있는 거냐? 분명 공성전투로는 승산이 없으니까, 우리 군을 유인해 내려는 작전이겠지. 그래, 너희들 작전대로 속아주마.'

막고해는 고구려 군사들이 지칠 때까지 놔두었다가 백제 군사들을 이끌고 기습을 하듯 성문을 열고 뛰쳐나가기로 했다. 군사 3천을 동원시켜 고구려군과 맞서되, 후퇴를 알리는 징이 울리면 1천은 성문 안으로, 나머지 2천은 성 밖 좌우로 갈라져 도망치는 작전을 구사하라고 휘하 장수들에게 지시했다. 그리고 나머지 성안의 2천 군사는 성루를 굳게 지키는 척하다가 성 밖으로 나간 백제군이 후퇴할 때를 기다려 고구려군 복장을 한 1백여 군사만 놔두고 동문을 통해 빠져나가도록 했다. 그리하여 강변에 미리 대기시켜 둔 배를 타고 패하를 건너 도망치는 척하면 고구려군도 깜빡 속아 넘어갈 것이라고 생각했던 것이다.

"도망칠 때 오합지졸처럼 보이도록 해야 한다. 절대 고구려군과 맞서 싸우면 안 된다. 사상자를 최대한 줄여야만 나중에 다시 성을 되찾을 수 있다. 알겠는가?"

백제 장군 막고해는 성문을 나서기 전에 휘하 군사들에게 일갈했다.

드디어 수곡성의 북문이 열렸다. 3천의 군사가 한꺼번에 쏟아져 나오자, 고구려 선봉군은 당황했다.

"침착하라. 백잔들과 맞서는 척하다가 후퇴하라는 징이 울리면 군대를 좌우로 물려, 중앙으로 우리 기마대가 돌진할 수 있도록 길을 열어줘야 한다."

두충은 다시 한번 군사들에게 작전 지시를 내렸다.

백제군의 공격은 만만치 않았고, 고구려군도 격하게 몰아붙였다. 수곡성 앞 들판에서 일대 백병전이 벌어졌다. 백제군이 3천인데 반해 말갈군과 동부군으로 이루어진 고구려 선봉의 공격부대는 1천5백, 중과부적이었다. 서서히 고구려군이 뒤로 밀리기 시작했다.

두충은 징을 울려 고구려군에게 후퇴 명령을 내렸다. 그것을 신호로 고구려군은 좌우로 갈라지면서 후퇴하기 시작했다. 그때 둔덕 너머에 대기하고 있던 고구려 기마대 5백 기가 질풍처럼 백제군을 향해 돌진했다. 그 뒤를 이어 보병 1만 3천이 밀물처럼 밀어붙이고 들어와 수곡성 앞 들판을 가득 메웠다.

"후퇴하라!"

백제 장군 막고해도 징을 울려 군사들을 흩어지게 했다. 묘하게도 방금 고구려 선봉의 군대가 둘로 갈라지듯 백제군도 좌우로 갈라져 도망치기 시작했고, 고구려 기마대를 정면으로 맞은 가운데 일부 병력만 성문 안으로 쫓겨 들어갔다. 성문은 좁았고, 추격하는 고구려 기마대는 빨랐다. 미처 성문으로 들어가지 못한 백제군은 말발굽 아래 무참하게 짓밟혔다.

"백잔들을 닥치는 대로 도륙하라!"

말을 탄 개마무사들은 칼과 창을 휘둘러 백제군을 마구잡이로 베고 찔렀다. 말의 머리뿐만 아니라 몸에도 갑옷을 입힌 고구려 기마들은 쓰러지는 백제군을 짓밟으며 성문을 향해 돌진해 들어갔다.

다급한 나머지 백제군은 미처 성문을 닫을 겨를도 없이 고구려 기마대에게 추격당했다. 기마대가 성문을 밀고 들어가면서, 그 뒤를 따라 고구려 보병들이 성안으로 몰려들었다. 성문이 좁아 미처 입성하지 못한 고구려 군사들은 사다리와 운제를 걸치고 성벽을 타고 넘어 들어갔다.

이렇게 되자 성루를 지키던 백제군들도 혼비백산하여 동문 쪽으로 달아났다. 막고해의 작전은 절묘하게 맞아떨어졌다. 고구려 기마대에 일부 병력이 짓밟혀 목숨을 잃었지만, 적을 속이는 기만전술을 위해서는 어느만큼의 희생을 감수할 수밖에 없었다.

한편, 예상했던 것보다 손쉽게 수곡성을 탈취한 고구려군은 사기충천해 있었다. 남쪽 패하가 내려다보이는 성루에서 갈팡질팡하며 도강하는 백제의 패잔병들을 바라보며, 고구려 선봉군을 이끌고 있는 장군 연수는 회심의 미소를 지었다. 그는 곧 중군을 이끌고 오는 대왕 사유에게 수곡성 탈환 소식을 전할 전령병을 불렀다.

"지금쯤 우리 고구려의 중군은 서흥천변을 따라 진군하고 있을 것이다. 대왕 폐하께 수곡성 전투의 승전 소식을 전하라."

연수는 중군과 후군이 도착하면 고구려 군사를 합쳐 총공격을 감행, 2년 전 고구려가 백제에게 대패한 바 있는 치양성까지 회복할 생각이었다.

7

찌는 듯한 7월의 불볕더위는 진군하는 병사들의 걸음을 마냥 더디게 했다. 서홍천의 둑은 진흙이 말라 쩍쩍 갈라진 상태였고, 고구려 중군의 행렬이 지나가는 길도 먼지로 자욱했다. 폭우가 내릴 때 서홍천이 범람하면서 쌓인 진흙이라, 군사들이 진군하며 일으킨 먼지가 구름처럼 자욱하게 일어났다.

군사들은 옷이며 얼굴까지 온통 먼지를 뒤집어써서, 마치 일부러 진흙을 칠해 굳어진 것처럼 보였다. 줄기차게 땀이 흘러내리는 데다 먼지가 뒤엉켜, 도무지 누가 누군지 얼굴조차 구분하기 어려울 지경이었다.

걸어가는 군사들보다 덜하긴 했지만, 어가 위에 높이 올라앉은 대왕 사유도 먼지를 뒤집어쓰기는 마찬가지였다. 대왕의 행렬은 중군 한가운데 위치해 있었다. 선두에 선 병력이 지나가며 피워 올린 먼지를 피하기 위해 조금 떨어져서 진군했지만, 그래도 교군꾼들이 걸을 때마다 일으키는 먼지가 어가의 장막 틈새로 뚫고 들어왔다.

"나무 그늘 하나 보이지 않는구나."

대왕은 장막 사이로 이글이글 타는 해를 바라보며 한숨을 쉬었다. 조금이라도 쉬어 가고 싶은 마음에 은근히 짜증까지 솟아나는 걸 억지로 참고 있는 중이었다.

바로 그때, 선두 병력이 진군하는 방향을 역으로 거슬러 달려오는 기마병이 하나 있었다. 그는 빠른 속도로 말을 달려 대왕 앞까지 와서 멈추었다. 선봉부대 장군 연수가 보낸 전령병이었다.

"무슨 일이냐?"

대왕이 급히 물었다.

"폐하! 연수 장군이 이끄는 우리 선봉부대가 수곡성을 함락시켰사옵니다."

말에서 뛰어내린 전령병은 숨을 헐떡이며 보고했다.

"무엇이? 벌써 수곡성을 함락시켰다고?"

전령병의 보고를 받은 고구려 대왕 사유의 입이 쩍 벌어졌다. 백제군이 농성을 할 경우 장기전이 될지도 모른다고 은근히 걱정하고 있었는데, 고구려 선봉대가 기습적으로 수곡성을 탈취했다는 희소식이야말로 기승을 부리는 더위까지도 한순간에 말끔히 씻어내게 해주었다.

"예, 폐하! 수곡성을 지키던 백제의 패잔병들은 패하를 건너 남쪽으로 달아났사옵니다."

"우하하, 핫! 백잔의 조무래기들이 이제야 우리 고구려 개마무사들의 진가를 알게 되었구나. 그래, 수곡성을 지키던 적장은 누구더냐?"

대왕이 전령병에게 물었다.

"적의 장수는 막고해라 하옵니다."

"막고해? 바로 2년 전 치양 전투에서 만났던 자로구나. 수곡성까지 빼앗고 나서 진군을 멈춘 채 기염을 토했다지? 노자의 도덕경까지 들먹여, 백잔의 태자 수로 하여금 너무 욕심을 부리면 안 된다며 더 이상 추격하지 말라고 했다 들었다. 오만방자하기 이를 데 없는 자로다! 허긴 당시 계속 우리 고구려군을 추격했다면, 백잔군은 살아서 돌아가지 못했을 것이다. 그때 우리 고구려군은 평양성에 들어가 군사를 재정비해 추격해 오는 백잔군을 섬멸할 계획이었지."

대왕은 옆에 말을 타고 따르는 왕자 이련에게 2년 전 치양 전투 때의 이야기를 들려주며, 이번에 수곡성을 탈취해 그때의 치욕을 씻은 것에 대해 한껏 통쾌한 기쁨을 맛보았다.

"이번 기회에 치양성까지 탈환해야 되지 않겠습니까?"

왕자 이련이 대왕을 바라보았다.

"물론 그리해야지."

대왕은 만면에 웃음을 지으며 대답했다.

"폐하! 연수 장군께 전하실 말씀이 있사오면……?"

전령병은 곧 되돌아갈 준비를 했다.

"오, 그렇구나! 수곡성에 당도하면 전투를 승리로 이끈 선봉군과, 그리고 오랜 진군으로 고생한 중군과 후군 병사들을 위해 큰 잔치를 베풀 것이다. 연수 장군에게 술과 고기를 충분히 준비하라 이르라."

"폐하! 분부 받잡겠사옵니다."

전령병은 대왕에게 군례를 올린 후 말을 타고 오던 길을 되돌아 달려갔다. 말은 곧 먼지 속으로 자취를 감추었다. 전령병의 등에 꽂힌 붉은 깃발만 가물가물 나부끼다, 그것조차 점멸하고 먼지만 자욱하게 일어났다.

"우리도 진군을 서두르자. 곧 수곡성에 들어가서 쉴 수 있게 진군 속도를 높여라."

수곡성 탈환 소식에 큰 힘을 얻은 대왕 사유는 군사들을 독촉케 했다.

삼군대장군으로 중군을 지휘하고 있는 고계는 휘하 장수들에게 대왕의 명을 하달했다. 찌는 듯한 무더위 속에서 군사들의 피로는 오후로 접어들수록 더욱 증폭되었으나, 지엄한 왕명을 받고 진군을 서두르지 않을 수 없었다.

서홍천을 끼고 가던 길이 산길로 접어들 즈음, 날이 저물었다. 더 이상 진군할 수 없게 되었지만 다행히도 곧 둥근 달이 떠올라 길을 환하게 밝혀 주었다. 병사들은 중간에 휴식을 취하면서 잠시 눈을 붙이기도 했으나, 대왕이 독촉하는 바람에 숙영도 하지 않고 밤새워 진군을 계속했다.

다음 날 새벽녘에는 안개가 끼어 산길과 주변 숲을 자욱하게 감쌌다. 고구려 중군은 산길을 더듬어 올라가 마침내 고갯마루까지 다다랐다. 고개에 올라서자 서서히 안개가 걷히기 시작했고, 저 멀리 아스라하게 펼쳐진 패하가 눈에 들어왔다.

"패하가 보이는군. 서두르면 점심 식사는 수곡성 안에서 할 수 있겠구나."

대왕은 왕자 이련에게 말했다.

"새벽 기운이 선선하여 군사들이 진군하기에 아주 좋습니다. 해가 뜨면 다시 불볕더위가 기승을 부릴 테니, 서두르는 게 좋을 듯싶사옵니다."

이련이 부왕에게 말하고 나서 대장군 고계를 돌아보았다.

고계는 선두를 맡은 장수에게 진군을 서두르라고 명령을 내리기 위해 말에 박차를 가했다.

바로 그때였다.

"공격하라!"

산 능선 쪽에 매복해 있던 백제군들에게 대왕 구의 공격 명령이 떨어졌던 것이다.

그 소리와 함께 공격을 알리는 백제군의 소라고둥과 북소리가 어지럽게 숲속으로 울려 퍼졌다. 그러자 백제군의 함성이 일어나며 바윗돌과 통나무 등이 산비탈 아래로 마구 굴러떨어졌다. 화살도 빗발치듯 안개 속을 뚫고 고구려군의 머리 위로 쏟아졌다.

"복병이닷! 전투태세를 갖추어라!"

대장군 고계가 소리쳤다.

"폐하를 호위하라!"

왕자 이련은 호위병들로 하여금 대왕의 어가를 좌우에서 호위케 했다. 호위병들은 방패로 어가를 가려 날아오는 화살을 막았다. 그러나 어가는 군사들이 메고 달려야 하므로 위급상황에서 재빨리 탈출하기가 쉽지 않았다.

"어서 빨리 폐하의 말을 대령시켜라!"

칼을 빼어 든 이련이 날아오는 화살을 쳐내며 말구종에게 명령했다. 곧 군사들은 백마 한 필을 어가 앞에 대령했고, 대왕 사유는 그 말을 타고 정신없이 앞으로 내달리기 시작했다. 이련도 그 옆에 바짝 따라붙어 말을 달렸다.

백제군의 함성은 앞뒤 가리지 않고 들려왔다. 여기저기서 칼과 창이 부딪치는 소리와 군사들의 비명소리가 터져 나왔다. 막 걷히기 시작하는 안개 속에서 벌어진 백병전은 그야말로 피아를 가리기 어려울 정도로 아비규환의 참상을 연출하고 있었다. 백제의 복병들은 머리에 황색 띠를 두르고 있어 그나마 구분이 되었다.

"적들을 한 놈도 남기지 말고 강으로 밀어붙여 수장시켜 버려라!"

"적은 독 안에 든 쥐다! 보이는 대로 척살하라!"

백제 장수들의 고함소리가 들려왔다.

"겁먹지 마라! 도망치지 마라!"

"적을 죽여야 내가 산다!"

고구려 장수들의 목소리도 안개의 포위망을 흔들어놓았다.

이러한 틈을 타서 고구려 대왕 사유는 중군의 선두 쪽으로 빠지기 위해 급히 말을 몰았다. 그러나 선두 쪽에서도 백제군의 복병이 튀어나와 길을 막았다.

"고구려왕 사유가 여기 있다!"

백제 장수 하나가 말을 타고 마주 달려오며 소리쳤다. 그는 긴 창을 꼬나들고 있었다.

"앗, 폐하가 위험하닷!"

왕자 이련이 대왕의 앞을 가로막으며, 마주 달려오는 적장을 향해 칼을 겨눴다. 안개 낀 들판에서 칼과 창이 부딪치며 한바탕 격전이 벌어졌다.

"이런! 너는 애송이로구나! 엄마 젖이나 먹고 있을 것이지, 젖비린내도 가시지 않은 놈이 전쟁터에 웬일이냐? 저리 비켜라."

백제 장수는 이련의 칼을 가볍게 쳐냈다.

그러나 처음 전쟁터에 나온 이련이지만, 칼을 다루는 솜씨만큼은 제법이었다. 어린 시절부터 검술을 익힌 데다 얼마 전까지 하가촌에서 사부 을두미에게 특별 훈련을 받아 실력이 부쩍 늘어 있었다.

"전쟁을 입으로 하느냐? 잔말 말고 내 칼을 받아라."

이련은 백제 장수를 놓치지 않으려고 연속적으로 공격을 퍼부었다. 대왕의 호위 행렬이 일단 위험지역에서 벗어나도록 하기 위해 최대한 시간을 끌어야만 했던 것이다.

그러나 백제 장수의 창 다루는 솜씨는 노련했다. 찌르고, 쳐내고, 휘두르는 동작이 전광석화처럼 빨랐다. 시간이 지나갈수록 칼을 휘두르는 이련의 동작이 점차 무뎌져 가고 있었다.

바로 그때, 어디선가 대장군 고계가 바람처럼 나타나 이련과 백제 장수 사이로 뛰어들었다.

“왕자님은 어서 폐하를 호위하여 안전한 곳으로 대피하십시오.”

고계는 곧 백제 장수를 상대로 싸우기 시작했다.

언월도를 잘 다루는 고계의 솜씨는 둔중하면서도 날카롭게 백제 장수의 창을 받아쳤다. 언월도가 허공을 가르면서 내는 소리는 실로 공포에 가까웠다. 백제 장수는 창으로 막고, 유연한 동작으로 머리를 숙이거나 허리를 꺾으며 언월도의 공격을 잘도 피했다. 그러나 계속되는 고계의 공격을 끝내 견뎌내지는 못했다.

“이얏!”

기합을 넣은 고계의 외침과 동시에 가공할 위력으로 허공을 가른 언월도가 백제 장수의 목을 뎅겅 날려버렸다. 피가 사방으로 튀면서 투구를 쓴 머리가 그대로 땅바닥에 데굴데굴 굴렀다. 주인의 몸을 떨어뜨린 백제 장수의 말은 저 혼자 겅둥거리며 주변을 맴돌았다.

한편, 두 장수가 싸우는 것을 뒤로한 왕자 이련은 급히 대왕의 행렬을 찾아 말을 달렸다. 백제군과 고구려군이 한데 어우러져 싸우는 들판을 가로지르며 그는 닥치는 대로 적들에게 칼을 휘둘렀다. 그의 칼이 허공을 긋는 순간, 적들은 허깨비처럼 쓰러져 나뒹굴었다.

어느새 안개는 걷혔고, 피로 얼룩진 들판에는 햇살이 눈부시게 뿌려지고 있었다. 여기저기 쓰러져 나뒹구는 양군의 시체들과 그들의 손에서 떨어져 나간 병장기들이 햇살 속에 적나라한 모습을 드러내고 있었다. 어느새 쉬파리들이 시체 더미 위에 들끓었다.

왕자 이련은 이러한 처절한 장면들을 눈에 담아두며, 눈물이 나오려는 것을 참느라 이를 악문 채 수곡성 쪽으로 급히 말을 달렸다. 고구려 선봉부대가 수곡성을 탈취했기 때문에 아무래도 대왕을 호위하는 행렬이 그쪽으로 갔을 것이라 짐작했던 것이다.

전쟁을 처음 겪는 이련은 너무 충격적인 장면들을 목격했던 터라, 자신의 왼쪽 팔뚝에 화살이 꽂힌 줄도 모르고 마구 칼을 휘두르며 말을 몰았다. 설사 화살이 꽂힌 사실을 알았더라도 응급처치할 시간조차 없었다. 적들이 끊임없이 달라붙었으므로, 그들을 대적하는 데 몸과 마음이 바빴다.

이련이 나지막한 언덕 하나를 넘었을 때, 마침내 저 멀리 수곡성이 눈에 들어왔다. 그런데 어찌된 일인지 성안 여기저기에서는 불길이 치솟아 올랐고, 성 안팎 도처에서 고구려군과 백제군이 맞붙어 싸우고 있었다.

"이게 대체 어찌된 일일까? 어제 전령병의 보고에 의하면 수곡성을 탈취했다고 들었는데……."

이렇게 중얼대면서 이련이 한차례 숨을 돌리고 있을 때, 고구려 군사 하나가 급히 말을 달려왔다.

"왕자님! 여기 계셨군요? 폐하를 안전한 곳으로 모셨습니다. 폐하께서 왕자님 걱정을 하며 급히 찾으셔서 이렇게 달려온 것입니다."

대왕 사유를 호위하던 군사였다.

이련은 말 탄 고구려 군사를 따라 야산 계곡으로 달렸다. 거기, 기백의 군사들이 호위하는 가운데 대왕 사유가 지친 표정으로 서 있었다.

"이런, 팔뚝에 화살을 맞았구나? 어서 시의를 부르라!"

말을 타고 달려와 숨을 헐떡거리는 왕자 이련을 보고 대왕 사유가 소리쳤다.

"폐하! 무사하셨군요!"

말에서 뛰어내린 이련은 대수롭지 않은 일이라는 듯 자신의 팔뚝에 꽂힌 화살을 뚝 분질렀다. 아팠으나, 이를 악물고 참았다. 그의 얼굴은 온통 피로 얼룩져 있었다.

시의가 달려와 이련의 팔에 꽂힌 화살촉을 빼냈다. 불에 덴 듯 통증이 심했지만 그는 인상 한 번 찡그리지 않았다. 부왕 앞에서 강인함을 보여주고 싶었던 것이다.

"장하구나, 내 아들!"

대왕은 아픈 내색도 하지 않는 아들이 실로 대견해 보였다.

"폐하! 저 언덕에서 보니 수곡성이 불타고 있었사옵니다. 어찌 된 일일까요?"

"우리가 적에게 속은 것 같다. 거짓으로 성을 내주고, 매복을 해 있다가 방심한 틈을 이용해 우리 군을 공격한 것이야. 백잔왕 구에게 당하다니, 분통이 터지는구나!"

대왕은 이를 갈아붙였다.

"폐하, 이곳도 안심할 수 없사옵니다. 지금 아군이 밀리고 있습니다. 언제 이곳으로 적군이 들이닥칠지 모르니, 일단 평양성으로 피신하는 것이 좋을 듯합니다."

"흐음, 제대로 싸워보지도 못하고 후퇴를 해야 하다니…… 분하도다!"

지금 상황으로 보아 고구려군이 절대적으로 불리하다는 것을 깨달은 대왕도 평양성으로 피신하는 것이 상책이라 생각했다.

그러나 이대로 물러선다는 것이 대왕로선 너무 억울했으며, 자존심이 크게 상하는 일이었다. 대신들이 그렇게 말리는데도 불구하고 원정을 나선 마당이었다. 한창 농사철에 농민들 중에서 젊은이들을 차출하여 백성들의 원성이 드높은 것을 감수하면서까지 결행한 전쟁이었다. 그런데 제대로 한번 싸워보지도 못하고 패배를 인정해야 한다는 것이, 그 자신으로서도 도무지 용납할 수 없는 일이었다.

'고집이 끝내 화를 불러오고야 말았구나!'

대왕 사유는 후회막급의 심정이었다.

"폐하! 일단 후퇴했다가 후일을 도모하는 것이 좋을 듯싶사옵니다."

왕자 이련이 다시 한번 간청했다. 피딱지가 말라붙어 엉망이 된 아들의 얼굴을 바라보던 대왕은, 마지못해 수긍하는 듯 고개를 주억거렸다.

"그래, 후일을 기약하고 일단 이곳을 탈출하고 보자."

대왕 사유는 전령을 대장군 고계에게 보내 고구려 군사들을 물려 평양성으로 후퇴하라고 전하게 했다. 그리고 곧 기백 군사의 호위를 받으며 계곡을 벗어나 들판을 가로질러 평양성으로 급히 말을 달렸다.

8

수곡성 앞 너른 들판에서는 백제군과 고구려군의 공방전이 치열하게 벌어지고 있었다. 백제의 복병이 고구려 중군을 추격하여 수곡성 앞까지 왔을 때, 성안에 있던 고구려 선봉대장 연수는 중군을 돕기 위해 급히 군사를 끌고 출전했다.

이렇게 되자 백제군이 조금씩 밀리기 시작했는데, 수곡성 안에서 느닷없이 불길을 치솟자 고구려군은 적이 당황하지 않을 수 없었다. 불길이 솟는 것을 신호로 성 밖의 동편과 서편에 숨어 있던 백제군들이 동시에 수곡성을 들이쳤던 것이다. 성안에 머물고 있던 백제 잔류 병력이 불을 지르고 성문을 여는 바람에 수곡성은 순식간에 주인이 뒤바뀌었다.

선봉대장 연수가 고구려 중군을 돕기 위해 출전하면서 성안에 경비 병력으로 남겨두었던 고구려군은 백제군의 기습에 속수무책으로 당했다. 그럴 수밖에 없는 것이 갑자기 건초와 군량미를 쌓아둔 창고에서 불길이 치솟자, 성을 경비하는 병력까지도 불을 끄는 데 투입되었다. 이때 백제군은 그 허점을 노려 불시에 성을 공략했던 것이다.

한편, 전날 패하 남쪽에서 대기하고 있던 백제 장군 막고해가 이끄는 8천여 백제군은 도하작전을 펴서 강둑을 넘어 수곡성 앞 들판으로 밀려 들어왔다. 그는 패하를 건너 도주한 후 곧바로 치양성에서 5천의 군사를 지원받아 대기하고 있었던 것이다.

막고해가 이끄는 백제군이 수곡성을 탈환한 후 다시 고구려 선봉부대를 추격하자, 고구려군은 졸지에 앞뒤로 적을 두고 싸우는 불리한 입장에 처했다.

"장군! 패하를 건너갔던 막고해가 다시 군사를 이끌고 쳐들어왔습니다."

고구려 선봉군의 2진으로 막고해의 백제군에게 수곡성을 내주고 뒤늦게 들판으로 나온 두충은, 급히 장군 연수에게 달려가 보고했다.

"막고해에게 속았다! 걸구금척과 두충, 두 장수는 군사 5천을 각기 나누어 이끌고 가서 배후의 백제군을 치시오."

결국 연수는 수곡성을 공격할 때 선봉에 섰던 말갈군과 두충이 이끄는 동부 군사, 그리고 거기에 3천 5백의 병력을 더 주어 막고해의 백제군을 막게 했다.

연수는 일단 급한 대로 대왕 사유의 안전을 도모해야 했으므로, 걸구금척과 두충에게 떼어준 군사를 뺀 나머지 군사 7천을 이끌고 협공에 나섰다. 그러나 고구려 중군은 기습을 당해 기가 꺾인 상태인 데다, 오합지졸의 농민군들은 겁에 질려 도망치기에 바빴으므로 전세는 이미 백제군에게 유리한 쪽으로 기울었다. 전쟁은 기세의 싸움이다. 고구려 중군과 선봉군이 협공으로 백제군을 공격하기는 했지만, 파죽지세로 몰아붙이는 백제군을 당할 수는 없었다.

한편, 막고해가 이끄는 백제군과 맞서기 위해 군사를 되돌린 말갈족장 걸구금척과 동부의 장수 두충은 고구려군 5천으로 백제군 8천을 상대해야만 했다. 군사의 머릿수로는 중과부적이었지만, 두 장수의 용맹은 백제군의 간담을 서늘하게 만들었다. 걸구금척은 장창을 사용했고, 두충은 쌍칼을 잘 썼다.

“적장 막고해는 어디 있느냐? 나하고 한번 붙어보자!”

걸구금척이 장창을 휘두르며 백제군을 향해 말을 달렸다. 그의 창이 번쩍일 때마다 백제 군사들은 비명 소리 한번 제대로 질러보지 못하고 쓰러졌다.

두충도 쌍칼을 휘두르며 백제군 무리 속으로 말을 달렸다. 마치 배가 달릴 때 물살이 좌우로 갈라지듯 백제군은 그렇게 양편으로 흩어졌다.

용맹한 두 장수의 싸움에 용기를 얻은 고구려군은 그 뒤를 따라 백제군을 공격해 짓쳐 들어갔다. 이렇게 되자 막고해가 이끄는 백제군도 한동안 어지러워졌다.

그런데 한창 쌍칼을 휘두르던 두충은 백제군의 무리 속에서 낯익은 얼굴을 발견했다. 사기였다. 그는 백제 군복을 입고 있었다.

“아니? 너는 사기가 아니더냐?”

두충이 말 위에서 소리쳤다. 그는 순간 눈이 뒤집혔다. 금세 사태 파악이 되었다. 사기는 백제 밀정이었고, 자신의 곁에 머물면서 군사기밀을 빼내 달아난 것이었다.

“아앗! 두충이다! 저 벌레 같은 놈에게 들키다니!”

사기는 말 머리를 돌려 꽁지 빠지게 달아나기 시작했다.

“너, 이놈! 네놈이 백잔의 밀정인 줄 몰랐구나. 가만두지 않겠다."

두충은 사기의 뒤를 쫓아 말을 달렸다. 뿌드득, 소리가 나도록 그는 어금니를 갈아붙였다. 사기가 고구려군의 정보를 알려주는 바람에 백제군에게 크게 당했다는 생각이 들자, 뒤늦은 깨달음이 그의 가슴을 쓰리게 했다. 그런 빼저린 후회는 복수의 칼날을 세우게 만들었다.

"사람 살려요! 저 벌레 같은 두충이 놈이 사람 잡네!"

똥줄이 타서 도망치면서도 사기는 흘끔흘끔 뒤를 돌아보며 소리쳤다. 그럴수록 두충은 더욱 바짝 약이 달아올랐다.

"네 이놈! 사기야! 내 오늘 너의 간을 도려내 씹어 먹고야 말겠다."

두충은 눈이 뒤집혀 보이는 게 없었다. 좌우에서 달려드는 백제군이 있었지만, 그가 휘두르는 쌍칼에 모두 도륙을 당했다. 그는 두 눈을 부릅뜬 채 앞을 향해 말을 달리면서 거의 느낌으로만 좌우에서 다가드는 적의 그림자를 향해 칼을 휘두르고 있었다. 그때마다 칼을 맞고 쓰러지는 적의 비명이 말 뒤편으로 바람소리처럼 밀려났다.

그렇게 정신없이 달리다 보니, 두충은 자신의 뒤를 따르던 고구려 군사들이 보이지 않는 것을 뒤늦게 깨달았다. 그는 자신도 모르는 사이에 백제군들에게 둘러싸여 있었다. 쫓기던 사기는 이미 백제군의 무리 속으로 감쪽같이 몸을 숨긴 뒤였다.

"이런 쥐새끼 같은 놈이!"

백제군에게 포위된 것을 안 두충은 뒷골이 서늘해지는 느낌이 들었다. 적진에 너무 깊이 들어와 있었고, 도망을 치기에도 너무 늦었다.

이미 백제 장수 두 명이 두충을 향해 칼을 겨누며 접근해 왔다. 그 뒤로 백제군들이 두세 겹으로 퇴로를 막고 있어 그는 졸지에 백제군에게 포위당하고 말았다.

두충은 주춤주춤 뒤로 밀려났다. 그러는 사이 백제군 하나가 창을 날려 말의 엉덩이를 찔렀다. 그 순간 말이 펄쩍 공중으로 뛰어올랐고, 그 바람에 그는 땅바닥으로 나뒹굴고 말았다. 그는 본능적으로 몸을 일으키며 달려드는 백제군에게 칼을 휘둘렀다.

말에서 떨어지는 것을 보고 공격하려던 백제군이 주춤하는 사이, 두충은 다시 자세를 가다듬었다. 백제군은 포위망을 점점 더 좁혀 오고 있었다. 열려 있는 공간은 패하 쪽이었는데, 그의 뒤는 바로 절벽이라 도망칠 곳이 더 이상 없었다.

"고구려 장수는 도망칠 생각 말고 항복하라."

백제 장수 하나가 소리쳤다.

그때 백제군의 무리 속에 숨어 있던 사기가 앞으로 나서며 고자질을 했다.

"저놈은 고구려 동부의 장수 두충이란 자이올시다. 살려둬서는 안 됩니다. 성질이 사나운 데다 특히 쌍칼을 잘 쓰는데, 살려두면 반드시 후환이 있을 것입니다."

"네가 어찌 저자를 잘 아느냐?"

백제 장수가 여유를 갖고 물었다.

"소인은 태자 전하와 막고해 장군이 고구려에 보낸 밀정이었는데, 저자 밑에서 말구종 노릇을 하며 정보를 빼냈습니다요."

"흠, 네가 바로 사기로구나?"

"예, 맞습니다요. 저자를 살려두면 소인은 언젠가 저 쌍칼에 도륙당해 죽을 것입니다요."

사기는 자신의 목에 손을 갖다 대며 죽는 시늉까지 했다.

"사기야, 이놈아! 네가 그렇게 배신을 할 줄 몰랐구나."

두충의 목에서는 피를 토하는 듯한 소리가 울컥거리며 솟아올랐다. 이젠 마지막이구나, 싶은 생각이 들자 그는 문득 동부욕살 하대곤의 얼굴을 떠올렸다.

'자넨 이번 전쟁터에서 죽어야 하네. 두충이란 인간은 완전히 이 세상에서 없어지는 거야. 그리고 전쟁이 끝났을 때 자넨 조환으로 새롭게 태어나는 것일세.'

하대곤의 목소리가 허공에서 들려오는 듯했다.

전쟁터에서 죽으라는 하대곤의 말은 두충을 버리고 조환으로 새롭게 태어나라는 것인데, 이제야말로 진짜 죽게 생긴 것이었다.

'지금 죽으면 안 돼! 아, 그런데 이제 꼼짝없이 죽을 수밖에 없구나!'

삶과 죽음 사이에서 촌음을 다투는 시각에 두충은 이런 위급한 상황일수록 마음이 강해져야 한다며 자신을 채찍질했다.

"자, 누구든 덤벼라! 내 오늘 반드시 저 사기라는 놈의 간사한 혓바닥을 도려내고 말리라."

두충의 외침을 듣고서 잔뜩 겁을 집어먹은 사기는 어느 사이 백제군의 무리 속으로 몸을 숨겨버렸다.

"죽기로 싸우겠다는 것이로군! 네가 말을 버렸으니 나도 말에서 내려 싸워주마."

백제 장수가 말에서 뛰어내렸다. 사실 그는 말을 타고 두충과 상대하기가 곤란했던 것이다. 두충 바로 뒤는 절벽이므로 자칫하면 말을 탄 채로 패하로 떨어질 수도 있었다. 그래서 말고삐를 뒤에 있는 졸개에게 넘겼다.

두충은 곧 백제 장수와 맞섰다. 쌍칼의 명수인 그는 백제 장수 하나를 상대하는 것쯤은 가볍게 생각했다.

서너 합을 치를 때 벌써 백제 장수가 밀리기 시작했다. 그러자 다른 백제 장수 하나가 역시 말에서 뛰어내려 쌍칼을 든 두충을 공격했다. 두충이 쌍칼을 들었으므로 칼은 2 대 2의 대결이었다. 그러나 사람은 2 대 1로 두충이 불리한 상황이었다.

백제의 두 장수는 상대와의 거리를 좁혀가며, 점차 두충을 절벽 쪽으로 밀어붙였다. 이제는 더 이상 물러설 공간이 없는 절체절명의 순간, 그는 번뜩 하대곤의 말을 다시금 떠올렸다.

'두충을 버리고 조환으로 다시 태어나라.'

두충은 그 말의 의미를, 하나는 버리고 다른 하나는 살리라는 뜻으로 해석했다.

'그래, 한 팔을 내주마. 그러나 다른 한 팔은 살려야 한다.'

이렇게 마음속으로 외친 두충은 왼팔을 번쩍 들어 적장을 향해 뻗으며 헛손질을 하듯 일부러 허점을 보였다. 그러면서 오른손에 쥐었던 칼을 다른 적장에게로 힘껏 던졌다. 순간, 불에 덴 듯 왼팔에 뜨끔한 통증이 왔다. 그와 동시에 그는 까마득한 절벽 아래로 떨어져 내리는 자신을 느꼈다.

두충은 절벽으로 떨어지면서 자신의 오른손을 벗어난 칼이 적장의 가슴에 정통으로 꽂히는 걸 목격했다. 그는 그 마지막 장면을 기억에서 지우지 않으려고, 절벽으로 끝도 모르게 추락하면서 이를 악물고 기억의 끈을 붙잡으려 안간힘을 썼다. 그 기억의 끈이야말로 바로 생명을 이어주는 줄이라고 생각했던 것이다. 몸이 강물로 떨어지는 순간, 그는 깜빡 정신을 잃고 말았다.

동맹제

1

수곡성 전투에서 백제군에게 패하고 국내성으로 돌아온 고구려 대왕 사유의 심사는 매우 복잡했다. 두 번이나 백제에게 패하다니, 그런 수모가 없었다. 그는 스스로 욕심이 지나쳤다고 생각했다.

이번 전투에서 너무 많은 것을 잃었다. 3만 병력 중 전사자가 3천을 헤아렸고, 백제군에게 포로가 된 고구려 병사도 그에 버금갈 정도였다. 더더구나 농민들 중 차출한 병력의 반 이상은 도망쳐 어디론가 뿔뿔이 흩어졌다. 그래서 회군할 때의 고구려군은 겨우 절반에 불과했다.

대왕은 오래도록 울분을 삭일 수가 없었다. 그러면서 깨달은 것은 과유불급이라는 말이었다. 패자에게도 반드시 교훈이 있었다. 이번 전쟁을 겪으면서 그의 생각은 크게 바뀌었다.

과유불급이라는 말이 떠오르는 순간, 대왕의 뇌리에 번뜩 스친 것은 괴승 석정의 얼굴이었다. 그는 원정을 떠나기 전에 괴승을 궁궐 감옥에 가둔 사실을 기억해 냈다.

'만약 그 괴승의 말을 들었더라면…….'

후회막급이 아닐 수 없었다. 그러나 이제 와서 어찌할 것인가. 대왕 사유는 지나간 것을 빨리 지워버리고 앞으로의 대책을 마련하는 일이 시급하다고 생각했다. 편전에서 가만히 앉아 있지 못하고 뒷짐을 진 채 왔다 갔다 하며 절치부심하던 끝에, 그는 문득 시립해 있는 내관에게 일렀다.

"여봐라! 감옥에 갇혀 있는 석정이란 괴승을 불러오너라."

"예, 폐하! 분부 받잡겠나이다."

내관이 뒷걸음질로 편전을 나가다가 막 돌아서서 문을 벗어나려고 할 때, 대왕은 그의 등 뒤에 대고 덧붙였다.

"정중히, 예우를 다하도록!"

대왕은 석정을 예사롭지 않은 인물로 보았다. 그는 근엄하게 옥좌에 높이 올라앉아 석정이 나타나기를 기다리면서도, 뭔가 불편한 느낌이 들어 자주 몸을 비틀었다. 좌석이 불편한 것이 아니라, 마음이 편치 않았던 것이다.

석정은 한참 후에야 내관의 안내를 받아 편전으로 들어섰다. 목욕을 시키고 말끔하게 옷을 갈아입혀 데려오느라 늦었던 것이다. 그래서일까, 한 달여 이상 감옥에 갇혀 있던 수인치고는 멀끔해 보였다.

"석정 대사, 그동안 고생이 많았소이다."

대왕 사유는 전 같지 않게 석정에게 예우를 차렸다.

"폐하의 은덕으로 몸과 마음이 모처럼 호사를 누렸사옵니다."

석정은 그러면서 대왕을 똑바로 쳐다보았다.

"호사를 누리다니……?"

대왕은 그 말뜻을 바로 이해하지 못했다.

"빈도는 원래 동가식서가숙하던 몸이었사옵니다. 인심이 사나워 얻어먹지 못할 때는 굶기를 밥 먹듯이 했는데, 궁궐에서 주는 음식을 때 거르는 일 없이 잘 먹고 맘 편히 잠을 잤더니 이렇게 부옇게 살까지 올랐사옵니다."

듣기에는 빈정거림 같았으나, 이것은 석정의 진심이었다. 모처럼 궁궐 감옥에서 맘 편히 잘 쉬었다고 그는 생각했다.

"헛헛, 허! 역시 석정 대사답구려."

"황공하옵니다."

"짐이 진작 석정 대사의 도력을 알아보지 못한 것이 한스럽소이다. 이번 전쟁을 치르는 동안 대사의 충언이 가슴에 진정으로 와 닿았소. 대사를 감옥에 가둔 것은 내 불찰이었소."

대왕은 좀처럼 중신들에게도 하지 않던 사과를 석정에게 하고 있었다.

"빈도의 불충을 어찌 갚으오리까?"

"불충이라니, 당치도 않소. 대사의 말을 못 알아들은 짐이 부끄러울 뿐이오."

"그렇지 않사옵니다. 원정하기에 앞서 빈도가 더욱 강력하게 반대하여 이번 전쟁이 일어나지 않도록 했어야만 했는데……."

"지나간 일은 더 이상 거론하지 맙시다. 이미 엎질러진 물, 주워 담을 수 없는 노릇 아니겠소? 그보다 앞으로 이 나라를 어찌 이끌어가야 할지 대사에게 묻고 싶소."

이것은 대왕 사유의 솔직한 심정이었다.

"빈도가 중원을 거쳐 저 멀리 서역 가까이까지 간 적이 있었사옵니다. 거친 사막이 펼쳐져 있고, 일 년 내내 찌는 듯한 폭염이 계속되는 열대지방이옵니다. 서역의 상인들이 낙타라는 짐승의 등에 특산물을 싣고 사막을 건너 중원에 들어와 비단과 바꿔 가는데, 그 짐승이 사막에서 뜯어먹는 가시 많은 풀이 있지요."

석정은 진지했다.

"허어? 낙타라는 짐승이?"

"낙타는 등에 혹이 나 있습니다. 혹이 봉우리처럼 하나 있는 것을 단봉낙타라 하고, 둘이 있는 것을 쌍봉낙타라 하옵니다. 발굽이 넓적하여 사막의 모래땅을 걷는 데 용이할 뿐만 아니라, 등에 난 혹이 태양열을 막아주는 양산 역할을 하기 때문에 웬만한 더위에도 잘 지치지 않습니다. 그래서 낙타를 흔히 사막의 배라고 부른답니다."

"사막의 배라? 거 신기한 짐승이구려!"

대왕 사유는 석정의 말에 이끌려 들어갔다.

"사막에는 짐승이 뜯어먹을 마땅한 풀이 없사옵니다. 헌데 소소초라는 가시 많은 풀이 낙타의 먹이로 쓰입니다. 낙타는 허기지고 목이 마르면 그 거친 풀로 배를 채워 생명을 유지합니다. 그래서 흔히 소소초를 낙타풀이라 부르기도 하지요. 낙타는 풀의 억센 가시에 주둥이를 찔려가면서도 허기진 배를 채웁니다. 가시에 찔려 주둥이에 흐르는 피까지 혀로 핥아 먹으며, 주린 속과 갈증을 해소한다고 하옵니다."

"재미있는 짐승이구려!"

"낙타 이야기를 하려는 것은 아니고, 사실은 그 가시 많은 소소초에 대한 말씀을 드리려는 것이옵니다. 사막 같은 열대지방에서는 비가 잘 오지 않사옵니다. 일 년에 몇 번 내리지 않기 때문에 식물들이 잘 자라지 못하옵니다. 그래서 소소초란 식물은 한 번 비가 내리면 그 물을 오래도록 뿌리에 저장했다가 아주 아끼고 아껴가며 줄기로 조금씩 올려 보내 생명력을 유지하옵니다. 땅 위에 나온 소소초의 줄기는 키가 아주 작은데, 뿌리는 그 몇 배 이상 길다고 하옵니다. 다음에 비가 내릴 때까지

땅속에 물을 저장해 두려다 보니 생태적으로 그렇게 뿌리가 발달된 것이지요."

"헌데, 왜 짐에게 그 사막의 풀 이야기를 하는 것이오?"

대왕은 낙타가 먹는다는 풀을 비유로 들어 자신에게 무엇인가 말하려는 석정의 의도를 간파했다.

"폐하! 지금 고구려는 사막의 가시 많은 풀처럼 위태로운 지경에 놓여 있사옵니다. 비가 내릴 때 많은 물을 뿌리에 축적해 놓지 않으면 사막의 풀은 말라 죽습니다. 지금 고구려는 줄기를 키우기보다는 뿌리에 물을 축적해 놓을 때이옵니다. 사막의 풀이 작달막한 키에 잎도 없이 가시만 있는 것은 내리쬐는 태양열을 적게 받기 위함이옵니다. 만약 사막에 키가 크고 잎이 무성한 식물이 있다면 바람이 불 때 우쭐댈 수는 있으나 곧 고사하고 말 것이옵니다. 지금 고구려는 키를 낮추고 볼품없이 보이도록 하되, 뿌리를 튼튼히 하는 사막의 풀처럼 철저히 미래에 대비할 때이옵니다."

이처럼 말의 흐름이 유장했으나, 정작 석정은 마른침을 삼켰다. 목이 마른 것은 순전히 긴장한 탓이었다.

"흐음……. 짐이 너무 현실을 바로 보지 못하고 우쭐댔다는 것이로군!"

대왕은 침통한 표정으로 석정을 직시했다.

"폐하! 사막의 풀을 예로 들었을 뿐, 빈도는 폐하를 두고 드린 말씀이 아니옵니다."

"그만하면 알아들었소이다. 헌데, 대사! 앞으로 어찌하면 이 나라를 백잔 같은 무리들이 넘보지 못할 강국으로 만들 수 있겠소?"

대왕 사유는 옥좌를 앞으로 끌어당기기라도 할 듯이 몸을 석정 가까이 들이대며 물었다.

"마음만 먹으면 그리 어려운 일이 아니옵니다. 한마디로 유비무환이 아니겠사옵니까?"

"사막의 가시 많은 풀처럼 뿌리를 튼실하게 해야 한다, 이 말이오?"

"사막의 풀에게 있어서 가시는 적으로 하여금 함부로 덤비지 못하게 하는 무기이기도 하옵니다. 그래서 낙타가 먹으려고 입을 대면 가차 없이 가시로 찌르는 것이 아니겠사옵니까? 군대를 기르는 것은 불문가지. 당연하고도 당연한 일이오나, 다른 나라를 치기 전에 우선 방어를 해야 하옵니다. 그러나 그보다 더 시급한 것이 나라의 기틀을 재정비하는 것이옵니다. 장유에는 예의를 갖춘 서열이 있어야 하고, 군신 간에는 신의를 바탕으로 한 위계가 서야 하옵니다. 거기에 백성들이 두루 풍요를 누리며 평안해야 나라가 안정되지 않겠사옵니까? 또한 학문을 익혀 인재를 배양하는 것이 장기적으로 나라를 부강하게 만드는 길이옵니다."

석정의 눈은 한밤중 어둠 저쪽에서 빛나는 짐승의 그것처럼 활활 불타오르고 있었다.

"대사가 믿는 그 불교라는 것은 어떤 종교요?"

대왕 사유는 이제 석정의 말에 신뢰하는 눈빛을 보냈다.

"만백성이 태평성대를 이루는 것이옵니다. 태평성대를 이루기 위해서는 전쟁을 없애야 하고, 나라의 군주는 덕으로 정치를 해야 하옵니다. 덕은 불심으로 대덕의 경지에 이르게 되며, 그 불심이 만백성의 마음에 가닿아야만 태평한 세상이 열립니다. 부처님께서 그런 세상을 열어주실 것이옵니다."

"우리 고구려는 하늘의 백성이오. 하느님과 대사가 말하는 부처님은 어떻게 다르오?"

"크게 다르지 않사옵니다. 다만 하느님은 높으신 분이지만 백성을 계도하지는 않습니다. 그러나 부처님은 우매한 백성을 계도하여 하늘에 이르는 길로 인도한다는 점에서 다르다고 할 수 있겠지요. 우리 고구려 백성은 곰도 믿고 호랑이도 믿지만, 궁극적으로 하느님을 믿습니다. 그러나 불교는 그 모든 것을 한 마음으로 통합하여 국가의 기틀을 굳건히 하는 불국정토의 세계를 열어줄 것이옵니다."

석정의 말은 활달하고 거침이 없었다.

"대사께선 전쟁이 없는 세상을 만들어야 한다고 했는데, 그것이 과연 가능한 일이겠소? 이웃 나라가 쳐들어오면 나라와 백성을 지키기 위해서 어쩔 수 없이 맞서 싸워야 하지 않겠소?"

"지당하신 말씀이옵니다. 당연히 맞서 싸워야지요. 전쟁은 욕심에서 비롯되는 것. 산적이 나그네의 봇짐을 터는 것과 다를 바 없습니다. 나그네가 강해지면 산적이 감히 덤비지 못하지요. 따라서 외침을 막으려면 나라가 부강해지는 수밖에 없사옵니다. 우선 어느 나라도 감히 넘보지 못할 강한 나라를 만들고, 주변 나라에 부처님의 마음과 같은 덕을 베푼다면 불국정토의 세상이 도래할 것이옵니다."

"그러하면, 지금 우리 고구려에선 당장 무엇을 어떻게 준비해야 한다고 생각하시오?"

"왕도정치를 하려면 왕권이 바로 서야 하옵니다. 강력한 왕권이 서야 백성들을 한마음으로 모을 수 있는데, 지금 고구려는 그 왕권이 흔들릴 위기에 처해 있사옵니다."

석정은 그러면서 대왕 사유를 뚫어지게 바라보았다.

"왕권이 흔들릴 위기라니?"

"태자 전하에게 후사가 없사옵니다. 이는 훗날 왕권을 두고 반드시 다툼이 일어나 혼란스러워질 우려가 있으니, 그것을 염려하지 않을 수 없사옵니다."

석정이 근심하는 바를 대왕 사유도 모르지 않았다. 태자 구부는 불혹을 넘긴 나이에도 아직 자식을 생산하지 못했다. 그

동안 태자비 이외에도 여러 궁녀를 태자의 후비로 삼았으나, 그 누구에게서도 소식이 없었다. 아무래도 태자 자신에게 문제가 있는 것 같았다.

"태자 다음에는 이련 왕자가 있질 않소? 우리 고구려는 산상대왕 이후 장자계승 원칙을 고수하려고 했소. 그러나 그것이 불가피할 경우에는 형제계승도 해왔으므로, 형이 동생에게 왕위를 물려주는 것도 큰 흠은 아니라 생각하오."

"폐하! 이련 왕자 다음은 어찌하시려는지요?"

"흐음! 그야 앞으로 이련 왕자에게 후사가 생길 것이 아니겠소?"

"바로 그 말씀이옵니다. 이련 왕자의 혼사가 시급한 문제이옵니다. 하루속히 후손을 보셔야만 신하들이 다른 마음을 먹지 못하지요. 왕계를 튼튼히 하여 국론 분열을 막고 왕권 강화를 통해 나라의 구심점을 한곳으로 모아야 합니다."

석정의 말에 대왕은 백제와의 패전 이후 모처럼 얼굴에 환한 미소가 감돌았다.

"대사! 참으로 짐이 고민하던 바를 명쾌하게 해결해 주었소. 짐도 바로 이련 왕자의 혼사를 고민하던 중이었소."

대왕은 한참 동안이나 고개를 주억거렸다.

2

편전에서 물러나온 석정은 마치 하늘에서 은가루를 뿌리듯 하얗게 부서져 내리는 햇살을 올려다보았다. 궁궐의 기와지붕 위에 떠 있는 하늘은 쪽빛 바다처럼 푸르렀다. 거기, 바다 위에 떠 있는 흰 돛배처럼 구름 몇 조각이 한가롭게 노닐고 있었다.

'날씨는 평화롭구나!'

석정은 마음속으로 이렇게 되뇌면서 다른 한편으론 긴 한숨이 터져 나오는 걸 숨길 수가 없었다.

'과연 평화의 세상은 언제 올 것인가?'

너무도 아득하다는 생각이 석정을 안타깝게 만들었다.

작금의 고구려는 풍전등화와도 같았다. 이미 백제에게는 고구려가 허약하다는 걸 실전으로 보여준 셈이고, 또한 연나라를 멸망시킨 전진의 부견이 언제 어느 때 고구려 국경을 넘볼지도 알 수 없는 상황이었다. 물론 장강 이남에 동진이 있어 함부로 고구려를 탐하기는 어렵겠지만, 화북을 통일한 전진이야말로 마음만 먹으면 언제든지 동쪽 진출을 꾀할 수 있을 만큼 매우 위협적인 존재였다.

석정은 대왕 사유가 말은 저렇게 하지만, 이순을 넘긴 나이로 보나 우유부단한 성격으로 미루어볼 때 믿을 수 없다고 생각했다. 그러니 저절로 한숨이 나올 수밖에 없었다.

"대사님, 태자 전하께서 모시고 오라는 분부십니다."

태자궁의 내관이 허리를 굽히자, 석정은 하늘에 두었던 눈길을 천천히 거두었다.

"태자 전하께옵서?"

"예, 태자궁으로 안내하겠습니다."

내관이 앞장을 섰고, 석정은 두말없이 그의 뒤를 따랐다.

태자의 거처는 대왕의 편전 동쪽에 자리 잡고 있었다. 그래서 태자궁을 가리켜 동궁이라고도 불렀다. 태자궁 가까이 있는 연못에는 푸른 가을 하늘이 드리워져 있었고, 물고기들이 수면으로 튀어 오르며 주둥이로 새털 같은 구름 조각을 자주 건드려대고 있었다.

때마침 태자는 연못가를 거닐며 물고기들의 유영하는 모습을 감상하고 있었다.

"태자 전하! 석정 대사를 모셔왔나이다."

내관의 말에 태자 구부가 돌아섰다.

"오! 석정 대사, 그동안 고초가 심하셨다 들었소."

태자 구부가 가까이 다가와 합장을 하는 석정에게 말했다.

"고초라니요? 아니옵니다. 태자 전하 덕분에 모처럼 호강을 누렸사옵니다. 그저 도를 닦는 승려는 잎 떨어진 망초 대궁처럼 비쩍 말라야 제격인데, 피둥피둥 살이 올랐으니 심히 부끄럽기 그지없사옵니다. 허허, 헛!"

그렇게 웃는 석정은 태자의 눈에도 신수가 훤해 보였다. 전에 비렁뱅이 같은 누더기 옷차림과는 비할 바가 아니었다. 목욕하고 새 옷으로 갈아입어 전혀 다른 사람 같아 보였던 것이다. 적어도 10년은 더 젊어 보였다.

태자가 문득 물었다.

"대사께서는 속세 나이로 올해 몇이시오?"

"허허, 헛! 중에게 나이를 다 물으시고? 속세 나이는 잊은 지 오래고, 세월 가는 줄 모르고 떠돌다 보니 언제 승적을 얻었는지도 알 수 없나이다. 더구나 파계승이 되어 수염과 머리를 제멋대로 기르고 방탕생활을 한 것이 또한 오래전 일이니, 대체 어디서부터 어떻게 나이를 따져야 할지 모르겠사옵니다."

"일전에 보았을 때 대사께선 나보다 10년은 연상으로 보였는데, 이제 보니 나와 비슷한 연배 같구려! 여기 이러고 서 있을 게 아니라 들어가십시다. 파계승이라 하시니 곡차로 한잔하십시다. 허헛, 흠!"

태자 구부도 말끝에 호쾌한 웃음을 베어 물었다.

태자궁에 들어가 거실에 좌정하자, 미리 준비가 되어 있었던 듯 곧 술과 각종 안주가 차려진 상이 방 한가운데 놓여졌다. 고기 산적부터 산해진미가 안주로 올라와 있었는데, 모두가 기름진 것들이었다.

"중이 못 먹는 것들만 있군요."

말로는 그렇게 하면서도, 석정은 입맛부터 다셨다.

"옥고를 치르셨으니, 스님이라 하더라도 기름진 음식으로 보양을 해야 하지 않겠소? 더구나 대사께선 파계승이니 고기 음식을 마음 놓고 드셔도 무방하지 않겠소이까?"

"저자에서 굶주리는 백성들을 생각하니, 너무 상이 호사스러워 입안으로 넘길 수 있을지 모르겠사옵니다."

석정은 그러면서 힐끗 마주 앉은 태자를 바라보았다.

"대사께서 질책을 하시는구려. 실은 나도 소찬 다섯 가지 이상은 상에 올리지 못하게 하나, 오늘만은 특별히 준비하라 일렀소. 대사께서도 몸이 건강해야 백성들 교화에 힘쓸 수 있지 않겠소?"

"하하 핫, 딴은 그렇사옵니다."

석정도 그런 태자의 속 깊은 마음을 알고, 술과 고기를 든든히 먹어두기로 했다. 하기는 기름진 음식을 보니 뱃속에서 꼬르륵, 소리까지 나는 것이었다.

술이 한 순배 돌고 나서 태자가 천천히 입을 열었다.

"나도 백성들 사이에 불도를 닦는 이들이 늘고 있다는 소릴 들은 바 있소이다. 허나 과연 불교를 통해 백성들 마음을 하나로 모을 수 있을지 그것이 의문스럽소. 전진의 부견은 법률을 정비하고 학문을 장려하며, 농경에 힘써 백성들의 삶을 풍요롭게 하고 있다 들었소. 대사는 이 모두가 불교를 통해 백성들을 한마음으로 일치단결하게 만든 덕분이라 생각하시오?"

태자의 말에 석정은 자세를 바로 하지 않을 수 없었다. 태자의 눈빛은 청동거울이라도 꿰뚫을 듯 날카로웠다. 순간 석정은 태자의 눈에서 활활 타오르는 불길을 보았다. 그만큼 그를 바라보는 태자의 눈빛은 뜨거웠던 것이다.

"그보다 먼저 태자 전하께서는 우리 고구려에 불교가 언제부터 들어왔는지, 그 내력을 알고 계시옵니까?"

석정 또한 두 눈에서 불길을 뿜어내고 있었다. 활활 탈 듯한 두 사람의 눈빛이 허공에서 부딪쳐 불꽃을 일으키면서, 대화의 열기는 더욱 뜨겁게 달구어지고 있었다.

"아니요. 알지 못하오."

"이미 백 년도 넘었사옵니다."

"그렇게나 오래되었단 말이오?"

"아직 고구려에 사찰은 없지만, 재가불자들의 경우 집 안에 불당을 만들어 부처를 모시는 자가 많다고 하옵니다."

"흐음……."

태자는 석정에게서 잠시도 눈을 떼지 않은 채 가만히 고개를 끄덕였다.

"지금으로부터 백여 년 전의 일이옵니다. 위나라 정시正始 연간에 아굴마라는 사신이 고구려에 왔다가 고도녕이라는 고구려 여인과 관계를 한 후 돌아갔는데, 그 여인에게서 아들이 태어났다고 합니다. 아마도 아굴마는 불교도였던 모양인데, 고도녕은 다섯 살 된 아들을 출가시켰습니다."

석정은 고구려에 처음 불교가 전해진 일을 태자 구부에게 들려주었다.

"그러니까 정시 연간이라면, 우리 고구려는 동천대왕 시절이 아니겠소?"

"맞사옵니다. 중원에선 조조·유비·손권이 자웅을 겨루던 삼국시대를 지나 이미 제갈량도 죽은 이후이옵니다. 고도녕의 아들 이름은 아도입니다. 그는 다섯 살에 출가해 고구려 산천을 떠돌다 열다섯 살이 되자 위나라로 가서 친부 아굴마를 만났으며, 당시 불법을 강설하던 현창화상의 제자가 되었다 하옵니다. 그러다가 4년 후인 열아홉 살 때 귀국하여 고구려에 불법을 전하기 시작했습니다. 허나 처음부터 불법을 전하기는 쉽지 않았겠지요. 아도의 어머니 고도녕은 아들에게 신라로 가서 불법을 전하면 후에 그 나라에서 크게 불교가 일어날 터이니, 그곳으로 가라고 일렀다 하옵니다. 아도는 곧 신라로 떠나 서라벌 인근에 자리를 잡았고, 때마침 미추이사금의 딸 성국공주가 병들어 무당과 의원이 아무리 치료를 해도 듣지 않자, 이를 신통력으로 고쳐주었다 하옵니다. 그러나 신라에서도 불교는 환영을 받지 못했지요. 미추이사금이 절을 지으라고 명했는데도 백성들이 받아들이지 않고 오히려 아도를 죽이려고 했습니다. 그러자 아도는 몰래 무덤을 만들고 스스로 그 속에 들어가 세상과 인연을 끊었다 하옵니다."

석정은 말을 마치고 잔에 가득 넘치는 술을 단숨에 비워냈다.

"허허! 이야기가 신라로까지 넘어갔구려! 허면 우리 고구려나 신라나 모두 불교를 탐탁하게 여기지 않았던 것 아니겠소?"

"세상 이치가 낯선 것을 받아들이기 쉽지 않습지요. 거친 황무지에 처음 씨앗을 뿌리는 것은 그처럼 힘든 일이옵니다. 그러나 그 씨앗이 싹을 틔워 무럭무럭 자라 열매를 맺으면, 그 열매들이 사방으로 퍼져나가 또 다른 싹을 틔워 황무지를 옥토로 만드는 것이옵니다."

"그러하면, 지금 우리 고구려에는 백성들 사이에 불교가 어느 정도 전파되어 있다고 생각하시오?"

태자 구부는 뚫어지게 바라보는 눈빛으로 석정의 대답을 촉구하고 있었다.

"빈도가 탁발을 하며 두루 살펴본 바로는, 불심이 5부의 대가들은 물론이고 농가의 아낙네들에까지 미쳐 있사옵니다. 만약 나라에서 불교를 공인해 줄 경우 불길처럼 번져나갈 것입니다. 이미 우리 고구려 백성들 가슴에 불성의 화톳불은 지펴져 있사옵니다."

"대사는 불교가 어떤 힘을 가지고 있다고 생각하시오?"

태자의 표정은 더욱 진지해져 있었다.

"불교가 처음 일어선 나라를 천축이라 하옵니다. 중원에서 한나라가 이름을 떨치고 있을 때 천축에선 아육왕(아소카왕)이 불교를 숭상하여 나라를 크게 일으키고 통일제국을 세웠사옵니다. 누구도 넘보지 못할 큰 나라를 세워 평화를 이룬 아육왕을 가리켜 전륜성왕이라고도 하옵니다."

"전륜성왕이란 무엇이오?"

"천축의 신화에 나오는 이야기로, 통치의 수레바퀴를 굴려 세계를 통일·지배하는 이상적인 제왕을 뜻하옵니다. 전쟁이 없는 세상을 만들려면 이웃 나라가 감히 범접할 수 없을 정도로 강한 국가가 되어야 하고, 그런 국가에서 덕을 통한 통치력을 발휘하여 만백성이 우러러보는 전륜성왕 같은 대덕의 군주가 나와야 하옵니다. 오늘날 부견이 세운 전진을 화북의 중심이라 한다면, 우리 고구려는 동북의 중심이옵니다. 화북을 통일한 전진이 앞으로 강남의 동진마저 제압하면, 그 나라에서 중원의 평화를 이룩하는 전륜성왕이 탄생할 것이옵니다. 우리 고구려 역시 서북쪽의 거란, 북쪽의 부여, 동북쪽의 숙신과, 그리고 남쪽의 백제와 신라를 아우르면 저 중원에 버금가는 동북의 패자로 군림할 수 있을 것이옵니다. 그렇게 되면 비로소 고구려는 덕의 정치를 이끄는 전륜성왕의 나라로 크게 번창할 것입니다. 이처럼 불법으로 평화로운 이상세계를 이룩하는 것을 불국정토라 하옵니다."

"부견의 세력이 동진을 제압할 정도로 강하다면 우리 고구려를 넘볼 수도 있지 않겠소?"

"물론이옵니다. 그러나 아무리 날랜 호랑이도 한 번에 두 마리 토끼를 잡기는 어려운 법이옵니다. 먼저 부견은 동진을 손에 넣어야만 중원을 통일할 수 있사옵니다. 그래서 동북방의 위험세력인 연나라를 먼저 쳐서 멸망시킨 것이옵니다. 만약 부견이 고구려 원정에 나선다면 강남의 동진이 장강을 건너 화북을 아우름으로써 중원을 통일하려고 들 것입니다. 따라서 부견은 고구려와 우호관계를 맺고 동진을 치는 작전을 구사할 것이 불을 보듯 뻔합니다. 지금 고구려는 남방의 백제를 경계해야 하며, 그러기 위해서는 신라와 친교를 맺는 것이 중요하옵니다. 그리고 하루빨리 전진에 사신을 파견하여 저들의 문물을 받아들이고, 나라 기강을 바로잡는 외유내강의 정책을 펼치시옵소서."

석정은 미리 준비라도 한 듯 거침없이 자신의 생각을 펼쳐 보였다.

이때 태자 구부는 석정이 전진에서 보낸 첩자가 아닐까 하는 생각도 해보았다. 그러나 첩자도 때론 이용할 가치가 있다는 것이 그의 판단이었다. 석정의 주장을 들어보면, 전진은 고구려를 넘볼 의사가 없는 것 같았다. 동진과의 대결구도는 누가 보더라도 팽팽했으므로, 만약 욕심을 내어 고구려를 침공했다가는 앞뒤로 적을 만드는 꼴이 될 것이었다.

"대사의 고견 잘 들었소이다. 폐하께 주청을 드려 대사를 전진에 사신으로 파견할까 하오."

태자는 술병을 들어 석정의 빈 잔에 따랐다.

어느새 저녁 어스름이 들창에 어른거렸다.

3

지금 고구려에 가장 긴급을 요하는 것은 왕권 강화라는 석정의 말을 들은 대왕 사유는 왕자 이련의 국혼을 서두르기로 했다. 그 소문은 이미 국내성 일대에 파다하게 퍼져 있었다.

바로 그 즈음, 국상 명림수부가 태자를 찾아왔다.

"태자 전하! 이련 왕자의 혼사 문제가 거론되고 있다는 건 알고 계셨습니까?"

"알고 있습니다. 동맹제를 전후하여 국혼을 치른다고 하더군요."

태자 구부는 부왕에게서 들은 대로 말했다.

"신의 불충을 용서하소서!"

명림수부는 고개를 푹 꺾었다.

"국상께서 어찌 불충이라 하십니까?"

"태자비 전하께서 원자 아기씨를 생산하지 못한 것이, 그 아비 된 자로서 불충이 아니고 무엇이겠습니까?"

"그것이 어찌 국상의 불충이겠습니까? 자식이야 하늘이 내리는 것! 하늘이 내게 그런 복을 주지 않는 것을……. 아마도 애초에 내겐 아기씨가 없는 것 같습니다. 사내아이는커녕 여아도 하나 생산하지 못했으니……. 해서, 나는 진작부터 후사에 대한 기대를 접었습니다."

태자 구부는 그렇다고 아들 없는 것에 대하여 하늘을 원망하지는 않았다.

"이런 왕자 혼사 문제가 나오니, 더욱 신은 태자 전하를 뵐 면목이 없습니다."

명림수부는 태자와 태자비 사이에서 아들을 얻었다면 고구려 왕계가 장자상속으로 이어질 수 있을 것인데, 그렇지 못한 것이 못내 안타까웠다.

"그런 말씀 마세요. 부왕께서 이련의 혼사를 서두르시는 것은 어쩌면 당연한 일이고, 나 또한 아우가 어서 왕자비를 얻어 아들을 낳기를 바라는 바입니다. 그러면 우리 고구려 왕실도 후사 걱정을 면할 것이 아니겠습니까? 그래야 왕실이 더욱 굳건해지는 것이구요."

"그러하오니, 신은 더욱 몸 둘 바를 모르겠습니다."

"왕계도 장자계승만이 옳은 것은 아닙니다. 우리 고구려는 개국 초기에 형제계승을 한 사례가 많습니다. 이런 왕자는 어려서부터 영특했고, 그 맺고 끊음이 분명한 것이 군주로서의 자질을 충분히 갖추었다고 판단됩니다. 이번 백잔과의 전투에서도 아우가 첫 출전에서 용맹을 떨쳤다 들었어요. 그러니 국상께서도 태자비가 아기씨를 생산하지 못하는 것에 대해 너무 서운케 여기지 마세요. 이 자리에서 그런 이야기는 더 이상 하지 말도록 하십시다."

태자 구부는 큰 체구를 외로 틀었다. 사사롭게는 명림수부가 태자의 장인이므로, 사위 입장에서 아들을 못 낳은 것은 사내로서의 체면이 서지 않는 일이기도 했던 것이다.

"이런 왕자는 지난봄 천제를 지내러 갈 때 만난 하대용 대인의 딸을 마음에 두고 있다 하옵니다. 태자 전하께서는 어찌 생각하시는지요?"

"부왕께서도 그 낭자를 마음에 들어 하시는 것 같더이다. 당자인 아우도 그리 생각하는 모양이니 대신들이 나서서 왈가왈부할 일은 아닌 것 같습니다."

"그렇지 않사옵니다. 우리 고구려 왕실에서는 오래전부터 연나부 출신의 낭자를 간택한 전통이 있습니다."

명림수부는 뒤돌아앉은 태자의 등을 바라보고 말했다. 그러자 태자가 바로 돌아앉으며 정색을 하고 물었다.

"바로 그 일 때문에 국상께서 내게 달려오신 게로군요?"

"이는 연나부만의 문제가 아닙니다. 고구려 군신의 위계에도 영향을 줄 수 있는 실로 중대한 사안입니다."

"허허, 헛! 이련의 혼사 문제 때문에 연나부에 비상이 걸린 모양입니다. 나는 이번 혼사에 관여하지 않을 생각입니다. 국상께서도 방금 전에 나에게 아들이 없는 것에 대해 송구스럽다는 말을 했듯이, 나 또한 폐하께 태자로서 면목이 없을 뿐입니다. 그래서 폐하께서 결정하는 대로 따를 작정입니다. 연나부에서 이련의 배필감을 천거할 거라면 알아서들 하십시오. 나는 관여치 않을 것이니."

"대상 하대용의 딸을 왕자비로 간택한다면, 이는 우리 고구려 왕실의 수치입니다. 어찌 상인의 딸을 왕자비로 삼을 수 있겠습니까?"

"허면 연나부에는 그런 상인의 딸보다 나은 낭자가 있단 말씀입니까? 누구를 천거하려고 하는지 얘기나 들어보십시다."

태자는 한발 물러선 자세로 물었다.

"대사자 우신의 딸이 있사온데, 방년 열다섯 살이라고 합니다. 이련 왕자보다 두 살 많사옵니다."

태자 구부는 왜 국상이 이처럼 적극적으로 나오는지 잘 알고 있었다. 역대로 왕후를 배출한 연나부는, 왕실의 외척이라는 것을 내세워 권력을 장악했다. 태자 다음에 이련이 왕위를 이을 것이므로, 왕자비 간택은 곧 미래의 왕후를 결정하는 것이나 다름없는 일이었다. 만약 하대용의 딸을 왕자비로 맞아들이게 된다면, 연나부는 권력 서열에서 끈 떨어진 연처럼 졸지에 추락하는 신세를 면치 못할 것이었다.

"대사자 우신의 딸이라……. 우신이 국상께 딸을 추천해 달라고 부탁을 하던가요?"

"부탁을 했다기보다 올해 정초에 대사자가 집으로 초청해서 갔다가 그 여식을 보았지요. 예의범절을 철저히 배우며 곱게 자랐고, 경서를 두루 섭렵한 재원이란 생각이 들었습니다."

"허면 국상께서 폐하께 예비 왕자비로 천거를 해보시지요."

"물론 오늘 폐하를 만나 대사자의 여식을 천거하고자 이렇게 발걸음을 했습니다. 그에 앞서 태자 전하께 들른 것은, 폐하께서 의향을 물으실 때 대사자의 여식을 지지해 주시길 부탁드리기 위해서입니다."

"아까도 말했지만, 나는 중립을 지킬 것입니다. 왕손을 낳지 못한 나야말로 부왕에겐 불효를 저지른 몸 아니겠습니까? 그러니 이번 왕실 혼사에는 나서지 않는 것이 도리라 생각합니다."

이렇게 말했지만, 사실 태자는 대신들의 권력 싸움에 끼어들기 싫었다. 연나부를 지지하고 나섰다가는 자칫 처가 편을 든다는 구설수에 오를 수도 있는 일이었다.

국상 명림수부는 완강하게 나오는 태자 구부에게 더 이상 간청할 수가 없었다. 태자궁을 나와 편전으로 향하는 그의 발걸음은 무거웠다. 반드시 자신이 태자의 지지를 얻어내겠다고 대사자 우신에게 장담까지 했는데, 헛걸음이 되고 말았으니 낭패일 수밖에 없었다. 그래서 대왕이 반대를 하면 연나부 출신 대신들을 총동원해서라도 대사자 우신의 딸을 왕자비로 들어앉힐 작정을 다시금 하게 되었다.

편전에서 대왕 사유와 독대한 명림수부는 불문곡직하고 대사자 우신의 딸을 왕자비로 천거한다는 말을 한달음에 엮어냈다.

"대사자에게 그런 과년한 딸이 있었구려. 하지만 이번 혼사는 짐이 결정할 것이니 대신들은 나서지 마시오."

대왕은 이미 마음속으로 하대용의 딸 연화를 점찍어 두고 있었다. 먼저 혼인 당사자인 이련이 자신의 뜻을 밝혔으므로, 연화를 왕자비로 간택하는 것은 거의 정해진 일이라고 보아도 좋았다. 또한 하대용을 사돈으로 삼을 경우, 전부터 의심을 갖고 있던 동부욕살 하대곤을 우군으로 확보하는 일이므로 근심 한 가지를 더는 셈이기도 하였다.

"하오나, 폐하! 하대용은 상인이옵니다. 상인의 딸을 왕자비로 맞을 수는 없는 일이옵니다."

명림수부는 물러설 수 없었다.

"허허, 이미 대신들 간에 하 대인의 딸 연화 낭자에 대한 소문이 나돌고 있단 말이오?"

"그러하옵니다. 대신들은 벌써부터 이 혼사야말로 왕실의

격을 떨어뜨리는 일이라는 공론이 분분하옵니다."

"왕실의 격을 떨어뜨린다? 짐이 들으니 하대용 대인 일가가 우리 고구려 시조이신 동명성왕을 낳은 유화부인의 부친 하백의 혈통이라 하오. 동명성왕은 고등신으로, 유화부인은 부여신으로 받들어 해마다 제사를 지내고 있질 않소? 혹시 국상은 유화부인과 같은 혈통을 너무 가벼이 여기는 것이 아니오?"

대왕 사유는 고등신과 부여신을 기리기 위하여 다가오는 10월 동맹제 때 큰 축제를 열 계획이었다. 그 축제를 전후하여 왕자 이련의 국혼도 치를 생각이었다. 그래서 그는 더욱 이번 혼사에 동명성왕과 유화부인을 내세우고 있는 것이었다.

유화부인은 아들 추모가 부여에서 탈출할 때 보리씨를 챙겨주었다. 그래서 고구려 백성들 사이에서는 농사의 신으로 높이 받들어지고 있으며, 동맹제 때 풍요의 신으로 대접을 받기까지 했다. 추모가 고구려를 세우고 나서 기아에 허덕이는 백성들을 살려낸 것은, 바로 이 보리 덕분이었다.

명림수부는 하대용의 가문 이야기를 하는 가운데 대왕이 불쑥 유화부인을 언급하자 적이 당황하지 않을 수 없었다.

"그런 뜻이 아니오라, 지금 하대용은 일개 장사치가 아니옵니까? 혈통이 아무리 좋다고 하나, 하는 일에 따라 귀천이 갈리는 것이옵니다."

"허면 대신들의 중의를 모아 내일 조회 때 정식으로 그 결의

된 바를 주청토록 해주시오."

대왕 사유도 한발 물러섰다. 어차피 대신들의 중론을 듣고 나서 국혼을 정론화하고, 그 일정을 정할 필요가 있었기 때문이다.

편전에서 물러나온 명림수부의 마음은 다급했다. 그래서 대사자 우신을 통해 연나부 출신 대신들을 비밀리에 긴급 소집토록 했다.

그날 저녁 대사자 우신의 저택 후원 객사에선 연나부 출신 대신들의 밀회가 열렸다. 대대로 연나부에서 왕후를 배출했으므로, 이들 세력은 왕권까지도 흔들 만큼 응집된 힘을 갖고 있었다.

대왕 사유도 그런 연나부 세력을 결코 무시할 수 없었다. 자신의 대에 들어 크게 왕권이 약화된 것은 그의 우유부단한 성격 탓도 있지만, 왕을 배출하는 계루부와 왕후를 배출하는 연나부의 세력 다툼에서 계루부가 밀리고 있는 것도 한 원인이었다. 이번 국혼에서 연나부를 배제하려는 것은, 권력과 연관이 없는 가문에서 왕자비를 간택함으로써 왕권을 강화하려는 목적도 갖고 있었다. 그것을 모르지 않는 연나부 세력들은 일대 위기감을 느끼지 않을 수 없었다. 이는 단순한 국혼의 문제가 아니라 계루부와 연나부, 왕권과 신권의 대결었던 것이다.

"지금 우리 연나부는 중차대한 문제에 직면해 있소이다. 계루부의 수장 고계는 국내성 방위는 물론 고구려 병권까지 쥐고 있소. 지난 원정 때 대왕 폐하는 고계를 삼군대장군으로 삼았소. 만약 우리 고구려가 지난 전쟁에서 승리를 거두고 개선했다면 고계는 곧바로 고추가에 임명되었을 것이오. 오늘 낮에 폐하를 알현했을 때 느낀 점은, 바로 이번 국혼을 통해 계루부를 내세워 왕권을 강화하려는 것 같았소. 국혼 이후 아마도 고계를 고추가로 추대하지 않을까, 하는 예감이 듭니다. 이번 국혼에서 연나부가 왕자비를 내지 못한다면 우리 세력은 크게 약화될 것이오. 따라서 이에 대한 특단의 조치가 필요합니다. 여러분들께서 사안의 중요성을 깊이 인식하고 중지를 모아주시기 바라오."

명림수부가 연나부의 수장답게 먼저 운을 떼었다.

"계루부가 우리 고구려의 병권을 장악하고 있는 것이 문젭니다. 우리도 연나부를 지지할 수 있는 지방관들과 연계해야 합니다."

대사자 우신은 마음속으로 동부욕살 하대곤을 떠올리며 말했다.

"당장 급한 것은 이번 국혼에서 연나부가 왕자비를 배출해야 한다는 데 있습니다. 이 자리에서 중지를 모아 대사자 어른의 따님이신 소진 낭자를 왕자비로 적극 추천합시다."

중외대부 좌무지가 나섰다.

"그렇게 합시다."

"찬성합니다."

나머지 연나부 대신들도 모두 동의했다. 이미 사전에 그렇게 하기로 묵계가 되어 있던 터라 아무도 이의를 제기하는 사람은 없었다.

"그러나 우리들의 추천이 받아들여지지 않을 가능성을 간과해서는 안 될 것입니다. 이에 대한 대책도 미리 마련해 놓아야만 합니다."

대사자 우신은 하대용의 딸인 연화를 염두에 두고 말했다. 정작 당사자인 왕자 이련이 연화를 마음에 두고 있다고 하니, 아무리 대신들이 강력히 주청한다 해도 자신의 딸 소진이 왕자비로 간택될 가능성은 매우 희박해 보였던 것이다. 그러나 연나부의 권력을 유지하기 위해서는 단 한 발자국도 물러설 수 없는 사안이었다.

"그때는 우리 대신들이 연좌해서 주청을 드려서라도 국혼을 연기해야 할 것이외다."

이렇게 말한 것은 국상 명림수부였다. 그는 만약의 경우 국혼을 연기한다는, 그런 계산까지 이미 마음속으로 정해 놓고 있었던 것이다. 백제의 침공이 우려된다는 당면문제를 걸고 나오면 대왕도 고집을 꺾지 않을 수 없을 것이라고 생각했다.

백제의 왕궁인 한성에 몰래 파견한 세작의 보고에 의하면,

최근 수곡성 전투에서 대승을 거두고 나서 분위기가 심상치 않다는 것이었다. 백제 대왕 구와 태자 수는 2년 사이에 치른 두 번의 전쟁에서 고구려의 전투력이 매우 약하다는 사실을 알았고, 이 기회에 평양성까지 탈취하겠다며 군사 조련을 시키고 있다는 첩보였다.

술잔을 주고받는 사이 연나부 대신들의 중론은 모아졌다. 그러나 정작 왕자비로 추대하겠다는 소진 낭자의 이야기보다는, 연나부의 권력을 어떻게 유지하느냐에 골몰하고 있었다.

그런데 객사의 들창 뒤편에서 몰래 연나부 대신들의 오가는 말을 엿듣고 있는 그림자가 있었다. 바로 그 근처 별당에 처소를 두고 있는 우신의 딸 소진이었다.

소진은 밤에 후원 뜰을 거닐다 객사에 불이 켜져 있는 것을 발견하고 무슨 일인가 싶어 그곳으로 걸음을 옮겼다가, 연나부 대신들이 자신의 혼사 문제를 거론하고 있는 것을 듣게 되었다. 가만히 귀 기울여 들어보니, 자신을 왕자 이련과 정략적으로 혼인시키려는 것이었다. 아버지 역시 외동딸인 자신을 권력에 이용하려는 데 동조하고 나섰다는 사실이 도무지 믿기지 않았다.

소진은 어머니가 일찍 세상을 떠나는 바람에 아버지 밑에서 외동딸로 자라났다. 그래서 아버지만 믿고 따랐는데, 그 믿음이 깨지면서 왠지 슬프고 억울하고 한스러웠다. 그럴수록 어머니 생각이 간절했다.

달빛 가득한 마당을 바라보며 문득 어머니를 떠올리게 되자, 소진은 아무 소리도 내지 않으려고 입을 가린 채 한숨을 폭 쉬었다. 달빛이 만들어준 처마의 그늘 속에서 수심으로 가득 찬 얼굴이 더욱 희게 빛났다.

4

조회에 참석한 대신들의 얼굴에선 긴장감이 감돌았다. 대왕 사유의 첫마디는 예상했던 대로 왕자 이련의 국혼 문제였다.

"나라의 안정을 위해서는 국혼을 서둘러야 하겠소. 태자가 불혹의 나이가 지나도록 원자를 생산하지 못하니, 이는 고구려 왕실의 일대 위기가 아닐 수 없소. 하여, 둘째 왕자 이련의 혼사를 서둘러 하루라도 빨리 왕손을 얻고 싶은 것이 짐의 소망이오. 다가오는 동맹제를 전후하여 국혼을 치를 것이니, 과연 왕자비로 누가 좋을지 후보를 천거해 주시오."

이미 이순의 나이를 넘긴 대왕 사유가 왕손을 보고 싶어 하는 그 마음자리에는 당연히 간절함이 깃들어 있었다. 그래서 음성은 떨려서 나왔고, 감정을 억제할 수 없어 물기가 배어들기도 했다.

"이르다 뿐이겠사옵니까? 폐하의 성심을 미처 헤아리지 못한 신들의 불충이 크옵니다. 이번 백잔과의 전쟁에서 이련 왕자의 용맹과 투지는 그 어느 선봉 장수 못지않았사옵니다. 이는 신이 직접 목격한 바이옵니다. 더구나 전쟁 이후 부쩍 어른스러워진 왕자의 혼사를 논하는 것은 자연스러운 것이옵니다. 폐하와 이련 왕자가 따로 왕자비가 될 만한 낭자를 염두에 두고 있다 들었사온데, 신들이 어찌 달리 간택을 논하겠나이까?"

이렇게 선수를 치고 나온 것은 계루부의 수장인 고계였다.

"폐하! 왕자비의 간택은 나라의 왕실을 굳건히 하는 매우 중차대한 문제이옵니다. 따라서 신중을 기해야 한다고 사료되옵니다."

연나부 출신의 중외대부 좌무지가 아뢰었다.

"폐하! 대사자 우신의 여식 소진 낭자를 왕자비로 추천하옵니다. 방년 열다섯이라 나이도 적당한 데다, 역대 왕후를 배출한 가문으로서 예법과 인격을 고루 갖추고 있으며 학문 또한 출중하다는 소문이 자자하옵니다."

역시 연나부 출신인 우보 연소불이 주청했다.

이들 두 대신은 이미 전날 대사자 우신의 집에서 비밀리에 짠 작전대로 순서를 밟아 아뢰고 있는 것이었다. 국상 명림수부는 가만히 일의 진척 상황을 보고 있다가 결정적일 때 나서기로 되어 있었다.

그런데 대왕이 연소불의 말에 마땅찮은 표정을 지었다.

"역대 왕후를 배출한 가문이라니?"

"폐하! 계보를 따지자면 고국천대왕의 왕후는 대사자 우신의 직계 조상의 핏줄이옵니다. 그 우씨 왕후의 부친인 우소는 바로 대사자 우신의 6대조 할아버지가 됩니다."

연소불의 말이 채 끝나기도 전에 대왕이 소리를 높였다.

"그다음 대를 이어 산상대왕의 왕후까지 지낸 그 우씨 왕후가 대사자 우신의 직계 집안이란 말이오?"

"예! 그, 그러하옵니다."

갑자기 커진 대왕의 목소리에 연소불은 주눅이 들어 말을 더듬었다.

"우씨 왕후 때문에 우리 고구려의 왕계 구도가 일대 혼란에 휩싸였던 사실을 아시오?"

대왕 사유는 속이 뒤집어지려고 했다. 대사자 우신이, 우씨 왕후의 친가로 쳐서 직계에 해당함을 전부터 모르고 있지는 않았다. 그런데 이번에 연나부에서 그 우신의 딸을 왕자비로 추천하니, 짐짓 모른 척 되물으면서 다시금 옛날의 내력을 더듬어보지 않을 수 없었던 것이다.

고국천왕 시절 우씨 왕후는 연나부 우소의 딸이었다. 고구려 5부 중 연나부가 왕후를 배출하기 시작한 것은 바로 고국천왕 때의 우씨 왕후부터였다. 폭정을 일삼는다 하여 차대왕을 살해하고 권력의 실세로 떠오른 연나부 조의 명림답부는 신대왕을 추대하고 나서 고구려 최초로 국상國相의 자리에 올랐다.

명림답부는 신대왕의 아들 남무와 연나부 출신인 우소의 딸을 혼인시켰다. 신대왕이 죽고 아들 남무가 다음 대를 이어 고국천왕이 되면서, 비로소 우소의 딸은 왕후의 자리를 차지했다.

우씨 왕후는 이때부터 연나부 세력을 키워 신권을 강화해 나갔다. 그리하여 연나부를 든든한 배후로 두고 권력의 핵심으로 부상했으나, 고국천왕과의 사이에 자식이 없었다. 대왕보다 기가 세어 정권을 좌지우지한 왕후였지만, 자식을 낳을 수 없는 석녀였던 것이다.

마침내 고국천왕이 지병으로 죽자, 우씨 왕후는 국상國喪을 알리기에 앞서 밤에 몰래 왕제 발기를 찾아가, 자신을 왕후로 삼는다면 다음 왕위를 잇게 해주겠다며 홍정을 시도했다. 이때 국상이 난 사실을 모르는 발기는 아직 대왕이 멀쩡하게 살아 계신데 무슨 소리냐며 버럭 화를 내고 집 안으로 들어가 버렸다. 자칫 소문이라도 나면 반역으로 몰릴 수 있는 사안이기 때문에 발기는 짐짓 그런 행동을 보인 것이었다.

화가 난 우씨 왕후는 그길로 셋째인 연우를 찾아가 이번에는 국상이 났음을 알리고, 대왕이 그대에게 다음 왕위를 잇게 하라는 유언을 남겼다며 같이 궁궐로 들어가자고 말했다. 이때 연우는 그것이 무슨 뜻인지 곧바로 알아들었다. 고구려에는 형사취수제兄死娶嫂制라는 혼속이 있었다. 즉 형이 죽으면 아우가 형수를 책임져 데리고 사는 제도로, 고구려를 비롯하여 부여·흉노·선비 등 주로 기마유목민족들에게 내려오던 혼례 풍습이었다.

연우는 우씨 왕후가 무슨 이유로 자신을 왕으로 추대하는지 잘 알았다. 그날 밤 그는 왕후를 대접하기 위해 손수 고기를 썰다가 손가락을 베었다. 그것을 본 왕후는 얼른 자신의 저고리 끈을 떼어 연우의 손가락을 감싸주었다. 그리고 그날 밤 두 사람은 궁궐로 왔고, 다음 날 조회 때 대신들에게 국상을 알렸다. 우씨 왕후는 대왕의 유명遺命이라며 연우를 왕좌에 앉혔는데, 그가 바로 산상왕이었다.

이렇게 하여 우씨는 연이어 두 왕의 왕후 노릇을 하게 되었다. 다음 날 아침 발기는 뒤늦게 동생 연우가 왕이 된 사실을 알고 반기를 들었다. 선왕에게 아들이 없었으므로 다음 차례는 둘째인 자신이 왕위에 올라야 하는데, 동생이 그 자리를 빼앗은 것에 격분했던 것이다. 결국 그는 요동태수 공손도를 찾아갔고, 적국의 군사를 빌려 고구려를 쳤다가 실패하자 자결하고 말았다.

석녀였던 우씨 왕후는 산상왕과의 사이에서도 아이를 낳지 못했다. 산상왕은 몰래 주통촌 여자와의 사이에서 아들을 낳아 숨겨두고 있었다. 뒤늦게 그 사실을 안 우씨 왕후는, 그 어미와 아들을 궁궐에 들어와 살게 했다. 산상왕이 죽자 주통촌 여자에게서 낳은 아들 교체가 왕위에 올랐으며, 그가 바로 동천왕이었다.

산상왕 사후에도 우씨 왕후는 권력을 쥐고 흔들어 연나부 출신의 명림어수를 국상의 자리에 앉혔다. 왕후는 죽을 때 유언으로 고국천왕이 아닌 산상왕 곁에 묻어달라고 했다.

원래 고구려의 형사취수제 혼속에서는 부인이 죽을 경우 첫째 남편 곁에 묻히는 것이 순리였다. 그런데 우씨 왕후가 동생인 둘째 남편 곁에 묻히자, 당시 고구려 사회에서는 이상한 풍문까지 떠돌았다. 어느 여자 무당에게 고국천왕의 혼이 나타나 이르기를, 우씨 왕후 일로 부끄럽기 그지없으니 자신의 묘당 앞에 나무를 심어 가려달라고 했다는 것이다.

우씨 왕후 사후에도 연나부 세력은 권력을 좌지우지했다. 따라서 동천왕 다음의 중천왕과 서천왕의 왕후 모두가 연나부에서 나왔다. 그 권력이 태자 구부의 태자비에까지 이어졌는데, 태자비의 아버지는 바로 연나부의 수장인 국상 명림수부였다. 그 가문은 신대왕 때 고구려 최초로 국상이 된 명림답부 이후, 산상왕 때의 국상 명림어수, 중천왕의 사위가 된 명림홀도에 이어 명림수부로 권력이 거의 세습화되어 이어져 내려오고 있었던 것이다.

이러한 현실이니 대왕 사유로서는 연나부에 대한 불만이 클 수밖에 없었다. 태자 구부의 국혼 때도 연나부 세력을 무시할 수가 없어 그들이 추천하는 대로 따랐다. 그런데 태자비도 우씨 왕후처럼 석녀였던 모양인지 아이를 낳지 못했다.

"왜 입들을 봉하고 있는 것이오? 산상대왕 이후 고구려는 형제계승의 불합리한 점을 개선하기 위해 장자계승으로 내려왔소. 그런데 지금 태자에게 아들이 없으니, 형제계승은 어쩔 수 없는 일! 허나, 이련이 혼인을 하여 아들을 낳아준다면 다시 장자계승 원칙이 지켜질 것이오. 짐이 이련의 혼사를 서두르는 것은 바로 그러한 이유 때문이오."

"지당하신 말씀이옵니다. 폐하! 우씨 왕후처럼 아이를 낳지 못하는 내력이 있는 집안의 딸을 왕자비로 간택하는 것은 바람직하지 않사옵니다. 태자 전하에게도 원자 아기씨가 없는데, 이련 왕자까지 그런 비운이 닥친다면 이는 고구려 왕실의 일대 위기가 아닐 수 없사옵니다. 지금 거론되고 있는 소진 낭자가 우씨 왕후와 같은 피를 이어받았다면, 아이를 낳지 못할 가능성을 전혀 배제할 수 없는 일이옵니다."

계루부 출신의 대로 고연제가 앞으로 나섰다. 그러자 국상 명림수부가 목소리를 높였다.

"대로께선 말을 함부로 하시는구려! 아직 때 묻지 않은 순수한 처녀에게 그런 모욕적인 언사를 하다니, 심히 부끄러운 일이라 생각하지 않소?"

"이치가 그렇다는 것이오. 왕실을 튼튼히 하기 위한 국혼은 만에 하나 조그만 흠도 있어서는 안 되는 일입니다."

고연제도 굽히지 않았다.

"소진 낭자에게 어떤 흠이 있단 말이오? 대로께선 그 말에 대해 어떻게 책임을 지려고 그러시오?"

소진을 왕자비로 추천한 연소불이 발끈하여 한발 앞으로 나섰다.

"그만들 자중하시오! 우씨 왕후의 친가로 피가 섞였다는 것 하나만으로도 흠은 흠이오. 이번에 왕실에 들어오는 왕자비는 반드시 원자 아기씨를 생산해야만 하는 중차대한 임무를 갖고 있소. 만에 하나가 아니라 천만분의 일까지도 따져, 원자 아기씨를 생산할 능력이 없다고 생각되는 경우는 배제해야 마땅할 것이오."

대왕은 옥좌에서 벌떡 일어나 대신들을 꾸짖었다.

더 나서서 소진 낭자 지지 발언을 하려던 연나부 대신들은 침묵하지 않을 수 없었다. 특히 대사자 우신은 당사자인 관계로 발언도 하지 못하고, 그저 얼굴만 벌겋게 달아올라 매우 난감한 표정을 짓고 있었다. 대왕을 포함한 계루부 세력에게 이렇게 무참하게 당할 줄은 꿈에도 생각지 못한 일이었다.

고개를 숙인 우신은 마음속으로 이를 악물었다.

'두고 보자! 내 반드시 이 치욕을 갚아주고야 말리라!'

이때 국상 명림수부가 침묵을 깨고 앞으로 나서며 말했다.

"폐하! 국혼은 나라의 중대사이므로 신중을 기해야 하옵니다. 좀 더 시간을 갖고 준비하는 것이 옳다는 생각입니다. 이번 동맹제를 전후해 국혼을 치를 경우 나라의 대사가 겹치므로 피하는 게 좋을 듯하옵니다. 더구나 최근 백잔왕 구와 그 아들 수가 머리를 맞대고 평양성을 치기 위해 골몰하고 있다는 첩보가 있사옵니다. 우리도 그에 대비한 준비를 철저히 해야 하므로, 국혼은 일단 명년으로 미루는 것이 어떠하올는지요?"

명림수부의 이런 발언 역시 전날 연나부 대신들 간에 머리를 짜내어 세워놓은 2단계 전략이었다. 일단 시간을 벌어놓고 보자는 심산이었다. 그사이에 연나부 세력을 더욱 결집하여 왕자비 간택의 다른 대안을 내놓으려는 것이었다.

"백잔들이 자꾸 우리 고구려를 넘보니 국혼을 서두르자는 것이오. 국혼을 치러 왕실의 질서를 회복하는 한편, 군사를 길러 백잔들의 침공에 대비해야 하지 않겠소? 그러니 국혼은 빨리 서두를수록 좋소. 이제 대신들의 의견도 들을 만큼 들었으니, 이번 국혼은 왕실에 맡겨주시오. 짐이 태자와 왕자를 앞에 놓고 의견을 물어 최종적으로 결정을 짓도록 하겠소. 이렇게 마음을 정리했으니 더 이상 국혼에 대해 거론치 마시오."

오랜 조회에 대왕 사유는 피곤한 기색을 숨기지 못했으며,

끝내는 손으로 가만히 이마를 짚으며 옥좌에서 일어섰다.

5

궁궐에서 보낸 사신이 하가촌을 다녀갔다. 하대용의 딸 연화가 왕자비로 정해졌으므로, 10월 동맹제 이전에 국내성으로 와서 혼례를 올리라는 어명을 전했다.

국내성에서 온 호위 군사들만도 기백 명 이상이었다. 이젠 왕자비로 간택되었으므로, 연화도 그에 준하는 보호를 받게 되었던 것이다. 따라서 하가촌 곳곳에는 호위 군사들이 보초를 섰으며, 특히 하대용의 저택은 철저한 경비태세가 갖추어졌다.

연화가 국내성으로 떠날 채비를 하느라, 하가촌은 너나 없이 분주하게 돌아갔다. 때마침 하대용의 장남 하명재가 초원로를 통해 서역으로 대상단을 이끌고 갔다가 돌아온 지 불과 보름밖에 안 된 상태였다.

서역에서 구입해 온 진기한 물건들이 있어 국내성으로 가져갈 봉물은 더욱 다채롭고 푸짐했다. 사슴 문장이 들어 있는 금제 화살통, 금박으로 손잡이를 만든 환두대도, 사슴뿔 형태의 금제 각배 등은 북방 초원지대에서 가져온 진귀한 물건들이었다.

"이 금제 보물들은 특별히 대왕 폐하와 태자 전하, 왕자님께 선물로 드리면 좋겠지요?"

하명재가 아버지 하대용에게 의향을 물었다.

"멀리서 어렵게 구해 가져온 보물이니, 그리하려무나. 모두가 네 사랑하는 누이동생을 위한 일이니. 그나저나 이번에 국내성으로 무엇을 보내야 좋을지 모르겠구나."

하대용은 벌써부터 마음속으로 근심하던 바를 털어놓았다.

"아무래도 종마장을 경영하고 있으니, 말이 어떨지요? 대왕 폐하가 타실 명마를 포함하여 궁궐 기마대에 필요한 말들을 보내는 것이 좋을 듯싶습니다. 또한 왕실 재정에 도움이 될 금괴도 의미가 있을 것 같구요."

"그래, 그것이 좋겠다. 말은 몇 두나 보내고, 금괴는 또 얼마나 보내야 할지 깊이 생각해 보자. 북방 초원로를 따라 서역으로 가다 보면 금이 많이 나는 산지가 있지?"

하대용이 전에 대상단을 이끌고 초원로를 내왕할 때 그 산을 경유한 바 있었다.

"알타이산을 말씀하시는 것입니까?"

"그래. 금이 많이 난다고 해서 금산이라고도 하지."

"예, 맞습니다. 그 지역에 살던 돌궐족들이 알탄이라고 한 데서 유래되었는데, 알탄은 바로 황금을 뜻하는 말이라고 합니다. 높은 산지 도처에 금맥이 묻혀 있는데, 그 금 알갱이들이 계곡물에 씻기면서 모래와 함께 섞여 흘러내립니다. 그래서 그 지역 사람들은 땅굴을 파서 금을 캐내기보다는 모래에서 쉽게 금을 채취하는데, 이를 사금이라 부릅니다. 저도 알타이산을 지나다 보았습니다만, 석양이 질 때면 바위산이 황금빛으로 물듭니다. 바위에 섞인 금의 입자들이 햇빛에 반사되어 빛나는 광경은 실로 황홀하기까지 할 지경이지요. 이번에 초피와 호피, 곰가죽 등을 팔아 많은 금괴와 바꿔 왔으니, 전에 비축해 둔 것까지 합하면 왕실에 보낼 양은 충분하리라 봅니다."

하명재는 이제 하대용을 이어 2대 대상으로 우뚝 서 있었다.

"음, 그래! 네가 일찍 돌아오길 잘했구나. 지난 전쟁으로 고구려의 국고가 적잖이 피폐해졌을 것이다. 앞으로 우리 상단에서 왕실에 많은 도움을 주어야 할 것이야. 이번 국혼을 치르고 나면 이련 왕자의 위상이 크게 달라질 것이고, 왕실이 안정을 되찾으면 고구려의 기강도 바로 서게 된다. 여기에 또한 백제와의 전쟁에서 서남방의 땅을 회복하게 된다면, 서해와 발해만을 통해 산동까지 해로가 열릴 것이다. 우리 상단도 이젠 초원로를 통해 서역의 문물을 받아들이고, 해로를 통해 저 중원과의 교역도 활발하게 진행해야만 하지 않겠느냐? 언젠가는 이련 왕자가 왕위를 이어받을 날이 오겠지. 그때를 대비하여 우리는 부지런히 재화를 비축해 두어야 한다. 우리 고구려를 강국으로 만들려면 군사력만 키워서 될 일이 아니다. 당연히 군사력을 키우려면 막대한 자금이 필요하므로, 경제력이 뒤따라주지 않으면 안 될 것이야."

하대용은 오래도록 마음속에 새겨두었던 바를 아들에게 털어놓았다. 이번 국혼 준비로 다소간 마음이 들떠 있는 것도 부인할 수 없었다. 딸이 왕자비가 되는 마당이니, 어쩌면 그것은 당연한 노릇이기도 했다.

"그런데 아버님, 이번에 가져갈 봉물이 너무 과대하면 우리 하가촌이 구설수에 오를까 염려가 됩니다."

"구설수라니?"

"이런 말 하긴 뭣하지만……."

하명재는 잠시 망설였다.

"너와 나 둘 사인데 뭘 망설이느냐?"

"혹시 백성들 사이에 재물을 주고 딸을 팔았다느니, 하는……."

하명재는 그러면서 슬쩍 아버지 하대용의 눈치를 살폈다.

"너도 그 생각을 했구나. 나도 한편으로 그런 생각이 들긴 했다만, 이번 백제와의 전쟁에서 패하는 바람에 국내성 왕실 재정은 말이 아닐 것이다. 이런 때 돕지 않으면 백성의 도리가 아니다. 우리는 충분히 그럴 만하니까 도울 수 있는 것이다. 그렇게 생각해라. 그러니 말도 한 2백 두 준비하고, 금괴도 수레에 실을 만큼 신도록 해라. 말은 종마장에서 더욱 새끼를 쳐서 기르면 될 것이고, 곡간도 비워야 다시 채울 수 있는 것 아니겠느냐? 배도 굶주려 위장이 비어야 밥 들어갈 자리가 있는 것이다.

사람은 배가 부르면 딴생각을 하게 되고, 재물은 곡간에 가득 차면 곧 썩거나 녹는 법이다. 재화란 돌고 돌아야 세상에 활력을 불어넣을 수 있는 것이야."

하대용의 말에, 그때서야 하명재도 적이 안심이 되는 듯 밝은 얼굴로 변했다.

이렇게 부자가 국혼 준비로 바쁠 때, 안채에서는 여자들끼리 또한 바지런하게 움직였다. 하대용의 아내와 하명재의 아내, 고부간에도 연화의 옷이며 이불이며 국내성으로 가져갈 혼수품을 챙기느라 부산을 떨었다. 혼인 당사자인 연화도 옆에서 거들었다. 중원에서 들여온 고급 비단으로 옷을 짓느라 하가촌 여자들이 하대용의 저택으로 몰려들어 연일 북적댔다.

이처럼 하대용의 저택에서는 남녀노소를 불문하고 바쁘게 돌아가고 있는데 오직 한 사람, 추수만은 얼굴 표정에서 우울한 기색을 지우지 못하고 있었다. 남몰래 연화를 짝사랑하고 있었는데, 왕자비로 간택된 마당이니 이제는 연모의 마음마저 완전히 접을 수밖에 없었다. 그런데 그리움이라는 마음의 그림자는 애써 지워버리려고 하면 할수록 더욱 애틋해 새록새록 가슴에 화인처럼 자국을 남기는 것이었다.

그래서 추수는 괴로웠다. 연화가 국내성으로 떠날 날이 가까워질수록 안절부절못하고 있었다. 그는 저 혼자만의 고민에 빠져, 연화를 말에 태워 멀리 도망가는 상상도 수십 번씩이나 했다.

얼마 전까지만 해도 추수는 연화를 그저 먼빛으로나마 바라보는 것만으로 행복하다고 생각했다. 언감생심, 연화에게 마음을 고백할 수도 없었다. 가까이에서 연화를 볼 수 있다는 것, 그 자체만으로 큰 기쁨이고 행복이었다. 그런데 이제 며칠 후 연화가 국내성으로 떠나면 그럴 수도 없는 처지가 되었다.

마침내 국내성으로 가져갈 봉물이 다 꾸려지고, 하가촌에서 짐꾼으로 따라갈 인원들이 배정되었다. 하대용 부부가 연화와 함께 동행하고, 대신 하명재 부부는 하가촌에 남아 살림을 꾸리기로 했다. 또한 말 2백 두와 봉물을 실은 10대의 수레를 끌고 갈 인력으로는, 종마장에서 말 사육의 책임을 맡고 있는 호자무와 20여 명의 사육사 및 상단의 청장년들이 따라가기로 했다. 그중 상단은 하명재와 함께 초원로를 따라 서역까지 다녀온 자들 중 무술이 뛰어난 자들로 가려 뽑았다.

은근히 그 상단에 자신의 이름이 오르기를 기대하고 있던 추수로선 실망이 이만저만 크지 않았다. 얼마 전까지만 해도 그는 고민 끝에 연화를 따라 국내성에 가서 왕자 이련의 무술을 가르치는 사범이 되겠다고 마음먹었다. 그러면 자연스럽게 왕자비가 된 연화를 가까이에서 볼 수 있을 것이란 기대감 때문이다.

그런데 추수는 그런 희망마저 사라지자 끝내 절망할 수밖에 없었다. 마음이 다급해진 그는 앞뒤 생각할 겨를도 없이 스승 을두미에게 달려갔다.

때마침 을두미는 방문을 활짝 열어놓은 채 가을 하늘을 바라보고 있었다.

"사부님, 드릴 말씀이 있습니다."

추수는 숨찬 목소리로 을두미 앞에 덥석 무릎을 꿇었다.

"숨이나 돌리고 얘기하거라."

"저도 국내성으로 가는 상단에 참여시켜 주십시오."

"너는 안 된다."

을두미는 슬쩍 몸을 틀며 추수의 눈길을 피해 먼 들녘을 바라보았다.

가을 하늘은 푸르렀고, 너른 들판은 황금빛으로 물들어 있었다. 하늘로부터 무수히 쏟아져 내리는 화살촉 같은 햇빛을 받고 알맹이가 찬 곡식들은 더욱 단단해져 가고 있었다.

"사부님!"

추수가 안타깝게 소리쳤다.

"날씨가 좋구나. 가을볕에 곡식은 무르익고, 전쟁만 일어나지 않는다면 얼마나 평화로운 세상이겠느냐?"

을두미는 추수의 말을 듣는 둥 마는 둥 딴소리만 해대고 있었다.

"사부님, 저를 국내성으로 보내주십시오. 이런 왕자님의 무술사범이 되도록 추천해 주십시오."

추수는 이미 결심한 바가 있어 단호하게 말했다.

"무엇이? 무술사범?"

"예, 자신 있습니다."

"추수야! 내가 네 맘을 모르지 않는다. 며칠 전 하 대인께서 너를 이번 국내성 행차에 상단 책임자로 맡기려고 하시기에 내가 말렸다. 네가 이번 상단의 책임을 맡으면 안 된다는 걸 내가 알기 때문이다. 너는 국내성에 가면 어떤 이유를 대서든지 이하가촌으로 돌아오지 않을 작정 아니냐?"

"사부님께서 그걸 어찌……?"

"네 마음을 내가 모르지 않는다고 하지 않던? 너는 오래전부터 연화를 마음에 두고 있지 않았더냐? 그래서 이번에 이련 왕자의 무술사범이 되겠다고 자청하는 것도 실은 연화 가까이에 있고 싶어서가 아니겠느냐? 허나 몸이 멀리 떨어져 있으면 마음도 멀어지는 법. 네 신상이 편하려면 이번 기회에 깨끗이 연화를 잊는 것이 좋다. 국내성에 가면 네 마음만 더욱 괴롭다는 것을 왜 깨닫지 못하느냐?"

"사부님!"

추수는 무릎을 꿇은 자세로 을두미 앞에 엎드렸다. 가슴 저 안에서 치밀고 올라오는 울음을 참지 못했다. 그는 어깨를 들먹이며 울었다. 안타까움과 서러움이 한데 엉켜 북받쳐 오르는 울음이었다.

“보기 싫다. 사내 녀석이 그만한 일로 눈물을 보이다니! 못난 녀석!”

을두미는 측은한 눈길로 흔들리는 추수의 어깨를 바라보다 시선을 돌려 먼 하늘을 쳐다보았다.

한참 침묵이 흐른 뒤 추수는 눈물로 얼룩진 얼굴을 들어 스승을 바라보았다.

“사부님께서 저에 대한 생각이 그렇게 깊으신 줄 몰랐습니다. 부끄럽습니다.”

“그러면 이제 연화에 대한 마음을 접을 수 있겠느냐?”

“……!”

“왜 말을 못하느냐?”

“마음은 종이처럼 접을 수 있는 게 아니지 않습니까?”

“지금 뭐라 했느냐?”

“마음이 나무 막대기라면 칼로 싹둑 자르겠습니다. 그러나 보이지 않는 마음을 어찌 자를 수 있겠습니까? 사부님, 간곡히 부탁드립니다. 국내성으로 보내주십시오.”

추수는 이마를 방바닥에 대고 찧듯이 머리를 숙였다.

“더 이상 네 꼴 보기도 싫으니 썩 물러가거라.”

을두미는 호통을 쳐서 추수를 방에서 쫓아 내보냈다.

국내성 행차를 하루 앞두고 하대용이 추수를 불렀다.

"대인 어른! 부르셨습니까?"

추수가 허리를 굽혔다.

"호자무가 아무래도 여기 남아야겠다. 그동안 종마장 관리할 일손이 부족하니, 아무래도 호자무에게 국내성까지 가는 상단 책임을 맡기기 어려울 것 같다. 추수, 네가 이번에 국내성으로 가는 말 사육사와 상단의 총책을 맡아 지휘하거라."

하대용의 말에 추수는 고개를 번쩍 들었다.

"예? 사부님께서 허락지 않으실 텐데요?"

"을두미 선생에게는 이미 내가 허락을 받아놨다. 염려 말거라."

그 말을 듣는 순간 추수는 가슴이 몹시 두근거렸고, 눈물이 나올 정도로 감읍했다. 며칠 전 호되게 야단을 치던 을두미가 하대용에게 특별히 부탁을 한 것임에 틀림없었다.

다음 날 아침 국내성을 향하는 행렬이 하가촌을 출발하기 직전에, 을두미는 추수를 불러 서찰을 하나 주었다.

"이련 왕자에게 보내는 추천장이다. 성심껏 모셔야 하느니라. 이제 연화는 곧 왕자비가 되느니라. 엄연히 네 상전임을 명심하고, 오직 충심을 다하도록!"

그러면서 을두미는 추수의 어깨를 투덕거려 주었다.

"사부님, 고맙습니다. 이 은혜를 어찌 갚을지……."

"은혜는 무슨? 내가 너를 보내는 것은 이련 왕자 때문이 아니라, 연화를 위해서다. 이제 왕자비가 되면 궁궐에서 많이 외롭고 힘들 것이다. 물론 하가촌에서 부리던 여종이 따라가기는 하지만, 간혹 네가 위로를 해드려야 할 때도 있을 것이다. 뿐만 아니라 연화의 신변에 위험이 닥칠 일도 생길지 모르니, 그때를 대비해 너를 보내는 것이다. 이런 왕자의 무술사범이면서, 동시에 연화의 호위무사 노릇까지 해야 한단 말이다. 알겠느냐?"

을두미가 추수를 국내성으로 보내는 것은 바로 연화의 신변을 생각해서였다. 국내성에는 연화를 시기하는 연나부 세력들이 도처에 깔려 있을 것이었다. 언제 어느 때 그들이 음험한 속내를 드러낼지 알 수 없는 노릇이었다.

추수 또한 그러한 스승 을두미의 깊은 생각을 깨닫고, 내심 감동이 충만하여 큰절을 올렸다.

"충심을 다해 받들겠습니다."

절을 하고 일어서는 추수는, 벌써 마음부터 둥둥 떠서 국내성에 가 있는 듯한 기분에 젖어들었다.

6

백제 태자 수가 대왕 구와 독대를 하고 있었다.

두 달 전 수곡성 전투에서 고구려에 대승을 거두고 돌아온 대왕은 아직까지도 그때의 통쾌했던 기분을 즐기고 싶었다.

"그래, 기쁜 소식이라도 가져온 것이냐? 태자의 얼굴에 그렇게 쓰여 있구나."

대왕은 기대감으로 가득 찬 눈길을 태자에게 보냈다.

"폐하! 지금 고구려는 왕자 이련의 혼례와 동맹제를 연계하여 대축제를 기획하고 있다 하옵니다. 고구려왕은 수곡성 전투에서 패하고도 아직 제정신을 차리지 못한 듯하옵니다. 이 기회에 평양성을 쳐서 패수(대동강) 이남을 확보하는 것이 어떻겠습니까?"

혈기 넘치는 태자 수의 얼굴을 한참 동안 뚫어지게 바라보던 대왕 구는 빙그레 미소를 짓더니 마침내 무겁게 입을 열었다.

"수곡성 전투 이후 우리 백제군의 기세를 살려 평양성을 공격하고 싶은 마음이 없었던 것은 아니다. 그러나 지금 고구려보다 무서운 것이 화북을 통일한 전진의 부견이다. 작년에 연나라를 멸한 후 기세가 등등하여 요서까지 노리고 있다. 전진의 지략가 왕맹이 부견의 명을 받고 대장군이 되어 연나라를 공격할 때, 연나라 태부 모용평은 고구려로 망명했다. 그런데 고구려왕 사유는 귀화를 받아들이지 않고 오히려 그를 결박해 부견에게 보냈다. 사냥꾼도 품속으로 날아드는 새는 사로잡지 않는다고 했다. 헌데 얼마나 전진이 두려웠으면, 저 스스로 찾아와 살려달라고 애원하는 모용평을 묶어 부견에게로 보냈겠느냐? 이는 고구려가 전진과 우호관계를 맺자는 의도가 분명하다. 이처럼 고구려가 전진과 손을 잡게 되면 우리 백제는 고독해진다. 만약 두 나라의 우호관계가 성립된다면, 고구려는 일단 서북방의 위협이 사라져 남쪽 진출을 도모할 것이다. 고구려는 신라와 우호적인 반면 우리 백제와는 적대 관계에 있다. 지금 고구려는 군사적으로 약한 듯이 보이나 아직도 북방의 너른 땅을 갖고 있으며, 우리와 인접한 나라이므로 가장 위협적인 존재다. 따라서 고구려를 치는 것도 중요하지만, 우선 요서지역의 안전을 위해서는 강남의 동진과 우호관계를 맺어 부견 세력을 북방에 묶어둘 필요가 있다. 그리하여 화북의 전진이 더 이상 요서지역을 넘보지 못하도록 한 연후에 고구려의 평양성을 치는 게 순서다."

백제 대왕 구는 중원의 5호16국 혼란기를 틈타 요서와 진평 2군을 개척한 바 있었다. 그러나 장강을 사이에 두고 북쪽의 전진과 남쪽의 동진으로 세력이 양분되면서, 그는 사실상 요서 지역의 경영에 큰 부담을 느낄 수밖에 없었다. 예전에 요서지역은 중원 동쪽의 요지였으므로, 연나라까지 멸망시킨 전진이 이 지역으로 화살을 돌릴 가능성이 컸다. 그런데다 동진 또한 강북의 전진을 위협하면서 그 이동以東의 요서지역으로 진출을 꾀할 경우 도무지 대책이 서지 않았던 것이다. 사실상 새롭게 일어선 중원의 두 나라에 비하면, 연나라 모용황 때문에 세력이 급격히 약화된 고구려는 큰 부담이 되지 않는 편이었다.

"폐하! 그러하오나 고구려를 칠 절호의 기회를 놓치기 아쉽습니다. 이런 기회가 아무 때나 오는 것이 아니질 않사옵니까?"

이미 30대 중반을 넘어선 태자 수는 대왕 구로부터 철저하게 왕자王者로서의 수업을 받아왔다. 또한 전쟁터에 나가서도 크게 공훈을 세워, 백성들로부터 식견과 지략이 뛰어나다는 평을 듣고 있었다.

오래전에 대왕 구는 아들 수를 태자로 책봉한 이후 세상을 두루 경험할 수 있도록 요서지역으로 보낸 적이 있었다. 그곳은 태자 수의 백부와 외삼촌이 각기 요서와 진평 2군을 나누어 경영하고 있었다. 태자 수는 요서에 머물면서 산동에서 해상무역을 하는 백제 상인들의 상선을 타고 장강을 거슬러 올라가 중원 땅을 두루 돌면서 문물을 익혔다.

그 무렵의 일이었다. 장강 중류의 어느 한 부락에 이르렀을 때, 태자 수는 칼을 만드는 대장간에서 신기한 광경을 목격했다. 한 대장장이가 칼을 벼린 후 글자를 새기고, 그 테두리에 금물을 입히고 있었다. 금선이 들어간 글자들은 칼을 진기한 보물로 느껴지게 했다.

"칼에 글자를 새기는 것도 진기한데, 글자 테두리에 금물까지 입혀서 무엇에 쓰려는 거요?"

어설프게 배운 현지 말로 태자 수가 물었다. 대장장이는 그를 힐끔 쳐다보긴 했으나, 이내 아무 대답도 않고 자기가 하던 일에만 열중했다.

대장간은 일하는 사람들로 분주하게 돌아가고 있었다. 열심히 풍구를 돌려 불을 괄게 피우는 사람, 불속에 넣었던 시뻘건 쇠를 널찍한 쇠판에 올려놓고 망치로 두드리는 사람, 두드리던 쇠를 찬물에 넣어 담금질을 하는 사람 등등 각자들 맡은 일로 정신이 없었다. 대장간은 불을 늘 피우기 때문에 웃통을 벗어 제치고 일하는 사람들이 대부분이었다. 모두들 얼굴이며 등이며 가슴이 땀으로 범벅되어 있었다.

그러니 태자 수가 함부로 말을 붙여보기도 어려웠다. 일하는 사람 중에서 글자를 새겨 완성된 칼에 금물 테두리를 입히는 사람이 가장 여유가 있어 보여 슬쩍 말을 걸어본 것인데, 아무런 대꾸도 하지 않자 그는 무안해서 더 이상 물어볼 수도 없었다.

생각다 못한 태자 수는 수하에게 주점에서 술과 안주를 대장간으로 가져오도록 했다. 얼마 후 술과 안주가 대장간으로 날라져 왔다.

"여러분, 힘들여 일하는 모습이 참으로 아름답습니다. 그러나 일도 좀 쉬어가면서 해야 능률이 더 오르지 않겠소? 여기, 술과 안주가 있으니 목이라도 좀 축이고 하시오."

태자 수가 이렇게 소리치자, 칼에 금물을 입히던 대장장이가 이마의 땀을 훔치며 일어섰다.

"거, 젊은이가 예의 한번 바르군! 여보게들, 이 젊은이의 정성을 생각해서라도 한 잔씩 들고 하세나."

대장장이가 소리치자 그때서야 모두 일손을 멈추고 술과 안주가 있는 탁자로 모여들었다.

"어르신들! 저도 글자에 금박 입힌 보검을 주문하고 싶습니다만……."

태자 수가 연장자 순으로 술을 따라주며 간청했다.

"외지에서 온 것 같은데, 어디서 온 누구요?"

대장장이가 태자 수의 아래위를 훑어보며 물었다.

"저는 저 동쪽 나라 백제에서 왔습니다. 이름은 여수라고 합니다."

"보기에 귀공자 상인데, 백제 왕족이시오?"

대장장이가 자세를 바로잡으며 정중하게 물었다.

"백제 왕족은 부여의 성을 따라 여餘 자를 씁니다. 백제 대왕과는 종친이라고 할 수 있지요."

태자 수는 자신의 신분을 밝히는 것이 여러 가지로 좋지 않을 것 같아 슬쩍 돌려서 말했다.

"백제 왕실의 종친이면 공자시구먼! 그래, 보검을 어디에 쓰려고 하시오?"

"백제 대왕과 태자에게 선물로 드릴까 합니다. 환두대도에 글자를 새기고 금박을 넣은 보검과 단도를 각기 하나씩 부탁드립니다."

태자 수는 보검을 부왕에게, 그리고 단검은 자신이 갖고 싶었다.

"우리가 만드는 보검은 백련철검이오. 하여, 만드는 데 보름은 잡아야 하오. 그때까지 기다릴 수 있겠소?"

"백련철검이라면?"

"백 번 단련하여 만든 강철검이라, 이 말이오."

"백 번씩이나 담금질을 한다구요?"

태자 수의 입이 저절로 벌어졌다.

"쇠는 아주 오래, 자주 두드릴수록 강해지는 법이라오. 뜨거운 불에 달궜다가 찬물에 식힌 후 망치로 때려 단련을 해주어야 하지요. 극과 극을 자극시켜 날카로운 긴장감을 주는 면에서는 사람이나 쇠가 다 같은 이치 아니겠소? 사람도 행불행을 겪으며 온갖 고생을 해야만 심신이 단련되어 강해지는 법이지요."

대장장이의 말에는 경륜이 있어 보였다. 오래도록 쇠 다루는 일을 해오다 보니 저절로 어떤 경지에 이른 것 같았다.

"부탁합니다."

태자 수는 대장장이에게 금붙이를 내놓았다.

"허어?"

금붙이를 보자 대장장이의 안색이 달라졌다.

"잘만 만들어주시오."

"그 점은 염려 붙들어 매시오. 최고의 보검을 만들어 드리겠소. 헌데 백제는 어떤 나라요?"

대장장이가 문득 물었다.

"우리 백제는 예의를 숭상하고 예술을 중히 여기지요."

태자 수는 무심코 그렇게 말했다.

"예술이라 하면?"

"각종 기예에서부터 무술까지도 예술로 승화시켜 생각하지요. 사람이 손으로 만드는 물건들에도 예술적 가치를 두어, 특히 기능을 가진 사람들을 예우합니다."

태자 수의 말을 듣고 대장장이는 눈을 빛내며 오래도록 머리를 주억거렸다. 그 미묘한 눈빛에는 어떤 감화 같은 감정이 실려 있는 듯했다.

"공자를 위해 내가 특별히 명검을 만들어 드리리다."

대장장이가 말했다.

"보검을 찾으러 올 때 섭섭하지 않게 사례하겠습니다."

태자 수는 그 자리에서 보검 이외에도 백제 병사들의 무기로 쓸 칼과 창을 대량으로 주문했다. 그러고 나서 그는 다시 배를 타고 장강을 거슬러 올라갔다.

장강은 바다처럼 넓었다. 오나라 손권과 촉나라 유비의 연합군이 위나라 조조의 대군을 물리쳤다는 적벽에도 가보았다. 깎아지른 절벽 아래로 굽이쳐 흐르는 강물은 과연 빼어난 절경을 연출하고 있었다.

이렇게 장강을 두루 돌아 태자 수가 다시 보검을 주문한 대장간에 들렀을 때, 대장장이가 그를 조용한 곳으로 안내하더니 넙죽 절부터 올리는 것이었다.

태자 수는 당황하지 않을 수 없었다.

"아니, 왜 이러시오?"

"백제국의 태자님이신 걸 이미 알고 있습니다. 저희는 흉노의 유민입니다. 천산산맥 너머에 살면서 철광석을 캐던 사람들인데, 난을 피해 남쪽으로 내려오다 이곳에 정착했습니다. 철을 다루는 기술이 있어 대장간을 열고 겨우 생계를 부지하고 사는데, 이곳 태수의 수탈과 작폐가 심하여 입에 풀칠하기도 어려운 실정입니다. 부디 저희들을 백제 땅으로 데려가 주십시오. 강철을 주조하여 무기를 만들면 백제야말로 강국이 될 수 있을 것입니다."

대장장이는 그러면서 대장간에서 일하는 자들과 그들의 식구들까지 합하면 족히 30여 명은 된다고 했다.

"좋습니다. 우리 백제로 가서 강한 무기를 많이 만들어주시오."

태자 수는 흔쾌히 그의 요청을 들어주었다.

대장간 식구들은 그날 밤 몰래 짐을 꾸려 태자가 탄 상선에 올랐고, 그길로 산동을 거쳐 백제 땅을 밟았다.

태자 수가 가져온 보검을 보고 대왕 구는 놀라움을 금치 못했다.

"매우 정교하게 만들어진 보검이로군! 그래, 이 보검을 만든 대장장이 무리들을 이끌고 왔다고?"

"예, 그들로 하여금 백제 장병들이 쓸 병장기를 만들게 할 계획입니다. 백련철검을 만드는 비법을 알고 있는 자들이옵니다."

태자 수는 흉노 출신의 대장장이에게 들은 대로 백련철검 만드는 비법을 대왕에게 들려주었다.

"백 번 단련하여 만든 보검이라!"

대왕 구는 칼집에서 보검의 날을 뽑아 이리저리 살펴보며 흐뭇한 미소를 지었다. 햇빛을 받아 번쩍이는 칼날이 매우 예리해 보였다.

"특히 글자에 금박을 입히는 기술은 놀랍습니다. 흉노인들이 독보적으로 개발한 기술이라 하옵니다."

태자 수는 대장간을 세우고 흉노 유민들로 하여금 거기서 강철검을 만들게 했다. 대장간이 들어선 곳엔 곧 집단이주한 흉노족의 마을이 형성되었고, 그들은 수년에 걸쳐 강철로 된 병장기를 생산해 백제군을 무장시켰다.

이에 자신감을 얻는 대왕 구는 가야를 정복하기 위해 원정군을 출정시켰다. 이때 그는 태자 수와 함께 원정군을 이끌고 한성을 떠나 서남쪽으로 진군했고, 신라와 경계를 이루고 있는 백제의 변경 탁순(대구)을 지키던 장군 목라근자는 가야 7국을 평정하면서 서진하여 두 군대가 고해진(강진)에서 합류했다. 특히 목라근자는 일찍부터 왜국과 통하여, 수하에 바다를 건너온 병사들도 거느리고 있었다.

대왕 구와 태자 수가 이끄는 한성의 원정군과 목라근자와 왜군으로 이루어진 지방군이 연합하자, 그 기세를 보고 옛 마한 지역의 군소 세력들은 싸워보지도 않고 무릎을 꿇었다. 이처럼 백제가 가야 7국과 마한 지역을 평정하는 데는 장군 목라근자의 공이 매우 컸다.

가야를 병합하고 한성으로 돌아온 대왕 구는 태자 수에게 다음과 같이 명했다.

"이번에 가야 원정 때 군사를 보내준 왜국의 왕에게 보검을 하나 선물하고 싶구나. 짐이 왜국의 왕에게 보검을 보내는 것은 격에 맞지 않는 일이니, 태자의 명의로 특수한 보검을 만들어 보내도록 하거라. 백련철로 된 훌륭한 보검을 우리 백제국이 만든다는 사실을 알리면, 왜국도 계속 우리에게 복종할 수밖에 없지 않겠느냐? 그들은 분명 우리 백제국의 철 다루는 기술을 배워 가려고 할 것이다. 그러자면 왜국은 우리 백제국을 계속해서 상국으로 받들 수밖에 없겠지."

대왕의 명을 받들어 태자 수는 흉노 출신 대장장이에게 특별히 부탁하여 만든 칠지도七支刀를 왜왕에게 보냈다.

"재작년 가야와 마한 정벌로 남쪽을 정리했으니, 이번에는 고구려 평양성을 쳐서 북쪽을 정리할 필요가 있습니다. 지금 마한 지역에서 군사를 조련하고 있는 목라근자 장군에게 1만의 지원병을 요청하면, 이곳 한성의 군사와 수곡성 군사를 합하여 총 3만의 군사를 평양성 원정군으로 편성할 수 있을 것이옵니다. 지금이라도 강남의 동진에 사신을 파견하여 화북의 전진이 요서로 진출하는 것을 막아달라고 하면 되지 않겠사옵니까? 이번 동맹제의 시기를 놓치면 곧 겨울이 닥쳐 전쟁에 어려움이 있고, 명년 봄을 기다리다 보면 고구려로 하여금 재정비할 기간을 충분히 주게 되어 평양성 공격에 큰 어려움이 있을 것이옵니다."

이렇게 태자 수는 자신의 의지를 굽히지 않았다. 마침내 대왕 구도 천천히 고개를 끄덕였다.

"흐음, 태자의 말이 옳다. 실기를 하면 안 된다, 이 말이렷다? 허면 동진에 곧 사신을 파견하고, 목라근자에게 파발을 띄워 1만의 지원군을 요청토록 하라. 헌데 동진에 보낼 사신으로는 누가 적임자라 생각하는가?"

"막고해 장군을 보내는 것은 어떻겠습니까?"

태자 수는 수년 전 치양 전투를 통해 막고해의 해박한 지식과 놀라운 지혜를 이미 경험한 터라, 동진으로 보낼 사신의 적임자라 판단했다.

"흠, 막고해 장군이 빠지면 평양 원정에 지장이 있지 않겠는가?"

"목라근자 장군이 있으니 염려할 필요는 없을 듯하옵니다. 막고해 장군은 경서를 두루 섭렵하여 문무를 겸비한 지장으로, 동진으로 하여금 우리 백제를 지원토록 하는 혜안을 갖고 있을 것이옵니다."

"좋은 생각이다. 허면 이번 평양성 전투는 태자가 막고해의 빈자리를 보강해야 할 것이야."

"이를 말씀이옵니까? 이번에는 폐하께서 한성을 지키도록 하시옵소서. 소자가 평양성에 가서 고구려왕 사유의 목을 베어 오겠나이다."

태자 수의 장담에 대왕 구는 빙그레 웃었다. 그 패기가 마음에 들었던 것이다.

"아니다. 이번에 이 아비도 출전할 것이다."

"그러면 한성은 누구에게 맡기려고 하시옵니까?"

"달솔 진고도가 있지 않느냐?"

대왕 구는 이미 진고도를 염두에 두고 있었다. 진고도는 왕후의 친동생으로, 대왕 구가 즉위한 후 진정이 무소불위의 권력을 휘두르다 백성들의 원성을 사서 요서지역으로 쫓겨 간 후 뒤늦게 권력의 실세로 등장한 인물이었다. 같은 피를 나눈 형제지만 진정이 강팍한 성격의 강경파에 속한다면, 진고도는 그 반대로 온건파였다.

진씨 세력을 대표하는 진고도는 실세이면서도 자신을 내세우는 법이 없었고 매사 신중하게 일처리를 하는 편이어서, 대왕 구의 신임을 얻고 있었다. 더구나 진고도의 딸은 태자비이므로, 사사롭게는 태자 수의 장인이 되는 셈이었다. 그만큼 대왕 구나 태자 수에게는 믿음이 가는 인물이었다.

이로써 겨울이 닥치기 전에 백제는 고구려의 평양성을 공략하기로 최종 결정을 내렸다. 따라서 가야와 마한 지역을 맡고 있는 목라근자로 하여금 정병 1만을 뽑아 원정군으로 편성토록 했으며, 장군 막고해에게는 사신단을 꾸려 동진으로 떠날 채비를 갖추게 했다.

동진으로 갈 사신으로 막고해가 정해졌다는 소문이 나돌자, 고구려에 밀정으로 갔다 돌아온 사기가 태자 수를 찾아왔다.

"태자 전하! 이번 사신단에 소신도 참여토록 주선해 주시옵소서."

태자 수는 엎드려 머리를 조아리는 사기를 의외라는 표정으로 쳐다보았다.

"그대가 사신단으로 가겠다고?"

"예, 소신은 앞으로 저 중원에 큰 교역의 길을 열어 서역의 명마를 우리 백제에 들여오고 싶사옵니다."

"흐음! 그대가 말을 잘 다루니, 일리는 있는 얘기다만……."

태자는 조용히 고개를 끄덕였다. 깊은 고민을 할 때면 나오는 그의 습성이었다.

"소신이 고구려에 가서 초원로를 통해 서역과 교역을 하는 대상 하대용의 종마장에서 일한 적이 있사옵니다."

"그래, 나도 그 얘기는 들은 바 있다."

"그 하대용 대인의 딸이 이번에 고구려 왕자 이련과 혼인을 한다고 들었사옵니다. 소문에 듣기로 하 대인은 말 2백 두와 금은보화를 수레 열 대에 실어 국내성으로 보냈다고 하더군요. 소신은 고구려의 하 대인보다 더 큰 대상이 되고 싶사옵니다. 그리하여 강남의 동진을 통해 서역으로 가서 명마를 수입해 오겠사옵니다. 그 명마들은 우리 백제의 기마대를 더욱 강력하게 만들어줄 것이옵니다."

사기의 말을 듣고 난 태자는, 그 자리에서 그를 동진 사신단에 합류시켜 주기로 약속했다.

"그대 야망이 마음에 든다. 내가 그대를 백제 최고의 대상으로 만들어주마."

태자 수는 밀정 역할을 하여 두 번이나 공을 세운 바 있는 사기가 더욱 믿음직스럽게 여겨졌다.

7

하늘은 푸른 물감을 풀어놓은 듯 청명했고, 그 차고 맑은 공기를 뚫고 내려온 햇살은 대지를 따스하게 녹여주었다. 아침저녁의 차가운 공기로 인해 기온이 급히 내려가면서, 나무들은 점차 갈색으로 변하던 이파리들을 하나둘씩 지워가고 있었다. 낙엽이 가지를 떠나자 이파리 속에 수줍은 듯 숨어 있던 과실들이 비로소 태깔 고운 얼굴을 드러냈다. 결실의 계절이 익어가고 있었다.

고구려 국내성은 동맹제 준비로 바빴다. 동맹제는 국내성 동쪽 산 중턱에 자리 잡은 국동대혈에서 천신에게 제사를 지내는 것으로부터 시작되었다. 대왕 사유는 국동대혈에서 천신제를 올린 후 나무 조각에 새긴 신주를 받들고 압록강 둔덕으로 나와, 이번에는 수신제를 올렸다. 그러고 나서 해가 중천에 이르렀을 때, 비로소 강변의 너른 평원에 마련된 연회장에서 본격적인 동맹축제가 전개되었다.

해마다 열리는 동맹축제를 위하여 연회장에는 기와를 올린 긴 전각이 지어져 있었다. 그 전각의 가운데에는 왕실 가족과 대신들이 앉는 자리가 높다랗게 마련되었고, 그 좌우로 날개를 펼친 듯 장랑이 이어져 우천 시에도 비를 맞지 않고 관람할 수 있었다. 이 장랑의 난간에선 일반 백성들이 동맹축제를 구경하도록 했다. 그래서 매년 동맹제가 되면 많은 사람들이 몰려들면서 떠들썩한 가운데 축제가 진행되었다. 백성들은 부락이나 가족 단위로 모여, 갖가지 떡이며 술을 나누어 먹고 덩실덩실 어깨춤을 추는 등 축제의 분위기를 한껏 고조시키고 있었다.

장랑의 기둥에는 저마다 높다랗게 깃발이 꽂혀 있었다. 고구려의 상징인 삼족오기를 비롯하여 청룡기·백호기·주작기·현무기 등의 사신기, 그리고 동·서·남·북·중앙의 각 부를 대표하는 기치들이 푸른 하늘을 배경으로 펄럭이고 있었다. 그 울긋불긋한 깃발들은 고구려의 위용을 자랑하기에 모자람이 없었다. 전각 맞은편에도 천막이 쳐져 구경 나온 사람들로 붐볐고, 천막 사이사이로 각종 깃발들이 나부끼고 있었다.

이미 동맹제를 지내기 전에 이련 왕자와 연화 낭자는 국내성에서 성대하게 국혼을 치렀다. 동맹제가 열리는 압록강의 강변 축제 현장 가운데 전각에는 대왕 사유를 비롯하여 태자 구부와 태자비, 왕자 이련과 왕자비 등 왕실 가족에서부터 대신들과 그 가족들에 이르기까지 많은 귀족들이 참석하여 각종 기예와 무술 경연을 관람했다.

동맹축제는 무술대회의 성격을 띤 각종 기예 겨루기의 현장이었다. 압록강 강변에서 축제가 열리기 며칠 전부터 사실상 동맹제는 시작되었다고 할 수 있었다. 왕실에서는 대왕 사유가

5부 군사들과 함께 사냥대회에 참여하여, 거기서 잡은 사냥감으로 국동대혈에서 천제를 올렸던 것이다. 그리고 민가에서는 부락 단위로 돌팔매싸움·씨름·수박희·공차기·투호·윷놀이·바둑·장기 등 각종 민속놀이를 즐겼다. 이렇게 부락 단위로 시합을 겨뤄 뽑힌 장정들이 압록강의 둔덕에 마련된 축제 현장에 나와 본격적인 경연을 벌이게 되어 있었다.

민속놀이에선 돌팔매싸움과 씨름이 그중 흥미로웠다. 돌팔매싸움은 부락끼리 단체전에서 가장 두각을 나타낸 사람이 결승전에 올라오게 되어 있는데, 그 결승전은 실전을 방불케 했다. 말을 타고 두 사람이 겨루는데, 돌팔매로 상대편을 먼저 말에서 떨어드리는 자가 장원을 하게 되어 있었다. 먼 거리 싸움에선 화살이 유리하지만, 가까운 거리에선 역시 돌팔매처럼 정확하게 목표물을 명중시킬 수 있는 무기도 없었다. 장원을 한 장정은 돌팔매로 백발백중 상대의 얼굴이나 몸통을 맞춰 말에서 떨어뜨리는 재주를 갖고 있었다.

씨름은 서역에서 대상을 따라온 자들도 출전할 수 있었다. 고구려 장사와 서역 장사의 한판 대결은 자못 흥미로웠다. 코가 크고 눈이 쑥 들어간 일명 심목고비형 얼굴에 덩치 큰 서역 장사는 과연 태산이라도 들어 올릴 듯 힘이 셌다. 고구려 장사도 그에 못지않게 깍짓동 같았으나, 아무래도 힘에서는 서역 장사한테 밀렸다.

그러나 씨름은 힘보다 기술이었다. 허릿심이 좋은 고구려 장사는 서역 장사에게 뒤로 밀려 넘어갈 듯 매우 위태로웠으나, 상대의 힘을 역이용하여 낮은 자세로 바짝 달려들어 허리를 뒤틀며 들배지기 한판으로 멋지게 메어꽂았다. 서역 장사는 미처 몸을 가누지 못하고 졸지에 모래판에 머리가 처박히는 꼴이 되었다.

이 밖에 기예를 겨루는 말타기 재주·손재주·발재주·칼부림 재주 등의 놀이가 있었으나, 뭐니 뭐니 해도 무예 겨루기가 동맹축제 중에선 가장 볼만한 것이었다. 무예 겨루기는 말타기·활쏘기·칼싸움·창던지기 등 각종 무예에서 최고 실력자는 뽑는 경기였다. 그 모든 무예 겨루기에서 최고의 고수가 되어야만 장원을 할 수가 있었다.

동맹축제 때는 고구려 전 지역에서 내로라하는 무사들이 참여했다. 여기서 장원을 하면 바로 장군의 지위에 해당하는 사자의 벼슬을 받아, 일정 단계를 거치지 않고 젊은 나이에 곧바로 신분 상승을 할 수 있는 기회가 주어졌다. 그래서 고구려 변방에서도 이 동맹축제의 무술 경연에 참여하기 위해 이미 한 달 전부터 무사들이 국내성으로 몰려들기 시작했다.

그 한 달 기간 동안 수백 명의 무사들이 무술 경연을 벌였는데, 최종으로 뽑힌 무사는 세 명이었다. 세 명의 무사는 모두 신분을 감추기 위해 얼굴에 호랑이·곰·용의 가면을 뒤집어쓰고 있었다. 그들은 각자 얼굴을 가면 뒤로 숨겼기 때문에 백호 무사, 불곰 무사, 청룡 무사로 불렸다.

먼저 불곰 무사와 청룡 무사의 겨루기가 시작되었다. 이미 말타기와 활쏘기, 창칼을 다루는 개인 무술 경연을 거쳤으므로 말을 타고 실전처럼 겨루는 무술 시합만 남아 있었다.

무기는 각자가 가장 자신 있은 것을 택했다. 불곰 무사는 월도를 들고 나왔고, 청룡 무사는 구겸창으로 응수했다. 월도나 구겸창이나 자루가 길어서 서로 격투 공간을 넓게 쓰면서 겨루었다. 갈기를 세운 말과 말이 비껴나가면서 바람을 일으켰고, 창과 칼이 부딪치는 소리가 날카롭게 공기를 갈랐다.

양편의 무사는 몸을 자유자재로 놀리며 결투에 집중했다. 각자 무기의 길이가 길기 때문에 말고삐를 잡지 않고 두 손을 사용해야만 했다. 그러나 두 무사의 말타기 실력은 우열을 가리기 힘들 만큼 뛰어나서, 양발에 등자만 끼우고도 말 위에서 몸을 아주 유연하게 놀렸다. 말과 사람이 마치 한 몸처럼 밀착되지 않으면, 그런 몸놀림이 불가능했다.

두 무사는 상대의 무기가 공격해 오는 방향에 따라 허리를 앞으로 꺾고, 뒤로 젖히고, 좌우로 몸을 틀었다. 그 동작들은 결투 같지 않고 마치 춤사위처럼 현란하기까지 했다.

그렇게 30여 합을 싸웠을 때쯤, 청룡 무사는 공중으로 휘두르던 갈고리 달린 구겸창을 땅으로 향한 채 말을 몰아왔다. 작전을 바꾼 것이었다. 그러자 불곰 무사는 월도를 공중에서 휘휘 돌리며 말을 치달려 왔는데, 말끼리 서로 비껴갈 때 상대의 가슴을 향해 내뻗는 척하다가 반대편으로 빙글 몸을 돌렸다. 구겸창의 갈고리를 아래서 위로 걸어 올리며 상대의 갑옷을 낚아채 말에서 떨쳐내려던 청룡 무사는, 순간 당황하지 않을 수 없었다. 말과 말이 스칠 때 구겸창을 찔러 넣으면서 몸이 상대편 쪽으로 기울었을 때, 어느새 다시 말 등으로 몸을 솟구친 불곰 무사가 뒤로 스쳐가는 청룡 무사의 등을 향해 월도를 휘둘렀다. 그러자 힘의 균형을 잃은 청룡 무사는 말 위에서 떨어져 땅 바닥에 뒹굴며 흙투성이가 되어버렸다.

불곰 무사가 월도의 칼등으로 쳤기 때문에 크게 다치지는 않은 것 같았다. 그러나 천천히 몸을 일으키는 청룡 무사는 절뚝거리고 있었다. 몸의 균형을 잃고 말에서 떨어지면서 다리를 다친 모양이었다.

"저 불곰 무사가 누군지 알겠어요."

왕자비 연화가 옆에 앉은 왕자 이련에게 작은 소리로 말했다.

"아니, 어찌 저자를 안단 말이오?"

"말 타는 기술이나 월도 다루는 솜씨가 추수 사범이에요."

국혼을 치른 후에 추수는 이련 왕자의 무술사범으로 기용되었던 것이다. 물론 스승 을두미의 추천서 덕분이었다. 거기에다 왕자비의 적극적인 지지도 한몫했다고 볼 수 있었다.

"추수 사범? 설마 그럴 리가?"

"나중에 가면 벗을 때 보면 알겠지요."

잠시의 휴식이 있었다. 이때 막간을 이용하여 큰 나팔과 북이 등장했고, 각종 기예에서 우승한 자들이 경기장으로 몰려나와 온갖 재주를 보여주었다. 공과 나무 막대를 이용하여 재주를 부리는 사람, 나무로 된 다리에 올라서서 춤을 추는 사람, 쌍칼을 들고 칼춤을 추는 사람, 공중제비를 하면서 재주를 넘는 사람, 장단에 맞춰 춤을 추는 무희들 등등 한바탕 놀이마당이 이어졌다.

흥겨운 놀이마당이 끝나고, 이번에는 백호 무사와 불곰 무사의 시합이 벌어졌다. 청룡 무사가 다리를 다쳤기 때문에 더 이상 시합을 할 수 없어, 이제 두 무사가 최종 결승을 겨루게 되었다.

백호 무사는 환두대도를, 불곰 무사는 먼젓번과 달리 쌍칼을 들고 나왔다. 환두대도는 베고 찌르는 데 유리했고, 쌍칼은 베는 데 주로 쓰이나 두 손을 자유자재로 쓸 수 있다는 장점이 있었다.

환두대도를 든 백호 무사의 칼 다루는 솜씨는 매우 날카로웠다. 불곰 무사가 쌍칼로 막아내기 바쁠 정도로 현란하게 오른손에 쥔 칼을 휘두르고, 왼손으로는 말고삐를 잡고 상대와의 거리 조정을 하면서 공격을 가해 오는 것이었다.

두 무사는 노련하게 호흡을 가다듬으며 상대의 허점을 노렸다. 크게 기합을 넣지도 않았다. 조용한 가운데 공중에서 칼 부딪치는 소리만 날카롭게 공기를 갈랐다. 50여 합을 싸웠는데도 승부는 나지 않았다.

실력 있는 무사들은 함부로 무리하게 힘을 쓰지 않고, 내공으로 호흡을 조절하면서 힘을 여축해 두는 법이었다. 고수는 상대의 눈빛만 보고도 칼이 어디로 들어올지 알아챌 수 있었다. 두 말이 침을 게워내며 헉헉대는 소리가 들려왔지만, 무사들은 호흡 한 번 거칠어지지 않았다.

"허허, 과연 자랑스러운 고구려의 무사들이로다."

대왕 사유가 감탄하여 만면에 웃음을 머금었다.

"폐하! 두 무사 모두 장원감이옵니다. 해가 질 때까지도 도무지 승부를 가리기 어려울 듯싶사옵니다. 그만 시합을 멈추도록 하시지요."

태자 구부가 옆에서 건의했다. 어느덧 해가 서녘으로 기울어 경기장 위로도 붉은 노을이 뿌려지고 있었던 것이다.

"징을 울려 시합을 멈추어라!"

대왕의 명이 떨어졌다.

경기를 멈추라는 신호의 징소리가 울리자, 두 무사가 대결을 멈추고 말에서 뛰어내렸다. 그들이 막 대왕 앞에 달려와 군례를 올리려던 바로 그때였다.

붉은 깃발을 등에 단 전령병이 경기장 안으로 뛰어 들어왔다.

"아니, 저자는 무엇을 하는 자인가?"

대왕이 벌떡 일어섰다.

헐레벌떡 말에서 뛰어내린 전령병은 대왕 앞에 와서 무릎을 꿇으며 외쳤다.

"백제군이 평양성으로 쳐들어왔사옵니다."

"무엇이?"

"백제왕 구와 태자 수가 군사 3만을 끌고 패수를 건너왔사옵니다. 평양성의 1만 병력 가지고는 역부족이니 원군을 보내달라는 성주의 요청이옵니다."

전령병은 가슴에서 평양성의 성주가 보낸 서찰을 꺼내 대왕 사유에게 바쳤다.

서찰을 읽는 대왕의 얼굴은 치밀어 오르는 분노로 험상궂게 일그러졌다. 으드득, 이를 갈아붙이는 소리가 옆에 있는 태자 구부에게까지 들릴 정도였다.

"폐하! 얼른 축제를 마무리하고 입궐하여 대책을 논의하시지요."

태자 구부가 외쳤다.

"흐음! 그래야겠지."

대왕은 고개를 번쩍 들었다.

"대왕 폐하! 이번 원정에 저희들도 출전케 해주십시오. 백잔의 무리들을 쓸어다 패수에 수장시켜 버리겠사옵니다."

"폐하! 군사만 주시면 바로 출동하겠나이다."

방금 시합을 벌이던 백호와 불곰 두 무사가 큰 소리로 외쳤다. 그러자 경기장 밖에 나가 있던 청룡 무사도 달려 나와 군례를 올렸다.

"폐하! 저도 원정군에 참여케 해주시옵소서."

"오오! 그대들이 짐의 근심을 덜어주는구나! 그대들 세 명의 무사를 가진 것만으로도 마음 든든하다. 일단 평양성에서 온 기병은 듣거라. 빠른 시일 내에 국내성에서 군사 1만 5천을 원군으로 보낼 것이고, 차후에 변방에서도 군사를 모아서 2만을 제2차 원군으로 보낼 것이다. 평양성을 지키는 1만 병력은 원군이 도착할 때까지 단단히 성을 수비하라 일러라."

대왕 사유의 명령이 떨어지자, 평양성에서 달려온 전령병은 군례를 올린 후 급히 말을 돌려 경기장을 빠져나갔다.

"이제 무사들은 가면을 벗고 대왕 폐하께 정식으로 예를 올리시오."

태자 구부가 소리쳤다.

그러자 세 명의 무사는 얼굴에 썼던 가면을 벗었다.

왕자비가 예견한 대로 불곰 가면을 썼던 무사는 추수가 틀림없었다. 그리고 그와 함께 마지막까지 결전을 벌였던 백호 무사는 예기치도 못했던 해평이었다. 대왕 사유도 그 두 사람의 얼굴을 기억해 냈다.

"두 무사는 짐이 한 번 본 적이 있는 얼굴이구나. 지난봄 태백산 천제 때 그대들의 뛰어난 무술을 보고 감탄했던 기억이 새롭군. 그런데 청룡 무사는 얼굴이 생소한데, 어디 사는 누구인가?"

"대왕 폐하! 저의 부친께서는 전에 장하독을 지낸, 연나라에서 망명한 장군이옵니다."

가면을 벗은 청룡 무사가 무릎을 꿇으며 대왕 사유를 올려다보았다.

"허면, 동수 장군의 자제란 말인가?"

대왕은 반가움에 몸을 앞으로 당겨 무사를 바라보았다.

동수는 연나라 모용황의 친동생 모용인 휘하의 장수였었다. 그런데 대왕 사유가 부왕 미천왕의 뒤를 이어 위에 오른 지 7년이 되던 해에 고구려로 귀화했다.

대왕은 동수에게 장하독의 벼슬을 내려 늘 가까이 두고 지냈으며, 20여 년간 동고동락을 해온 사이였다. 장하독은 대왕의 신변을 책임지는 장수로, 그가 일찍 죽었을 때 친동기간을 잃은 듯 가슴 아파했던 기억이 있었다. 그런데 청룡 무사가 바로 그 장하독 동수의 아들이라니 여간 반갑지 않았다.

"동수 장군의 아들이라! 장하도다! 그대는 이름이 무엇인고?"

"동관이라 하옵니다."

"오, 그래! 오늘 이 세 명의 무사는 우리 고구려의 밝은 미래다. 세 무사에게 공히 사자의 벼슬을 내린다. 그대들은 특별히 이번 평양성 전투에 출전토록 하라."

이렇게 명한 후 대왕 사유는 동맹축제를 마무리 짓고, 평양성으로 쳐들어온 백제군을 제압할 방도를 논의하기 위해 서둘러 국내성으로 돌아갔다. 여느 때 같으면 남녀노소가 한데 어울려 술 마시고 노래 경연을 벌이며 밤새워 축제를 즐길 터인데, 백제군의 평양성 침공 소식은 그런 분위기를 완전히 일소시켜 버리고 말았다.

선점 외교전략

1

국내성은 긴장감에 휩싸여 있었다. 동맹축제 현장에서 돌아오자마자 그날 밤 곧바로 대왕 사유는 대신들과 머리를 맞대고 긴급히 대책을 논의했다.

일단 국내성에서 가까운 성의 군사들을 소집해 평양성에 보낼 지원부대를 편성하는 것이 급선무였다. 때마침 국내성 주변에 있는 각 성의 성주들도 동맹축제에 대거 참여해 있었으므로, 그들은 군사를 소집하기 위해 서둘러 각자 임지로 돌아갔다.

편전에는 대왕이 앉아 있는 용상 아래로 태자 구부와 왕자 이련이 좌우에 앉아 있었고, 국상 명림수부를 비롯한 주요 대신들이 침통한 표정으로 늘어서 있었다.

"그렇게 서 있지만 말고 어서 대책들을 내놓으시오."

대왕이 벌겋게 달아오른 얼굴로 용상에서 일어서며 호통을 쳤다. 그 역시 마땅히 대책이 떠오르지 않는 데다, 동맹축제를 기하여 백제가 허를 찔러 평양성을 공격해 온 것에 대하여 분노가 치밀어 올랐다. 가만히 누워 잠을 자다 자객에게 예리한 비수로 옆구리를 찔린 기분이었다. 그렇게 섬뜩한 아픔이 명치 끝으로 파고들었다. 그 자객은 다름 아닌 백제 대왕 구였다.

"으으음, 구 이놈!"

대왕 사유는 자신도 모르는 사이에 신음을 깨물었다. 마음속으로 혼자 지껄인 말인데, 분노가 폭발하는 바람에 얼떨결에 입 밖으로 튀어나와 버린 것이었다. 그 말을 잘못 알아들은 태자 구부가 무르춤하게 서 있다가 움찔 놀라 부왕을 쳐다보았다.

"폐하! 소자에게 혹시……?"

태자가 '하실 말씀이라도'라는 다음 말을 꺼내기도 전에, 대왕의 다음 말이 더 빨리 튀어나왔다.

"아니다. 백잔왕 구란 놈 말이다. 내 이놈을 사로잡아 만인이 보는 앞에서 사지를 찢어발기지 않고는 눈을 감지 못할 것 같구나. 괘씸한 놈! 감히 내 턱밑에 비수를 들이대?"

대왕이 말한 턱밑이란 바로 평양성을 가리키는 것이었다. 고구려에게 평양성은 남쪽 변경의 백제와 신라가 더 이상 북진하지 못하도록 하는 제1의 방어선으로 매우 중요한 군사 요충지였다. 평양성을 적에게 빼앗기면 곧바로 북진하여 압록강에 이르게 되므로, 코앞에 둔 고구려 수도 국내성이 위협을 받게 되어 있었다.

그때 태자 구부가 한발 앞으로 나섰다.

"폐하! 이번에는 소자가 군사를 이끌고 평양성을 구하러 가겠나이다. 기존 국내성의 군사들과 인근의 각 성에서 보내오는 군사들을 모으면 1만은 될 것이옵니다. 평양성의 사정이 급하니 지원부대가 결성되는 대로 출전할 수 있도록 만반의 태세를 갖추겠사옵니다."

"아니다. 이번에는 반드시 짐이 백잔왕 구를 도모할 것이다. 짐의 손으로 구를 잡아야 한다. 그래야 그동안 쌓인 한이 풀릴 것이야. 일차로 지원군은 짐이 이끌고 간다. 문제는 서북 변방의 각 성에서 지원군을 차출해야 하는데, 연전에 연나라를 패망시킨 전진의 부견이 어찌 나올지 그게 큰 근심이다. 적어도 2만 이상의 군사를 변방에서 빼내 와야 하는데, 그 공백을 어찌하면 좋겠느냐?"

대왕은 직접 원정군을 이끌고 가서 두 번씩이나 백제군에게 대패한 것에 대해 두고두고 이를 갈고 있었다. 분노가 뼛속까지 침투한 듯, 온몸이 쑤셔 도무지 잠을 이룰 수가 없었다. 간밤에도 거의 뜬눈으로 새워 눈이 시뻘겋게 충혈이 되어 있었는데, 태자의 만류에도 불구하고 더욱 열기가 뻗쳐 얼굴마저 점점 불쾌하게 달아올랐다.

열기는 가슴으로부터 목줄기를 타고 올라오는 모양이었다. 말할 때마다 목울대의 핏줄이 불뚝 솟아오르며 실지렁이처럼 꿈틀거렸다. 그렇게 감정적으로 분노가 끓어오르는 한편 냉정해지려는 착잡한 심정 또한 겹치면서, 대왕의 심사는 매우 복잡하게 얽혀가고 있었다.

당장 앞에 닥친 남쪽의 백제군도 문제지만, 다른 한편으로 심히 걱정되는 것이 서북 변경이었다. 대왕은 연전에 연나라 태부 모용평이 망명해 온 것을 오히려 포박해 전진의 부견에게 보낸 것을 백번 잘한 일이라고, 다시금 곱씹었다.

당시 비난의 목소리를 모르지 않았지만, 지금 시점에서 보면 모용평을 보낸 일이 전진과의 관계를 돈독히 하는 데 호재로 작용할 수 있을 것이라 판단되었다. 사실 대왕 사유는 그렇게 해서라도 자신의 판단을 합리화시키고 싶었던 것이다.

"폐하, 늦었지만 지금이라도 당장 전진의 부견에게 사신을 파견하는 것이 좋을 듯하옵니다. 연전에 모용평을 묶어 보낸 일도 있으니, 부견도 우리 고구려를 적대시하지는 않을 것이라 사료되옵니다. 더구나 전진은 요동에 진출하면서 가까운 요서 지역의 백제를 경계해야 하므로, 함부로 우리 국경을 넘볼 생각은 하지 못할 것이옵니다. 국상 명림수부를 정사正使로, 승려 석정을 부사副使로 삼아 전진에 사신을 파견토록 하시옵소서.

중원 땅을 두루 경험하고 돌아온 석정 대사가 부견의 사람 됨됨이를 잘 파악하고 있으니, 그로 하여금 폐하의 친서를 대필토록 함이 어떠하올는지요?"

태자의 말에 비로소 대왕의 얼굴이 조금 밝아졌다.

"아직도 석정 대사가 국내성에 있는가?"

"예, 폐하! 중원의 사정을 살피고, 차후 부견의 정책 구도를 예견하기 위해 소자가 곁에 붙들어두고 있사옵니다."

"그러한가? 태자는 오늘 밤 당장 석정 대사로 하여금 전진의 부견에게 보낼 친서를 작성토록 이르라. 또한 태자는 변방의 군사들이 국내성에 모두 도착할 때까지 기다렸다가, 차후 제2차 원군을 이끌고 평양성으로 달려오도록 하라. 적어도 제2차 원군이 2만은 되도록 변방 각 성에 파발마를 띄워 군사들을 차출케 하는 것이 시급하다."

이때 왕자 이련이 앞으로 나섰다.

"태자 전하께선 국내성을 지켜야 하옵니다. 그러하오니 폐하, 제2차 원군은 소자가 이끌고 가도록 윤허하여 주시옵소서."

대왕이 눈을 돌려 왕자를 일별하였다가, 다시 태자 쪽을 바라보며 말했다.

"신혼인데 왕자를 전쟁터에 내보낼 수는 없지. 이번에 제2차 원군을 이끄는 일은 태자가 맡을 것이니, 왕자는 국내성을 지켜라."

"폐하! 지금 나라가 위태로운 지경에 빠졌는데, 신혼은 문제도 되지 않사옵니다. 소자를 보내주시옵소서."

이련이 대왕을 향해 무릎을 꿇었다.

"아우야, 이번에는 네가 나에게 양보해야겠다. 폐하의 말씀이 옳다. 네가 국내성을 지켜야 한다. 평양성으로 제2차 원군을 이끌고 가는 것만큼이나 국내성을 지키는 일도 중요하다."

"허허, 일어나거라. 태자의 말이 맞다. 그리고 대신들은 들으시오. 아직 왕자가 국정을 살피기에는 연륜이 부족하니, 대신들이 도와서 한 치의 흔들림도 없이 왕실의 안정을 도모토록 힘써 주시오."

대왕은 다시 왕자 이련을 일별하고, 그가 일어서기를 기다려 좌우 대신들을 둘러보며 엄히 명을 내렸다.

"예, 폐하! 성심을 다하여 분부 받잡겠나이다."

대신들이 입을 모아 아뢰었다.

원군 차출에 관한 대왕과 태자의 의견에 대신들도 모두 찬동했다. 이견이 있을 수 없었다. 평양성에 원군을 보내는 일이나 전진의 부견에게 사신을 파견하는 일 모두 시급한 사안임을 그들 모두 인식하고 있었기 때문이다.

다음 날 아침, 태자는 국상 명림수부와 석정을 대동하고 급히 편전으로 들어섰다.

밤새 잠을 설친 탓인지 대왕은 부석부석한 얼굴로 태자 일행을 맞았다.

이때 석정이 전진의 부견에게 보내기 위해 작성한 대왕 명의의 친서를, 태자가 대신하여 바쳤다.

"오오, 석정 대사가 쓴 친서요?"

대왕은 친서를 받아 들었다.

"예, 밤새 석정 대사가 고심하여 쓴 것이옵니다."

태자가 대신 대답했다.

친서 내용을 다 읽고 난 대왕은 만족한 얼굴로 석정을 바라보았다.

"수고하셨소. 전진으로 하여금 백제의 요서지역을 공격해 달라는 대목이 마음에 드는구려. 만약 전진의 군사들이 요서를 공략하면 백잔왕 구도 심히 당황할 거요. 백제가 요서에 지원병을 보내려면 별도리 없이 평양성을 공격하던 병력도 철수시킬 수밖에 없겠지."

석정이 문득 고개를 들고 말했다.

"폐하! 지금 화북의 전진은 강남의 동진과 장강을 사이에 두고 패권 다툼을 벌이고 있사옵니다. 들리는 소문에 의하면 백제는 평양성을 공격하기 전에 이미 동진에 사신을 파견했다 하옵니다. 이는 요동을 차지한 부견이 남으로 요서를 공략할 것을 두려워한 백제가, 동진으로 하여금 견제를 해주도록 부탁하기 위한 전략이 분명하옵니다. 만약 이번 기회에 동진이 전진을 친다면, 부견도 함부로 요서 공략에 나서지 못할 것이옵니다. 그러나 친서에 기록한 대로 전진이 요서 공략을 하겠다고 백제에게 엄포를 놓는 것만으로도 소기의 목적은 달성되리라 판단되옵니다."

"허어, 백제가 동진에 사신단을 파견했다는 소문을 대사도 들은 모양이구려."

"이미 국내성에도 알 만한 사람은 다 아는 내용입니다. 사신단으로 백제에선 장군 막고해를 파견했다 하옵니다. 그들의 속내를 짐작하기 쉽지 않사옵니다."

석정은 이미 정확하게 백제의 동향을 꿰뚫고 있었다.

"대사께선 어찌 그리 백제의 정황을 소상하게 아시오?"

문득 대왕은 석정에 대해 의심의 눈초리를 보냈다.

"수곡성 전투가 끝나고 나서 잠시 백제에 다녀왔사옵니다. 전쟁 이후 백제가 어떤 계략을 꾸미고 있을지 궁금하던 차에, 태자 전하께서 허락을 해주셔서 다녀온 것이옵니다."

"태자가?"

대왕은 태자를 쳐다보았다.

"예, 폐하! 소자가 비밀리에 적정을 알아보기 위해 석정 대사를 백제에 파견했었사옵니다."

태자의 말에 대왕은 잠시 고개를 주억거리다가 문득 석정을 향해 물었다.

"그건 잘한 일인데, 어찌 이번 백제의 평양성 침공은 몰랐던 것이오?"

"빈도가 백제에 머물 때까지는 조용했사옵니다. 다만 도처에 있는 대장간에서는 병장기들을 벼리느라 여념이 없었는데, 아마도 명년 봄쯤 군사를 일으킬 것이란 생각이 들었사옵니다. 더군다나 지장으로 알려진 막고해가 사신단으로 떠난다는 소문이 있어, 빈도는 백제가 당장은 군사를 일으킬 계획이 없다고 보았사옵니다."

"흐음……."

석정의 말을 듣고 나서야 대왕 사유는 긍정의 뜻으로 고개를 끄덕거렸다. 지장 막고해를 동진에 사신으로 보내는 한편 고구려의 동맹축제를 틈타 평양성을 급습하는 전략은 백제왕 구를 결코 만만한 상대로 볼 수 없게 만들었다. 어쩌면 막고해를 동진에 사신으로 파견한 것은 고구려를 속이기 위한 고도의 위장술인지도 모른다는 생각이 퍼뜩 들었기 때문이다.

"폐하! 우리도 더 이상 지체할 수 없을 것 같사옵니다. 어서 사신단을 이끌고 화북의 맹주인 전진으로 떠나게 해주시옵소서."

침묵을 지키고 있던 국상 명림수부가 나섰다.

"오, 참! 지난밤에 깊이 생각을 해보았는데, 아무래도 국상은 왕자를 도와 국내성을 지키는 것이 좋을 듯싶소. 돌이켜보니 왕자의 경륜 부족이 마음에 걸리오. 해서, 대사자 우신을 여기 석정 대사와 함께 보내도록 하는 것이 좋을 것 같소. 국상께선 어찌 생각하시오?"

"사신으로 가는 일과 국내성을 지키는 일 모두 중차대한 임무이옵니다. 소신도 국내성을 비울 경우를 생각해 봤는데, 아무래도 걱정이 되어 중신들에게 단단히 부탁을 하고 떠나려던 참이었사옵니다. 폐하의 말씀대로 이런 왕자님과 함께 국내성을 지키겠사옵니다."

"그래 주시오. 이제 좀 마음이 놓이는 것 같소."

대왕은 명림수부라면 국내성을 마음 놓고 맡길 수가 있었다. 태자 구부의 장인이므로 왕실을 보전하는 데 누구보다 앞장설 인물이기 때문이었다.

간밤에 대왕이 걱정했던 것은 연나부였다. 만약 태자까지 제2차 원군을 이끌고 평양성으로 출전할 경우, 이번에 왕자비 간택에 실패한 연나부 세력이 어떤 야심을 품을지 알 수 없었기 때문이다. 따라서 딸을 왕자비로 내세웠던 대사자 우신을 사신으로 보내면, 그에 대한 위로도 되고 한편으로는 근심도 덜게 되어 일석이조의 효과를 거둘 수 있다고 생각했던 것이다.

이렇게 하여 전진으로 갈 사신단으로는 대사자 우신을 정사로, 석정을 부사로 확정했다. 그들은 사신단을 꾸려 다음 날 곧바로 국내성을 출발해 요동으로 향했다. 육로로 요동을 거쳐 전진의 도성 장안까지 가는 길은 길고도 험한 노정이 아닐 수 없었다.

2

"무엇이? 백제가 평양성을?"

동부욕살 하대곤은 해평의 말을 듣자마자 무릎을 당겨 앉았다.

"흐음, 백제왕 구가 이젠 우리 고구려를 이빨 빠진 호랑이로 아는 모양이로군!"

옆에서 해평의 무술사범 우적이 뇌까렸다.

"우리 동부에서도 군사를 내야 하지 않겠습니까? 동맹축제에 참가했던 국내성 인근의 성주들이 평양성에 보낼 원군을 차출하기 위해 서둘러 귀성했습니다."

해평은 인근의 성주들과 달리 국내성에서 하루 더 묵었다. 이튿날 대왕 사유가 동맹축제에서 최종까지 남은 세 명의 젊은 장수들을 격려하는 자리를 마련했기 때문이다. 대왕은 그 자리에서 세 젊은 장수들에게 갑옷과 환두대도를 상으로 내리고, 평양성을 돕기 위한 원군으로 참전해 줄 것을 다시금 명했던 것이다.

"물론 그래야겠지."

하대곤은 그렇게 짧게 한마디 해놓고는, 무슨 생각을 그리 골똘히 하는지 오른손으로 이마를 짚은 채 오래도록 침묵을 지켰다.

"백제가 동맹축제 기간을 노려 기습을 감행하다니. 우리 고구려의 허를 찌른 격이로군. 3만 병력이면 그 기세가 만만치 않을 터인데……."

혼잣소리를 하며 우적은 자못 근심어린 표정으로 하대곤을 바라보았다.

"이럴 때 두충이 있어야 하는데……."

하대곤은 지난 수곡성 전투에서 행방불명이 된 두충에 대해 매우 안타깝게 생각하고 있었다.

"이번에 국내성에 가서 두충 장군의 행방을 백방으로 알아보았는데, 종적이 묘연합니다. 분명 백제군에 포위되어 절벽 아래로 떨어진 것까지는 확인했으나 시체는 찾지 못했다 합니다. 시체가 강물에 떠내려간 것인지, 아니면 구사일생으로 살아나 어딘가에 숨어 있는 것인지 도무지 알 길이 없습니다."

해평의 말에 하대곤이 확신이라도 하듯 뇌까렸다.

"두충은 그렇게 쉽게 죽지 않아. 어딘가에 반드시 살아 있을 것이다."

"그 사기라는 놈이 원흉입니다. 백제 태자 수가 보낸 밀정일 줄 누가 알았겠습니까? 두충 장군이 보물이라며 데려와서 그

동안 책성에 머물러 있었다니, 우리가 감쪽같이 속았지 뭡니까? 그놈이 용빼는 재주가 있는지, 이번에는 막고해를 따라 동진으로 떠나는 사신단에 합류했다고 합니다."

해평이 국내성에서 하루 더 묵으면서 석정으로부터 들은 정보였다. 수곡성 전투 직후 백제로 밀파되었던 석정은 오가는 길에 두충의 생사까지도 알아보았던 것이다. 두충이 절벽에서 떨어졌다는 강 주변을 살피고, 그 아랫마을 사람들에게 수소문을 해보았지만 허사였다고 한다.

"막고해가 동진에 사신으로 파견됐다고?"

우적의 짙은 눈썹이 꿈틀, 하고 움직였다.

"막고해가 사신으로 가다니?"

하대곤도 전혀 뜻밖이라는 듯 고개를 갸우뚱거렸다.

"허허헛! 아주 간교한 계략이 아닐 수 없습니다. 이는 백제왕 구가 우리 고구려를 허수아비로 보고 있다는 증거 아니겠습니까? 막고해가 사신으로 떠나고 없다는 걸 소문내면서 우리 고구려를 안심시키려는 술책인 줄은 대략 이해하겠습니다. 그런데 막고해 없이도 평양성을 쳐서 이길 수 있다는 자신감은 어디서 나온 것인지 모르겠군요. 백제왕 구의 만용이 하늘을 찌릅니다그려!"

우적의 말에 하대곤이 고개를 번쩍 들었다.

"만용이라……. 그러면 좋겠지만, 백제왕이 뭔가 따로 믿는 구석이 있을 것이오. 태자 수도 만만치 않은 인물이라 들었소. 그건 그렇고, 두충이 없으니 우리 동부에선 누구를 앞세워 원군을 보낸단 말인가?"

"아버님, 소자가 그동안 훈련시킨 기마대 5백 기를 이끌고 가서 백제군을 초토화시키겠습니다."

해평이 기다리고 있었다는 듯 나섰다.

"너는 안 돼! 차라리 내가 나가는 게 낫지."

"아버님은 책성을 지키셔야 합니다. 소자를 보내주십시오. 동맹축제에서 뽑힌 세 명의 청년 장수 모두 출전하라는 대왕 폐하의 명 또한 있었습니다."

"흐음, 내 이번에 너를 동맹축제에 보내는 것이 아니었는데……."

하대곤은 깊은 한숨과 함께 신음을 깨물었다.

"이번 동맹축제에서 무술 실력을 유감없이 발휘한 건 칭찬해 줄 만한 일이지요."

우적은 그러면서 대견하다는 듯 해평을 바라보았다.

"우 대부께선 어찌 생각하시오? 해평을 꼭 평양성으로 보내야만 하겠습니까?"

하대곤은 해평의 무술사범이라 하여 우적을 대부라고 칭했다.

"장군! 이번 기회에 해평으로 하여금 큰 공을 세우게 하여 대왕 폐하께서 중히 쓰도록 하심이 좋을 듯합니다. 언제까지 해평을 이 변방의 성에 묶어두려 하십니까? 이제 세상을 알아야 할 나이입니다. 장차 나라의 동량이 되려면 전쟁 경험도 많이 겪어봐야 합니다. 이번이 좋은 기회입니다."

우적은 전부터 어떻게 하면 하대곤과 해평을 떼어놓을지 고민하고 있었다. 이는 누구에게도 밝힐 수 없는, 그 자신만이 가슴 깊이 묻어두고 있는 비밀이었다. 따라서 그 해결 방법은 해평을 국내성으로 보내 관직을 갖도록 하는 것이었다. 이번 동맹축제 무술대회에 내보내자고 적극 권유한 것도 바로 그 자신이었다.

"대부의 말씀에도 일리가 있소. 그러나 좀 더 심사숙고할 필요가 있다고 생각하오. 시일이 급박하니, 오늘 밤 안으로 결정을 보고 내일은 출전해야겠지?"

하대곤은 우적에게 향했던 눈길을 다시 해평에게로 돌렸다.

"예! 하루라도 빨리 원군을 보내, 위기에 처한 평양성을 구해야 합니다."

해평은 처음으로 전쟁 경험을 하게 된다는 기대감 때문에 벌써부터 마음이 들떠 있었다. 두려움보다는 어떤 자신감에 찬 얼굴이었다. 그러한 흥분 때문에 그의 얼굴은 벌겋게 달아올라 있었다.

그날 밤, 하대곤은 따로 해평을 불러 마주 앉았다. 그는 일부러 우적을 부르지 않고 해평만 독대하는 자리를 만든 것이다.

하대곤은 벌떡 일어나더니 해평의 아랫자리로 옮겨 무릎을 꿇고 신하의 예를 올렸다.

"주군!"

하대곤의 이 같은 부름에 해평은 적이 당황했다.

"아니, 아버님! 왜 또 이러십니까?"

"주군은 귀하신 몸입니다. 후일을 도모하려면 몸을 아끼셔야 하옵니다. 신이 이번 전쟁에 주군의 출전을 저어하는 이유는 바로 그 점 때문이옵니다."

"아버님! 편하게 앉으세요. 그리고 전처럼 아들 대하듯 그리 말씀해 주세요."

해평 역시 엉거주춤 무릎을 꿇으며 말했다.

"주군의 아버님이신 무 왕제님을 생각하면 그렇게 할 수가 없사옵니다. 주군은 성장할수록 무 왕제님의 모습을 닮아갑니다. 젊어서 연나라 대군을 무찌르던 그때의 무 왕제님을 보는 듯하옵니다. 이렇게 무탈하게 장성하셨는데, 주군을 전쟁터에 내보낸다 생각하니 대견하다는 생각이 듦과 동시에 걱정이 앞서는 걸 소장으로선 어찌할 수 없사옵니다."

하대곤의 목소리는 사뭇 떨리고 있었다.

"아버님, 조금도 걱정하지 마십시오. 소자가 그동안 무술을 연마하여 제 앞가림은 할 줄 압니다."

"물론, 주군의 무술 실력을 몰라서 하는 소리가 아닙니다. 귀하신 몸이라는 걸 다시 한번 인지시켜 드리기 위해 그리하는 것이니 서운하게 생각지 마십시오."

"아버님 말씀, 가슴 깊이 새겨두겠습니다."

하대곤은 해평으로부터 대왕 사유가 제1차 원군을 이끌고 평양성으로 먼저 가고, 나중에 태자 구부가 서북 변방에서 차출한 제2차 원군을 이끌고 평양성으로 출진한다는 소리를 들었을 때 잠시 마음이 흔들렸었다. 대왕과 태자가 국내성을 비운다는 것은 절호의 기회가 아닐 수 없었다. 해평이 기마대 5백 기를 이끌고 출진하겠다고 했을 때 확답을 하지 않은 것은 바로 그 이유 때문이었다.

그러나 백제와 전쟁을 하는 중에 혁명을 일으킨다면, 그것이 혹 성공을 거둔다 할지라도 백성들의 원망만 살 뿐 큰 호응을 얻어낼 수 없다고 판단했다. 거기에다 대사자 우신이 전진에 사신으로 파견됐다는 말을 듣고 끝내는 생각을 바꿀 수밖에 없었다. 국내성 안에 우군이 있어야 동부 군사를 이끌고 갔을 때 성안에서 호응을 해줄 수 있는데, 우신이 부재중이므로 혁명에 성공할 확률은 그만큼 적었다.

결국 우적의 말대로 이번 기회에 해평으로 하여금 전쟁 경험을 할 수 있게 해주는 방법밖에 달리 묘안이 없었다. 아예 평양성 전투에서 해평이 큰 공을 세워 국내성에 머물게 된다면 전화위복의 기회도 될 수 있을 것이라고 판단했다.

다음 날 아침, 해평은 동부의 기마대 5백 기를 이끌고 국내성으로 향했다. 철갑으로 무장한 5백의 개마무사들은 길고 날카로운 기병창으로 무장을 했으며, 갈기를 휘날리는 말들 역시 몸에 단단히 철갑을 두르고 있었다.

하늘은 높고 푸르렀다. 들판에는 이른 서리가 내려 삽상한 기운이 코끝에 감지되었다. 아침 햇살이 눈부시게 지상으로 쏟아져 내리자, 금세 흰 서리는 녹아 마른풀과 땅을 흠뻑 적셨다. 개마무사의 각종 무기와 철갑이 햇볕에 반사되어 번쩍번쩍 빛나고 있었다.

3

인근 각 성에서 차출된 군사들이 국내성으로 속속 도착했다. 도합 1만의 군사가 전열을 가다듬으면서 국내성은 전쟁의 열기로 가득 찼다. 드디어 제1차 원군이 평양성 출진을 하루 앞두고 있었다.

동궁전 뒤뜰에서 이련 왕자와 추수는 목검으로 겨루기를 하고 있었다. 원래 동궁전은 태자의 거처지만, 왕자나 공주들도 그 인근에 살고 있었다. 그래서 동궁전 뒤뜰은 왕실 자녀들이 공동으로 사용할 수 있는 공간이기도 했다.

왕자 이련과 추수는 땀을 뻘뻘 흘리며 한 치의 양보도 없이 팽팽한 접전을 벌이고 있었다. 좀 떨어진 곳에서는 왕자비 연화가 그것을 눈여겨보고 있었다. 두 사람 모두 그 점을 의식하고 있어서일까, 겨루기 시합이 조금 어색해 보이는 느낌도 들었다. 이련은 의식적으로 공격의 날을 세우다 보니 다소 무리한 동작을 연출했고, 추수는 방어 자세를 취하면서 그러한 상대의 허점을 보고도 애써 모른 척했다.

너무 서두르다 보니 이련은 점점 호흡이 가빠지고 발과 몸의 움직임도 전보다 둔해졌다. 반면에 추수는 고른 호흡을 유지하면서 여유 있는 몸놀림으로 상대의 공격을 받아내고 있었다. 그의 방어는 곧 다음 공격으로 이어지는 듯하다가 멈추고는 했다.

결국 추수가 먼저 목검을 거두었다.

"아니, 왜요?"

이련이 공격을 하려다 주춤하며 물었다.

"힘드신 것 같으니, 그만 칼을 거두시지요. 잠시 쉬는 것이 좋겠습니다."

추수의 말에 이련도 공격 자세를 풀었다.

이때 멀리서 지켜보던 왕자비가 모습을 드러냈다.

"차를 준비하라 일렀습니다. 내실로 들어가시지요. 사부께서 내일 출전하는데, 너무 무리를 하면 곤란하지 않겠어요?"

왕자비는 땀을 식히고 있는 두 사람을 내실로 안내했다.

내실 다탁에는 차가 준비되어 있었다.

"이번에 내가 출전을 해야 하는데, 폐하의 반대가 워낙 심하시니……. 내 대신 사부께서 폐하를 잘 보필해 주시기 바라오."

이련이 찻잔을 들면서 다탁을 마주하고 앉은 추수를 건너다보았다.

"왕자님! 걱정 마십시오."

"전투할 때 잠시도 폐하 곁을 떠나서는 안 되오. 이미 연로하신 분이라 무리하면 안 되는데, 폐하 고집이 여간 아니어서. 내가 폐하를 보필하듯이 사부께서 그리 해달란 말이오."

"폐하를 잘 보필하겠사옵니다. 너무 심려치 마시옵소서."

추수는 그러면서 슬쩍 왕자비 쪽으로 눈길을 돌렸다.

"사부께서 폐하를 잘 보필할 것입니다. 이번 동명축제 때도 보았듯이, 사부는 고구려 최고의 무술을 자랑하는 청년 장수입니다. 날아오는 화살도 잡는 실력 아닙니까?"

왕자비가 추수를 바라보았는데, 문득 두 사람의 눈길이 허공에서 엇갈렸다. 이때 추수는 얼른 눈길을 거두며 이련 쪽을 바라보았다.

"날아오는 화살도 잡는다니? 사부, 진정 그게 사실이오?"

"과찬의 말씀이십니다. 간혹 날아오는 화살을 칼로 쳐낼 수는 있겠지요."

추수는 소리 내지 않고 조용히 웃었다.

그때 문밖에서 대왕을 모시는 편전의 내관이 왕자 이련을 찾았다.

"대왕 폐하께서 태자 전하와 함께 편전으로 들라 이르셨사옵니다."

"태자 전하와 함께?"

문이 열리고 내관의 모습이 보이자 이련이 되물었다.

"예, 왕자 전하!"

"아마도 출전에 앞서 당부할 말씀이 있으신 모양이군! 내 잠시 다녀오리다. 조금 있으면 저녁때도 되어 가니, 내일 출전하는 사부와 약소하게나마 술 한잔 하고 싶소. 저녁 식사를 겸해 술상을 준비토록 해주시오."

이련은 왕자비에게 이르고는 방을 나섰다.

잠시 후 다탁을 가운데 두고 왕자비와 추수가 마주 앉았다.

갑자기 추수는 두 사람만 방 안에 남아 있다는 것이 몹시 불편하게 느껴졌다. 얼마 전까지만 해도 하가촌에서 무술사범으로 같이 겨루기를 하던 사이였다. 왕자비는 모르고 있겠지만, 추수는 내심 연모의 정을 품고 있었다.

하가촌에서도 신분 차이 때문에 추수는 자신의 마음을 상대에게 고백하지 못했다. 그런데 불과 한 달 사이에 두 사람의 신분은 하늘과 땅처럼 벌어졌다. 이제는 감히 쳐다볼 수도 없는 위치에 연화는, 아니 왕자비는 올라가 있었다.

두 사람 사이에 흐르는 잠시의 침묵은 추수로 하여금 숨도 못 쉬게 만들 만큼 고통스러웠다.

"그럼 이만……."

추수가 막 일어서려고 할 때였다.

"잠깐만요."

왕자비의 말에 추수는 엉거주춤 다시 주저앉았다.

"처음 출전을 하시는 사부께 뭔가 드려야 할 터인데……."

왕자비는 문득 일어서더니 문갑이 있는 곳으로 다가가서 단도를 한 자루 꺼내 왔다.

"……?"

갑작스러운 일이라 추수는 어찌할 바를 몰라 몸이 굳었다. 너무 긴장이 되어서 자세를 똑바로 한 채 상대를 쳐다보았다. 얼굴을 살짝 붉히며 미소를 짓는 왕자비는 여전히 아름다웠다. 그 눈빛이 푸른 하늘을 담고 있는 호수처럼 맑았다.

"이건 친정 오라버니가 서역에서 가져온 것입니다. 왕자님과 나에게 한 자루씩 선물로 준 것인데, 이것을 사부께 드리겠어요. 대왕 폐하를 잘 모시라는 뜻도 있지만, 전장에 나가는 사부의 행운을 빌고 안전을 염원하는 간절한 마음도 담겨 있으니 받아주세요."

왕자비가 단도를 추수에게 내밀었다.

단도의 자루에는 용무늬와 함께 삼태극이 새겨져 있었다. 추수는 얼른 그것을 받지 못했다.

"왜 이 귀한 것을……."

추수는 갑자기 말문이 막혔다. 엄격하게 신분이 달랐기 때문에 전처럼 자연스럽지 못했고, 그래서 뭐라고 왕자비에 대한 예우를 해야 할지 몰라 그저 어정쩡하게 얼버무릴 수밖에 없었다. 더군다나 자신의 안전을 염원한다는 왕자비의 말에는 깊은 뜻이 담겨 있는 것 같았다.

어쩌면 왕자비가 되기 이전부터 연화가 자신의 마음을 읽고 있었을지도 모른다고 추수는 생각했다.

'아마 그럴지도 모른다.'

연화가 드러내서 말을 안 했다 뿐이지 여자의 감성이라면 충분이 느끼고도 남았을 것이라는 생각이 들자, 추수는 그만 심장이 멎어버릴 것만 같았다.

"어서요. 사부의 마음 모르는 게 아니지만, 내가 연화로서 마지막으로 드릴 수 있는 게 이것뿐이네요."

왕자비는 그러면서 추수를 외면했다.

왕자비는 스스로 '연화로서 마지막'이라고 했다. 추수는 그 말을 듣고 나서 가슴이 철렁, 했다. 정말 마지막이라는 생각이 들었다. 이제는 연모하는 여인이 아니라 왕자비로 떠받들 수밖에 없다는 절망감이 가슴으로 스며들었다.

"고맙습니다."

추수는 얼른 단도를 받아 들며, 그 절망감에 대한 반발 심리로 자신의 말에 강하게 힘을 실었다. 그는 조심스럽게 단도를 품속에 간직했다.

왕자비도 추수와 단둘이 한 방에 있는 것이 거북한 모양이었다. 왕자 이련이 부탁한 대로 술상을 준비하라고 이르기 위해 방을 나가려다 말고 문득 생각난 듯 다시 돌아서며 추수에게 말했다.

"참, 책성의 해평 오라버니가 이번에 기마대 5백 기를 끌고 왔다면서요?"

"예, 그렇다고 들었습니다."

"지난번 동맹축제 때 두 분이 겨루는 걸 보았는데, 아무래도 해평 오라버니의 눈빛이 심상찮아 보였어요. 이번 평양성 전투에서 해평 오라버니와 의견 다툼이나 불미한 일이 일어나지 않도록 사부께서 각별히 신경을 쓰셔야 할 것 같아요."

"무슨 뜻에서 그런 말씀을……."

추수의 눈길은 왕자비의 어깨에 얹혀 있었다. 차마 눈길을 마주치기가 두려웠던 것이다.

옷 위로 드러난 왕자비의 어깨선이 고왔다. 추수는 그 어깨선에 눈길을 고정시킬 수가 없어 다시 방바닥으로 시선을 떨어뜨렸다.

"예감이 그래요. 하가촌에 있을 때부터 두 분의 사이가 그리 좋았던 것은 아니잖아요. 될 수 있으면 감정적으로 해평 오라버니와 부딪치지 않는 것이 좋을 거예요."

그러더니 왕자비는 곧 방에서 나갔다.

잠시 멍하게 있던 추수는 갑갑한 마음을 털어버릴 길이 없어 방을 나왔다.

'예감이라…….'

추수는 방금 왕자비가 한 말을 마음속으로 되새겨보았다.

'단도는 무슨 의미일까?'

추수는 여러 가지로 혼란스러운 마음을 제어할 길이 없었다. 그는 단도가 들어 있는 가슴팍을 옷 밖으로 더듬어 보았다. 딱딱한 단도가 만져졌다.

한창 나무들이 붉은빛을 발하고 있는 동궁의 연못가로 추수는 발걸음을 옮겼다. 푸른 하늘에 뜬 흰 구름도 연못에 빠져 물고기처럼 헤엄을 치고 있었다. 물속에 비친 단풍은 붉게 울음을 토해 냈다.

추수는 그 단풍의 붉은 울음이 바로 자신의 가슴에서 토해져 나오고 있는 것이라고 생각했다. 저 푸른 하늘을 향해 엉엉 소리치며 마음껏 울고 싶었다. 그러나 그는 그 순간 벙어리가 되었다. 울음을 토하고 싶어도 가슴이 꽉 막혀 터져 나오지 않는 벙어리, 그 숨 막히는 심정을 조금은 알 것 같았다.

그러다 문득 연못을 들여다보니 푸른 하늘은 어느새 사라지고, 붉게 취한 노을이 물속에 빠져 붉은 단풍을 더욱 핏빛으로 물들이고 있었다.

"사부, 여기 나와 있었군요. 들어가십시다. 아마도 술상이 마련되어 있을 것이오."

편전으로 대왕을 알현하러 갔던 왕자가 어느새 돌아와 연못가에서 방황하는 추수를 보고 말했다.

4

평양성 남쪽에는 동에서 서로 흐르는 패수가 가로놓여 있었다. 또한 북서쪽에서 흘러내린 보통천의 지류가 패수와 만나 큰 물줄기를 형성했다. 그래서 성은 서남 방면으로 강을 끼고 있으면서 북동 방면은 모란봉을 비롯한 군소 산봉우리들로 둘러싸인 천연의 요새였다.

더구나 평양성은 험한 산줄기를 따라 평지로 뻗어 내려가며 내성과 중성과 외성의 삼단계로 성곽이 조성되어 있는 완벽한 방어전략 기지였다. 내성은 서남쪽으로 패수를 끼고 돌며 대동문 아래서 모란봉까지 이르는 구간으로, 그 반대편인 서북쪽으로는 을밀대에서 보통천을 만나는 지점까지 연결되어 있었다. 중성은 서북쪽의 보통천을 따라 조성되어 비교적 내성보다 완

만한 경사를 이루고 있었다. 또한 외성은 보통천과 패수가 만나는 합수 지역을 아우르면서 두 강의 지형지세를 이용하여 빙 둘러 성곽이 조성되어 있었다.

말하자면 내성은 지세가 험한 산지성이고, 중성은 산지성과 평지성의 중간 형태, 그리고 외성은 평지성이었다. 이처럼 산성과 평지성이 결합된 형태의 평양성은 고구려 남쪽 변경을 아우르는 중요한 군사 요충지로, 특히 남쪽의 패수와 그 지류인 서북쪽 보통천의 물길이 자연적으로 평양성을 감싸고 돌아 천연의 방어선 역할을 해주고 있었다.

아침저녁으로 살얼음이 얼 정도로 쌀쌀한 날씨는 초겨울로 접어들고 있음을 피부로 느끼게 해주었다. 백제 대왕 구의 얼굴에는 잔주름이 그늘져 근심 어린 표정이 역력하였다.

국내성에서 고구려 원군이 도착하기 전에 평양성을 탈취하려고 했으나, 성문을 단단히 걸어 잠근 채 농성에 들어간 평양성 군사들의 방어가 워낙 탄탄해 백제군은 공성전투에 난항을 겪고 있었다. 처음에는 군사 3만으로 평양성을 포위하여 독 안에 든 쥐 꼴로 만들어 파상공격을 할 생각이었는데, 그것이 마음먹은 대로 되지 않았다. 아무리 백제군이 공격을 가해도 평양성을 지키는 고구려군은 물 샐 틈 없는 방어를 하면서 원군이 도착하기만 학수고대하고 있었다.

서남쪽과 북쪽의 일부는 패수와 그 지류가 둘러싼 천연의 해자 역할을 하고 있어 성을 공격하기 쉽지 않았다. 또한 북동쪽은 험한 산세를 이용하여 성벽을 쌓아서, 지형적으로 볼 때 방어에는 유리하지만 공격에는 매우 불리한 형국이었다.

결국 백제군은 매일 싸움을 걸어 평양성 안의 고구려군을 밖으로 유인하는 전략을 구사했다. 그러나 아무리 야유를 퍼붓고 허허실실의 위장술을 써도 상대는 쉽게 말려들지 않았다.

백제군은 패수를 건너왔지만, 강을 배후에 두고 진을 칠 수가 없었다. 서쪽으로 패수와 보통천을 뒤에 두고 공격하다가는 자칫 아군을 수장시킬 위험성이 높았다. 방어에만 치중하던 고구려군이 갑자기 돌변하여 성문을 열고 나와 백제군을 공격한다면, 강줄기에 가로막혀 퇴로를 열 길이 없었던 것이다. 더구나 강가에는 갈대가 무성한 데다 바짝 말라 고구려군이 화공과 수공의 양동작전을 구사할 경우 백제군은 꼼짝없이 당할 처지에 놓여 있었다.

"평양성이 천연의 요새라는 말은 들었지만, 이처럼 지형지물을 철저하게 활용해 성을 구축하고 있을 줄은 몰랐습니다."

군사전략 회의 석상에서 태자 수가 먼저 입을 열었다. 대왕 구는 한일자로 입을 굳게 다문 채 심각한 표정으로 제장들을 둘러보았다.

이때 대장군 목라근자가 무겁게 입을 열었다.

"지금 고구려 원병이 국내성을 출발했다고 합니다. 1만의 병력이란 소문입니다. 아군은 평양성 내의 1만까지 도합 2만 병력과 맞서야 합니다. 우리 백제군에 비하면 1만이 모자란 병력이지만, 적군은 평양성을 굳게 지키고 있으므로 결코 아군에게 유리하다고 볼 수 없습니다. 더구나 고구려 원군이 도착하게 되면 우리 군은 성안의 고구려군과 국내성에서 온 고구려 원군 사이에 놓이게 됩니다. 이는 매우 불리한 형세가 아닐 수 없습니다. 평양성 포위망을 풀고 일단 보통천 건너에 진채를 내린 후 고구려 원군의 동태를 살피는 것이 좋겠습니다."

목라근자는 서두르지 않았다. 겨울이 닥쳐오기 전에 속전속결로 공격하자는 일부 장수들과 달리, 그는 매사 신중을 기하는 편이었다.

"그렇다면 대장군께선 고구려왕 사유가 이끄는 원군 1만을 그대로 평양성에 입성시키자는 것입니까?"

태자 수가 못마땅한 표정으로 목라근자를 쳐다보았다.

"적의 원군은 분명 보통천 상류 쪽으로 산악지대를 이용해 칠성문이나 현무문으로 입성하려고 들 것입니다. 우리 백제군이 보통천 중간 지점에 진채를 내리긴 하지만, 그것은 적이 우리 백제군을 피해 칠성문으로 입성하도록 유도하기 위한 것이지요. 이 두 문 앞에는 산이 능선을 이루고 있고, 숲이 우거져 군사를 숨기기에 아주 좋은 지형입니다. 날랜 군사들 1만을 뽑아 그곳에 매복시켜 고구려 원군이 성안으로 들어가는 것을 막도록 해야 합니다. 그리고 나머지 2만은 보통천 중간 지점에 진영을 펼치고 있다가, 평양성의 고구려군이 원군을 돕기 위해 성문을 열고 나올 때 강을 건너 서쪽의 선요문이나 다경문을 통해 외성을 들이치는 것입니다. 패수의 지류인 보통천은 수심이 낮고 물살이 그다지 빠르지 않으므로, 우리 군사들이 쉽게 도강할 수 있습니다."

목라근자의 작전 설명을 듣고 나서 대왕 구는 묵묵히 다물고 있던 입을 열었다.

"과연 목라근자 장군의 전략이 묘책이외다. 헌데 서쪽 문을 통해 성내로 진입하기도 쉬운 일은 아닐 것이오. 성문을 쉽게 부술 수 있다면 모르지만, 성벽을 타고 넘어야 할지도 모르기 때문이오."

"폐하! 칠성문 쪽은 산세가 험하고 석축으로 된 성벽이 매우 높아 타고 넘기가 더 어렵사옵니다. 더구나 칠성문 부근에는 치성이 많습니다. 우리 군사가 성벽을 타고 오를 때 적이 치성을 이용해 공격할 경우 아군이 심한 타격을 입게 됩니다. 그러나 서쪽의 성문은 강가인 데다 평지성이므로 그리 높지 않아, 운제와 밧줄에 맨 갈고리를 동원하면 쉽게 성벽을 타고 넘을 수 있을 것이옵니다."

"음, 일리가 있는 말이오."

대왕 구의 입가에 엷은 미소가 번지는 듯했다. 그러나 그때 태자 수가 선뜻 앞으로 나섰다.

"대장군! 고구려 원군이 칠성문 쪽으로만 온다는 보장은 없질 않소이까? 만약 칠성문 쪽을 버리고 적이 우리 백제의 본진을 친다면 어찌하겠소? 3만의 군대를 둘로 갈라놓는다는 것은 그만큼 위험을 감수해야 하는 일이라는 생각이 듭니다."

"물론 그렇게 될 경우도 생각해 보지 않은 바가 아닙니다. 허나 군대를 둘로 갈라 배치한다고 해서 결코 불리한 것만은 아니라고 생각됩니다. 분명 성안의 고구려군은 원군이 어느 쪽으로 오든 우리 백제군에 대해 신경을 쓸 것임에 틀림없습니다. 만약 고구려 원군이 산악 길을 택하지 않고 보통천으로 접근한다면, 이번에는 서쪽의 성문들이 어지러워진 틈을 타 매복하고 있던 우리 군사들이 칠성문 쪽의 성벽을 타고 넘어야 합니다. 비록 석축으로 된 높은 성벽이라 하더라도 날랜 군사들이라면 충분히 성공할 수 있으리라 봅니다."

"허면, 칠성문 쪽과 서쪽의 성문들은 각기 누가 맡는 것이 좋겠소?"

대왕 구는 좌우를 둘러보았다.

"군사 1만을 주시면 소자가 칠성문 쪽 산속에 매복을 하겠습니다."

태자 수가 나섰다.

"태자 전하가 칠성문 쪽을 맡으신다면, 소장이 본대를 이끌고 대왕 폐하와 함께 서편의 선요문과 다경문 쪽이 바라다보이는 야산에 진을 치겠습니다."

목라근자는 때마침 자신이 바라고 있던 터라 그렇게 말했다.

"이것으로 결정되었다. 아무래도 칠성문 쪽은 산세가 험한 곳이므로 날래고 용감한 군사들을 보내는 것이 좋겠지. 태자는 곧 군사들 중 일당백의 정예병을 가려 뽑아 출발토록 하라."

대왕 구의 명을 받고 태자 수는 군사 1만을 가려 뽑아 성안의 고구려 군사들이 눈치채지 못하게 밤을 이용해 군대를 칠성문 쪽으로 이동시켰다.

그리고 백제의 주력군인 2만의 군사는 목라근자의 진두지휘 아래 보통천 중간 지점의 개활지 뒤쪽 야산에 진을 쳤다. 백제군과 평양성 사이에 보통천이 가로놓인 형국이므로, 만약 고구려 원군을 맞게 된다면 배수의 진을 친 셈이었다. 그리고 그 하천 너머에는 평양성의 군사들이 있었다.

백제 주력군의 진채가 완성되었을 때, 대왕 구는 은밀히 깊은 밤중을 틈타 대장군 목라근자를 불렀다.

"장군은 고구려 원군을 서쪽 성문으로 들일 셈이오?"

대왕 구가 나직하게 물었다. 누가 듣지 못하게 주변을 물리치고 목라근자와 단둘이 남았는데도, 그는 매우 조심스런 표정으로 상대를 쳐다보았다.

"폐하께서 어찌 그것을 아셨사옵니까?"

문득 놀란 듯, 목라근자는 황소 같은 눈을 더욱 크게 떴다.

"장군이 배수의 진을 치는 걸 보고 알았소. 적으로 하여금 우리를 얕잡아보게 하자는 것 아니겠소? 다만 걱정이 되는 것은, 보기보다 고구려 원군이 강해 우리 군사를 수장시키는 우를 범하지 않을까, 그것이 두렵소."

"폐하! 바로 맞히셨사옵니다. 적은 지난 수곡성 전투에서 폐하가 산속에 매복시킨 우리 군에게 크게 당하지 않았사옵니까? 그래서 이번에는 고구려왕 사유가 좁은 산길로 군사를 몰아 칠성문으로 들어가지는 않을 것이라 판단됩니다. 반드시 이곳 개활지를 지나 보통천을 건너 서쪽 성문으로 들어갈 것입니다. 허허실실의 전법입니다만, 이번에는 고구려 원군에게 패한 척 길을 터주어야 합니다. 처음에는 접전을 하는 척하다가 고구려 원군이 강하게 밀고 들어오면 좌우로 갈라져 가운데를 비워주는 것이 이번 전략에서 가장 중요한 대목입니다."

"아니, 그럼 순순히 고구려 원군으로 하여금 서쪽 성문을 통과해 평양성 안으로 들어가게 하자는 것이오?"

"그렇사옵니다. 폐하!"

"날씨가 곧 추워질 거요. 아침저녁으로 서리까지 내려 군사들이 덜덜 떨고 있소이다. 더 추워지기 전에 평양성을 탈취해야 하오."

"옳으신 말씀이옵니다. 고구려왕 사유는 이태 전 치양성에서 태자 전하께, 또 올 여름에는 수곡성 전투에서 폐하께, 두 차례에 걸쳐 크게 당했습니다. 그 두 번의 실패 요인은 고구려왕의 침착하지 못한 성격 탓이었사옵니다. 마음은 급하고 욕심이 많아, 당장 어떻게 해보겠다는 고구려왕 사유의 다급한 심리를 소장은 맑은 물속 들여다보듯 읽고 있습니다. 우리 백제의 본진인 2만 군사가 고구려 원군 1만을 감당하지 못해 길을 터주었다고 하면, 고구려왕 사유는 기고만장할 것이옵니다. 평양성에 들어가 일단 군사를 정비한 후, 기회를 보아 성문을 열고 나와 우리 백제군을 공격하려고 들 것이 분명하옵니다. 그때 우리 군은 적을 성 밖으로 유인하는 전략을 구사하여 꾀어낸 후, 기습작전으로 몰아쳐 평양성 안까지 짓쳐들어가야 합니다."

대장군 목라근자의 말을 듣고 나서야 대왕 구는 적이 안심이 되는 얼굴이었다.

"하지만 고구려 제2차 원군이 오기 전에 평양성을 탈취해야 하오. 국내성에서 향간鄕間들이 전해 오는 첩보에 의하면, 태자 구부가 고구려 서북방을 지키던 군사들까지 끌어모으고 있다 하오. 태자 구부가 2만 병력을 갖춰 제2차 원군을 이끌고 평양성으로 내려오면, 아군은 당장 곤경에 처하게 될 것이오. 고구려 태자 구부는 아비처럼 덜렁대지 않고 매우 진중한 성격의 소유자라 들었소. 만만하게 볼 인물이 아니오. 그가 이끌고 올 원군 2만이 두려운 것은 바로 그 때문이오. 만약 고구려 제2차 원군이 올 때까지 평양성을 차지하지 못한다면, 우리 백제군은 앞뒤로 적의 공격을 받게 될 것이오. 군사의 수도 4만 대 3만으로 적군보다 아군이 1만이나 부족하오. 더구나 적군은 성을 차지하여 안돈하고 있고, 아군은 그야말로 벌판에 방치돼 있는 꼴이니 절대적으로 불리하다는 것을 알아야 하오."

대왕 구는 오래전부터 고민해 오던 것을 목라근자에게 털어놓았다.

"폐하! 그 점이라면 염려 놓으시옵소서. 고구려 제2차 원군이 들이닥치기 전에 고구려왕 사유의 군대를 박살내고, 평양성을 우리 백제군이 차지하도록 할 것이옵니다."

목라근자는 애써 목소리를 죽였으나, 마디마디 끊어서 하는 그의 말은 자신감에 넘쳐 다부지고 당찬 데가 있었다.

대왕 구는 가만히 고개를 끄덕거렸다.

적요한 가운데 밤은 깊어가고 있었다. 강물도 어둠 아래 낮게 엎드려 소리를 죽였다. 자정을 넘기면서 기온이 급히 내려가 살얼음의 냉기가 물소리를 누르며 수면 위를 덮어오고 있었다.

〈2권에 계속〉

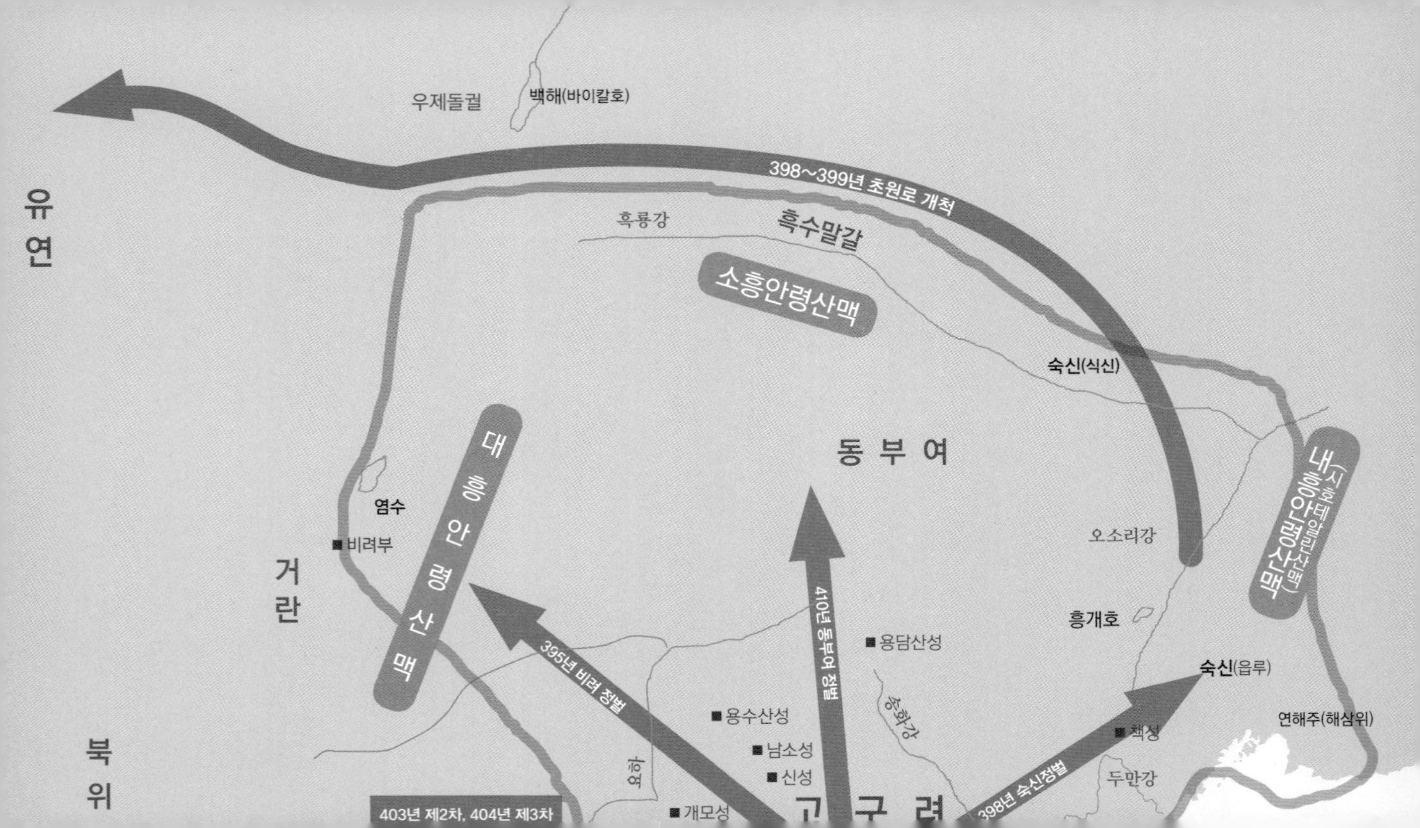

유연
우제돌궐
백해(바이칼호)
398~399년 초원로 개척
흑룡강
흑수말갈
소흥안령산맥
숙신(식신)
동부여
내흥안령산맥(시호테알린산맥)
대흥안령산맥
염수
비려부
거란
오소리강
흥개호
410년 동부여 정벌
395년 비려 정벌
용담산성
숙신(읍루)
용수산성
송화강
연해주(해삼위)
책성
남소성
신성
요하
398년 숙신정벌
두만강
북위
403년 제2차, 404년 제3차
개모성
고구려